WAS TUN WIR HIER?

Soldatenpost und Heimatbriefe aus zwei Weltkriegen

Herausgegeben von Frank Schumann

neues leben

VORWORT

Die Tür stand offen. Durch die gesplitterten Fenster blies der Wind. Vor dem Häuschen türmte sich bereits Unrat, den die Nachbarn herausgetragen hatten. Das Lehmhaus sollte abgerissen werden, um Baufreiheit für die jungen Eheleute von nebenan zu schaffen. Zwei Jahre zuvor war die letzte Bewohnerin, Margot Gasse, auf den Dorffriedhof getragen worden, ohne Nachkommen hinterlassen zu haben. Kurz darauf waren die Erben, rechtmäßige wie illegale, eingefallen.

Man ließ sich keine Zeit, kippte den Inhalt der Schubladen zu Boden, Schränke wurden entleert mit einem Griff, Kisten und Kartons umgestülpt …

So fand ich das Anwesen im Frühjahr 1986 vor, wenige Tage später wurde es abgerissen, um Platz für ein neues Einfamilienhaus zu schaffen. Den Hinweis hatte ich von einem im Nachbarort lebenden Freund erhalten. Dieser Volker Kummer, ein vielseitig interessierter junger Mann, arbeitete beim Straßenbau und lichtete in seiner Freizeit für die Denkmalpflege Bauwerke ab, die abgerissen werden sollten. Er hatte bei einer solchen Gelegenheit in jenem Hause, ein wenig im Schutt stochernd, einige vergilbte handschriftliche Dokumente gefunden. Trotz ihres miserablen Zustandes schienen sie ihm zu wertvoll, als sie – wie beabsichtigt – dem Feuer zu überantworten.

Ein einziger Sonntag war noch verblieben, um unter Lumpen, wurmstichigem, zerfallenem Mobiliar, zwischen Porzellanscherben und Eingewecktem, auf dem staubigen Dachboden und in der angrenzenden Futterküche nach Papieren zu suchen.

Die einstigen Bewohner des Hauses waren offenbar seit Generationen vom Ehrgeiz besessen, alles Geschriebene und Gedruckte, das in ihre Hände gelangte, aufzubewahren. Wir klaubten Fotos, Briefe und Karten aus dem Müll, alte Zeitungen, Taufscheine und Arbeitsbücher, Milchabrechnungen und Zahlungsaufforderungen, Dokumente wie eine unbeschnittene, fälschungssichere »Reichskleiderkarte für Mädchen vom vollendeten 3. bis vollendeten 15. Lebensjahr« aus dem Jahre 1944. (Auf Abschnitt F sollten ab 1. Dezember 1945 ein Paar Strümpfe und »gegen 1½ Punkte« Nähmittel bezogen werden.) In einer achtlos zertretenen Zellophantüte steckte, frisch und ungeknifft wie aus der Posamentenstickerei, schwarz-weiß-rotes Ordensband und daneben ein eisernes »Ehrenkreuz für Eltern«. Das hatte »Im Namen des Führers und Reichskanzlers« im März 1935 der Minna Donath, verwitwete Falkenhain, der Landrat verliehen, wie auf der nahebei liegenden Urkunde festzustellen war.

Die spätere Sichtung aller Unterlagen bestätigte einen wahrscheinlich einzigartigen Fund: Er bestand aus etwa anderthalbtausend Feldpostbriefen und Korrespondenzen aus der Heimat, die zwischen 1914/18 und 1941/45 geschrieben worden waren. Verfasst hatten sie, bis auf Ausnahmen, der Maurer Erich Donath, welcher 1915 bei Bolimow – auf dem »östlichen Kriegsschauplatz« – einundzwanzigjährig fiel, sein Stiefvater, der 1927 in Naundorf an Tuberkulose verstorbene Landwirt und Bahnarbeiter Karl Falkenhain vom Jahrgang 1872, und dessen Frau Minna Falkenhain. Aus ihrer Ehe ging 1906 eine Tochter Minna hervor, die am 18. November 1928 den Landarbeiter Friedrich Willy Otto Gasse aus dem nahe gelegenen Dorf Grabo heiratete. Dieser kam 1941 vierzigjährig zur faschistischen Wehrmacht und trug bis Kriegsende Uniform. Während jener vier Jahre führte auch er einen umfangreichen Schriftwechsel mit seiner Frau und seiner Tochter Margot, die am 11. Oktober 1933 in Naundorf geboren worden war.

Bei Naundorf handelt es sich um eine größere Landgemeinde im damaligen Kreis Torgau. (Heute gehört der Ort zum Landkreis Wittenberg in Sachsen-Anhalt.) Das 1932er Adressbuch für den Torgauer Kreis weist für Naundorf 1150 Einwohner aus und vermeldet die Existenz einer Station der Kleinbahn; die Witwe Minna Falkenhain wird als »Landwirtin« geführt und Otto Gasse als Maurer. Vier Vereine sind in jenem Jahr vor Aufrichtung der faschistischen Diktatur im Ort aktiv: der Kriegerverein, der Landbund, der Arbeiterunterstützungsverein sowie der Arbeiter-Rad- und Kraftfahrerbund, welche in Personalunion von Otto Gräfe geführt werden. Naundorf glich also unzähligen Dörfern im damaligen Deutschland. Die Dinge, von denen wir in der nachfolgenden Auswahl Kenntnis nehmen, sind darum so einmalig nicht.

Diese einfachen Leute haben vermutlich weder vor noch nach dem Kriege derart oft korrespondiert wie in jenen zwei mal vier Jahren. Die Art und Weise der Mitteilungen weist auf fehlende Übung hin. Schreiben war in dieser Zeit aber lebenswichtig, es war gleichsam die Nabelschnur zwischen den Familiengliedern, durch die man Kraft gewann. Und sei es mit der Nachricht, dass die Kuh gekalbt hatte oder dass Urlaub in Aussicht stand. Die Briefeschreiber waren wenig begabt, zu abstrahieren und zu analysieren. Aber selbst in scheinbar unbedeutenden Vorgängen und vermeintlich privaten Ereignissen spiegelt sich immer der Charakter einer Gesellschaft. Darum erfährt man bei der Lektüre dieser Briefe nicht nur, wie der Krieg in das Leben der Menschen eingriff und wie er sie veränderte. Diese Aufzeichnungen machen begreiflich, wodurch es möglich wurde, dass innerhalb eines halben Jahrhunderts ein ganzes Volk zweimal zur Schlachtbank geführt werden konnte. Dieselbe Minna Falkenhain beispielsweise, die in ihren Briefen – vor allem nach dem Tode ihres Sohnes 1915 – den Krieg zunehmend verfluchte, trat noch im Jahr des faschistischen Machtantritts in die Nationalsozialistische Kriegsopferversorgung (NSKOV) ein und zahlte ihre Beiträge unerschüttert weiter, als auch der eigene Schwiegersohn in den nächsten Krieg ziehen musste. Und sie klebte sogar ihre Marken im Voraus bis 1946. Unwissenheit und Fatalismus, provinzielle Enge und auch ein wenig Aberglauben bestimmten Haltungen und Handlungen der Briefeschreiber.

Wenn man die Dokumente aus dem Ersten und aus dem

Zweiten Weltkrieg miteinander vergleicht, wird erschreckend spürbar, dass Aufgeschlossenheit und Wissen um gesellschaftliche Zusammenhänge eher ab- denn zunahmen. Der Faschismus machte nicht alle zu Faschisten, aber es gelang ihm, bei den meisten Deutschen die in Jahrhunderten gewachsenen humanitären Empfindungen und Verhaltensweisen zu paralysieren. Die verheerenden Wirkungen faschistischer Ideologie sind in den Dokumenten nicht zu überlesen, mitunter meint man, mit mittelalterlicher lokaler Borniertheit konfrontiert zu sein. Hierbei handelte es sich sowohl um die Folgen politischer Manipulierung wie auch fehlender gesellschaftlicher Kommunikation, die bekanntlich vom Naziregime systematisch unterbunden wurde.

Soziale Ungerechtigkeit und Entmündigung wurden wahrgenommen und kritisiert, ihre Ursachen aber ebenso wenig erkannt wie die Kausalität bestimmter Ereignisse. Sowohl im Ersten als auch im Zweiten Weltkrieg reflektierten die Absender das Herannahen des »Feindes«. Und obwohl man zuvor das Grausame, das Unmenschliche des Krieges verurteilte, verschwendete man nun keinen Gedanken darauf, dass das Zurückschlagen der »Feinde« vielleicht nur die Reaktion auf die von Deutschen zuvor verübten Verbrechen war. Stattdessen bedient man sich der Terminologie der Herrschenden. »Der Russe wird seine Dresche kriegen«, heißt es bei dem Wehrmachtssoldaten Otto Gasse. Kriegsmüdigkeit und menschliche Vernunft führten, wie Karl Falkenhains Briefe bezeugen, im Ersten Weltkrieg zu Verbrüderungen deutscher und russischer Soldaten an der Ostfront. Ein Vierteljahrhundert später waren die gleichen Menschen schon wieder bereit, in einen neuen Krieg zu ziehen. Bestätigung der These, dass das kollektive Gedächtnis mitunter nicht sehr lange wirkt.

Auch wenn die beiden Kriege in den nachfolgenden Dokumenten eine erhebliche Rolle spielen, handelt es sich bei der Sammlung nicht um eine Weltkriegsdarstellung aus der Sicht unmittelbar Betroffener. Es existieren ausreichend wissenschaftliche Abhandlungen dieses Themas, wir verfügen über viele Erinnerungsberichte aus jener Zeit, die literarisch verdichtet sind. Die Frage aber »Wie war es wirklich?« bekommt auch mittels solcher authentischer (und bewusst für diese Ausgabe nicht bearbeiteter) Aussagen eine Antwort. Natürlich hat ein mitteldeutscher Landarbeiter wie Otto Gasse seine Umgebung nicht nur naturalistisch in seinen Briefen beschrieben, seine Schilderungen sind gefiltert durch das Erkenntnisraster einfacher Leute – und das ermöglicht Schlüsse. Jene nämlich, wie ein bestimmtes Kulturniveau gesellschaftlicher Verhältnisse bei den Menschen funktionierte und wie ihre Weltsicht dadurch geprägt wurde. Briefe sind eine Art Jedermann-Literatur. Im Unterschied zu vielen anderen Dokumenten sind sie jedoch mehrdeutig interpretierbar, was vor allem dem Kenntnisstand des Lesers geschuldet ist. Der Leser dieser nachfolgenden Auswahl von 200 Dokumenten soll sich selbst sein Bild machen. Allerdings sollte er dies nicht von der Warte moralischer und intellektueller Überlegenheit tun.

Die knapp gehaltenen Marginalien sollen helfen, den historischen Kontext zu vergegenwärtigen, sie können aber nicht eine Chronik der Zeitereignisse liefern. Beispielsweise wird man in den Briefen zwischen 1914 und 1918 auch über Lebensmittelverknappung und Schweineablieferungen lesen, nicht aber weitergehende Ausführungen zu diesem Kapitel. Es hat gewaltige Massenabschlachtungen von Vieh damals gegeben. Vor dem Kriege zählte man in Deutschland 25,3 Millionen Schweine, von denen jedes fünfte importiertes Futter fraß. Aufgrund der britischen Wirtschaftsblockade und wegen der irrigen Auffassung, dass die Kartoffel für den menschlichen Verzehr erheblich wichtiger sei, als sie an Schweine zu verfüttern, wurde von Januar bis März 1915 mehr als der dritte Teil des gesamten Schweinebestandes in Deutschland getötet. Nachdem die 9 Millionen Schweine abgestochen waren, stellte man fest, dass es für 3,5 Millionen Tonnen Kartoffeln plötzlich keine Verbraucher mehr gab – und die Industrie andererseits war nicht im Stande, diese riesige Menge anderweitig zu verwerten. Ebenso ging es mit dem anfallenden Fleisch.

So kam es, dass trotz des Hungers in den Städten Kartoffeln verfaulten und Fleisch verdarb. Am 28. Oktober 1915 führte man offiziell zwei fleischlose Wochentage ein und am 21. August 1916 die Fleischkarte. Ab 1917 wurde die widerstandsfähige Kohlrübe Grundlage der deutschen Volksernährung. In den Briefen wird man solches nicht erfahren – wohl aber die Auswirkungen dieser Politik.

Eine andere Konsequenz des Krieges war die Verluderung des Umgangs der Menschen miteinander. Sie zeigte sich in der Beschimpfung und Denunziation der Nachbarn, in der Genugtuung, die man empfand, wenn auch die Söhne anderer fielen, in der Verrohung der Gefühle. Keine Liebe in Deutschland … Gewiss spielten dabei auch charakterliche Anlagen der Briefeschreiber eine Rolle, dennoch kann man viele von ihnen fixierte Erscheinungen als für die Zeit symptomatisch gelten lassen und sie als Pars pro Toto nehmen. Die Grausamkeit des Krieges fand nicht nur auf den Schlachtfeldern und an den Fronten statt: Sie begann und sie endete in den Köpfen und den Herzen der angeblich Unbeteiligten. Der von der kaiserlichen und später von der faschistischen Propaganda in ganz anderem Sinne verbrauchte Begriff »Heimatfront« benennt unbeabsichtigt diese Tatsache. Der Krieg verzehrte die Menschen, egal, wo sie sich aufhielten. Geradezu symbolisch ist das Ende des Obergefreiten Otto Gasse: Vier Jahre befand er sich im Hinterland, davon die längste Zeit als Pferdekutscher bei einer Flakbatterie am Rande des Ruhrgebietes. Obwohl er vermutlich außerhalb eines Übungsschießplatzes nicht einmal eine Waffe benutzte, blieb er trotzdem »im Felde«. Der Kriegstod holte ihn am 2. September 1945, morgens gegen 7 Uhr, in einem Koblenzer Lazarett ein. Auf dem städtischen Hauptfriedhof, oberhalb der Mosel und unterhalb eines Hochbunkers, der heute eine Gedenkstätte ist, liegt er in einem Ehrenhain, der für die Koblenzer Kriegstoten angelegt wurde – einige hundert Meter entfernt vom »Deutschen Eck«, wo einst Kaiser Wilhelm I. ritt. Der seit Kriegsende barhäuptige Denkmalsockel bekam 1953 eine schwarz-rot-goldene Fahne aufgepflanzt und diente als »Mahnmal der deutschen Einheit«, war doch der Plan der französischen Militärregierung, den Sockel abzubauen und durch ein neues »Denkmal für Frieden und Völkerverständigung« zu ersetzen, an Geldmangel gescheitert. 1993 kehrte der rekonstruierte »Kartätschenprinz« zurück.

Über die Schrecken beider Weltkriege wurde viel veröffentlicht. Ursachen und Verlauf sind bekannt. Diese Dokumentenauswahl, die Nachricht gibt von einer durchschnittlichen deutschen Familie in zwei Kriegen, in deren kleine Geschichte die große einbrach, will einen Blick freigeben auf das, was neben den aufgezeichneten Kriegshandlungen und außerhalb des publik gewordenen politischen Widerstandes passierte, den Blick auf einen Alltag, der vom Donnern der Kanonen übertönt wurde, den Blick auf das normale Leben in Deutschland, das ja irgendwie weiterging. Unser gesellschaftliches Gedächtnis braucht viele Quellen.

Frank Schumann

WEHRMANN KARL FALKENHAIN AN DIE EHEFRAU

Reinsdorf, den 29. 9. 1914

Liebe Frau und Kinder!
Ich will Euch benachrichtigen, dass ich in der Nacht von Sonntag auf Montag die erste Wache in Kleinwittenberg gemacht habe, und zwar bei den Russen, Schwarzen und Franzosen, alles bunt durcheinander. Liebe Frau, Du kannst Dir gar nicht vorstellen, wie viele Menschen am Sonntag da waren, um die Gefangenen zu sehen. Aber viel haben sie nicht gesehen, denn rein durfte keiner, und von weitem war nicht viel zu sehen.

Besten Gruß und Kuss

Am 1. August 1914 beginnt mit der Allgemeinen Mobilmachung in Deutschland und Frankreich sowie der deutschen Kriegserklärung an Russland der Erste Weltkrieg, am 3. September erklärt Deutschland Frankreich den Krieg.

JÄGER ERICH DONATH AN DIE MUTTER

Naumburg, den 2. 11. 1914

Liebe Mutter und Schwester!
Ich will nur mitteilen, dass ich gut angekommen bin. Auf dem Bahnhof wurden wir in Empfang genommen. Zum Mittagessen gab es mehr Fleisch als Reis, aber es hat geschmeckt. Nachmittag bekamen wir sämtliche Sachen, wir sind alles Infanterie. Wir haben uns erkundigt – wir kommen nicht weg. Die Kaserne ist noch voll.
Abends 7 Uhr wurden wir Bürgerquartieren zugeteilt. Ich bin ganz allein auf einem Boden und ohne Verpflegung. Hier bleibe ich vierzehn Tage.
Liebe Mutter, sei doch so gut und schicke mir meine Uhr. Habe keinen Wecker, muss aber früh um 5 aufstehen, um 6.45 Uhr zum Dienst zu kommen.

Grüße alle, Euer Erich

Unter dem Eindruck der Niederlage im Westen an der Marne und der am 2. November gegen Deutschland verhängten britischen Wirtschaftsblockade beginnen deutsche Regierungsbeauftragte separate Friedenssondierungen mit Russland.

HEDWIG RIEMER AN COUSIN ERICH DONATH

Naundorf, den 10. 11. 1914

Beginn des deutschen Gegenangriffs in Richtung Lodz am 11. November (bis Mitte Dezember). Er bringt die russische Offensive gegen Posen und Schlesien zum Stehen. Am 1. November erscheint im Zentralorgan der Bolschewiki »Sozialdemokrat« das von W. I. Lenin formulierte Manifest »Der Krieg und die russische Sozialdemokratie«. Mitte November schickt Lenin dieses Kampfprogramm gegen den Krieg an sozialdemokratische Blätter in Deutschland, Frankreich und England.

Lieber Cousin!
Deine liebe Karte haben wir heute erhalten, worüber wir uns alle sehr gefreut haben. Ich habe jetzt so oft den Schlucken, dann sage ich immer: Otto denkt an uns, denn der ist auch weg. Und dann sprechen wir auch jedes Mal von Dir. Wie ich sehe, geht es Dir soweit gut, wenn Du das Schlechte nicht rechnest.
Wir haben wie Du auch kaum Zeit, wir werden nicht fertig und kommen manchmal nicht zum Essen. Aber wir haben es noch immer besser als Du. Wenn wir vom Felde kommen, können wir uns wenigstens trocknen. Ihr müsst Euch ja auf den nassen Boden hinschmeißen. Da kann man nichts dagegen tun, das ist das Soldatenleben. Es ist nur gut, dass auch die Reichen hinmüssen und nicht nur die Armen betroffen sind.
Morgen, Mittwoch, müssen alle anderen aus Naundorf fort. Ließ muss sich in Halberstadt melden, Leonhardt in Berlin, Gräfe in Torgau. Görz wird seine Order wohl auch gekriegt haben, von dem weiß ich aber nichts Bestimmtes. Ochsen-Richter muss nach Altenburg im Thüringischen zur Infanterie. Rülicke, Schmager, Gastwirt Müller sind nach Wittenberg. Wenn nur nicht Euer Vater fortmüsste! Von dort sind schon zweimal welche nach Russland gekommen. Als Du Dienstagabend weg bist, kam er nach Hause, am Freitagmorgen musste er schon wieder weg. Das wird schlimm für Deine Mutter. Die ist jetzt schon ganz gedankenschwach. Es ist ja auch sehr schlimm für sie, und es lässt sich nichts dagegen tun.

Von der Kolonie sind schon drei gefallen, und zwar nur in der einen Woche, wo Du weg bist. Alle drei in Russland. Seidels Schuster ist am Sonntag vor acht Tagen auch nach Russland gekommen. Ob er dort ebenfalls seinen Tod finden wird?
Ist in Naumburg Petroleumnot, oder hast Du abends ein bisschen Licht auf Deinem Boden?

Sei vielmals gegrüßt
von Deiner Cousine Hedwig
und von uns allen,
auch von O. Seidel
(daran aber wird Dir wohl nicht viel liegen)

Die ersten drei Gefallenen aus Naundorf heißen Paul Gräfe (6. 10. 1914), Hermann Däumichen (11. 10. 1914) und Moritz Schüler (26. 10. 1914).

JÄGER ERICH DONATH AN DIE MUTTER

Naumburg, den 11. 11. 1914

Meine liebe Mutter und Minna!
Heute Abend habe ich mal Zeit, an Euch zu schreiben. Komme gerade vom Putzen beim Oberjäger. Weil ich an den ersten Tagen immer sauber geputzt war, hat er mich gefragt, ob ich bei ihm putzen wolle. Ein Soldat braucht immer Geld, so habe ich es übernommen.
Am Montag ist meine Uhr eingetroffen und heute zwei Briefe, von Bachmanns kam eine Karte. Du kannst Hedwigs Nachporto bezahlen oder nicht, die sie für meinen Brief zahlen musste. Uns ist gesagt worden, wir könnten auf Feldpost schreiben und brauchen deshalb die Briefe nicht zu frankieren.
Wir haben hier nichts zu lachen. Aber ich habe einen guten Oberjäger, mit dem sind wir zufrieden. Er gab mir heute Abend ein paar 10-Pfennig-Zigarren und sagte, ich soll zu morgen alles gut lernen.

In der Schlacht bei Langemarck fallen am 11. November allein 80 000 deutsche Soldaten.

Zwischen dem 12. und 23. November entwickelt Karl Liebknecht Thesen über die Ursachen und den Charakter des Weltkrieges; sie bilden die Grundlage für die Erklärung der SPD-Fraktionsminderheit gegen die Kriegskredite in der Reichstagssitzung am 2. Dezember.

Diesen Sonntag werden wir nämlich vereidigt und können unsere Sachen nach Hause schicken.
Zu Mittag gibt es mehr Fleisch als alles andere. Am Sonntag gab es Salzkartoffeln mit Rindfleisch und eingemachte Pflaumen, gestern Bohnen mit Schweinefleisch und heute Milchreis mit Bockwurst. Ferner haben wir heute Geld bekommen – 6,60 Mark für 4 Wochen. Morgen kommen wieder 500 Mann weg. Wohin, weiß keiner. Wir sind jetzt im ganzen 2000 Soldaten, davon sind 700 in den Kasernen und die anderen im Bürgerquartier.
Es geht mir ganz gut. Der Tagesablauf sieht so aus: Früh 5 Uhr aufstehn, ½7 Uhr Dienst bis 11 Uhr. 11.30 Uhr Mittagessen, von 2 bis 5 Uhr Dienst. Über Mittag müssen wir alles putzen, und von 6 bis 7 Uhr ist noch einmal Putzstunde.
Nun will ich schließen. Ich will noch den Fahneneid lernen, es ist schon 10 Uhr. Hier gibt es kein Petroleum mehr.

Seid alle vielmals geküsst
von Erich
Gruß an Bachmanns und Vehses

MINNA FALKENHAIN AN DEN SOHN

Naundorf, den 24. 11. 1914

Die Türkei hat sich den Mittelmächten Deutschland und Österreich-Ungarn angeschlossen und erklärt am 12. November England, Frankreich und Russland den Krieg.

Lieber Sohn!
Wie ich lese, bist du halb krank und hast einen dicken Hals. Zieh Dir immer 2 Hemden an, damit Du auf dem Leib warm gehst. Es soll noch kälter werden, und wenn Du noch eine warme Unterhose brauchst, dann schreibe es mir. Nächste Woche schicke ich Dir was zu essen.
Otto Görz aus Lebien ist am Sonnabend fortge-

kommen – nach Magdeburg zur Infanterie. Der Dessauer Erich ist jetzt in der Türkei verkauft worden, das ist kein Deutscher mehr. Sie mussten das Schiff verlassen und rein in die Türkei machen, damit die Engländer sie nicht kriegten. Nun müssen sie zu Fuß als Soldaten gegen Russland ziehen. Wenn man solche schaurigen Nachrichten hört, könnte man Blut weinen. Gaßmanns Paul ist auch gefallen, und der Däumichen Hermann auch. Wie viele müssen ihr Leben noch hingeben?
Verliere Deine Gebete nicht und trage sie immer bei Dir. Vater trägt auch seine. Wenn er sie nicht tragen würde, wäre er vielleicht schon fortgekommen. Wart Ihr schon einmal in der Kirche, betet Ihr? Habt Ihr noch kein Neues Testament bekommen? Dann kaufe Dir doch eins, damit Du immer drin lesen kannst. Vergiss nicht den lieben Gott, der uns alle beschützt. Minna und ich beten sehr viel. Minna hat jetzt wenig Schule, weil Leonhardt fort ist.

Viele Grüße von uns allen,
Deine liebe Mutter,
Vater und Schwester

Schreib mir wirklich alles, ich will alles wissen, damit ich Ruhe habe.

JÄGER ERICH DONATH AN DIE MUTTER

Naumburg, den 28. 11. 1914

Nach dem gescheiterten deutschen Durchbruchversuch bei Ypern zwischen dem 10. und 18. November erstarrt die gesamte deutsch-französische Front bis zum Frühjahr 1918.

Liebe Mutter und Schwester!
Ich habe keine Lampe, seit acht Tagen nur ein Talglicht. So kann man nicht schreiben. Mir geht es ganz gut, der Schnupfen ist wieder weg. Bis Montag sind wir noch im Quartier, wohin wir dann kommen, wissen wir noch nicht. In die Kaserne auf keinen Fall, denn es sind wieder 400 Mann gekommen.
Wir machen jede Woche zwei Kriegsmärsche, heute Vormittag sind wir 23 Kilometer gelaufen, lauter Berge und durch den Wald. In den Tälern sind nur kleine Dörfer wie Labrun. Da ist man am Abend sehr müde.
Wenn Du ein Paket schickst, lege bitte Untersachen mit rein, keine neuen. Diese hier schicke ich dann nach Hause zum Waschen. Geld braucht ihr nicht mitzuschicken. Im Brustbeutel darf man soviel Geld haben, wie man will, nur im Portemonaie keine fünfzig Pfennig.
Das Putzen bekomme ich bezahlt, ich kriege alle 14 Tage eine Mark, und Löhnung alle 14 Tage 3,30 Mark. Dienstag gibt es wieder welche. Der Oberjäger wohnt bei seinen Leuten, seine Köchin macht mir alle Tage Kakao oder Schokolade, gestern Abend habe ich Entenbraten mit Kartoffeln bekommen.
Diese Woche habe ich auch Gustav Dubro getroffen, da haben wir uns beide sehr gefreut. Er ist bald fertig mit der Ausbildung und wird wohl danach wegkommen. Wir gehen auch aller 14 Tage zur Kirche. Mit dem Brot sind wir zufrieden. Jeden dritten Tag gibt es Weißbrot. Das ist noch kleiner als ein 50-Pf.-Brot.

Nun seid alle vielmals geküsst
und bleibt gesund.
Viele Grüße von Erich

MINNA FALKENHAIN AN DEN SOHN

Naundorf, den 30. 11. 1914

Lieber Sohn!
Wir gratulieren Dir alle zu Deinem Geburtstag und wünschen Dir von ganzem Herzen, dass Du ihn gesund und munter verleben möchtest. Wir schicken Dir eine Kiste mit einem Aschkuchen, der ist von Hedwig Riemer. Die Butter ist von Vehsens Tanten, die Wurst und die Zigarren kommen von Voigts. Von uns kriegst Du morgen eine Kiste. Ich hatte erst alles in eine gepackt, doch die wog 13 Pfund, und ich hätte 1 Mark bezahlen müssen. Deshalb habe ich alles geteilt und in zwei Kisten verteilt.
Voigts haben sich ein Schwein geschlachtet, das sie von Vehsens gekauft haben. Ich habe auch eins verkauft, und am 11. Dezember schlachten wir unser zweites. Schicke also die leeren Kisten zurück, damit ich Dir davon etwas einpacken kann.
Krügers Mädchen wollen Dir auch eine Kiste schicken. Schreibe doch bitte, was da drin war.
Ich habe mich sehr geärgert, dass Du an Wittes Magd geschrieben hast. Die ist durchs ganze Dorf gerannt und hat erzählt, Du schreibst oft an sie. Den Spaß unterlass bitte künftig.
Onkel Bachmann war diese Woche nach Torgau bestellt. Der hat sich aber so verstellen können, dass sie ihn als Kranken nach Hause geschickt haben. Jetzt lacht er alle aus. Der große Herr Lehmann, der Vater von Emma, kann auch gut lachen. Nur unser Vater ist so dumm. Ich könnte mich zu Schanden ärgern.

Viele liebe Grüße
von Deinen lieben Eltern und Schwester

JÄGER ERICH DONATH AN DIE MUTTER

Naumburg, den 5. 12. 1914

Am 2. Dezember gibt der Zentrumsabgeordnete Peter Spahn namens aller Fraktionen – mit Ausnahme der Sozialdemokraten – im Deutschen Reichstag eine Erklärung ab, in der die Kriegsziele der Regierung unterstützt werden. Karl Liebknecht, der in der Abstimmungsdebatte nicht hat reden dürfen, votiert als Einziger gegen die Kriegskredite. Seine schriftliche Begründung der Ablehnung wird auf Anordnung des Reichstagspräsidenten nicht in das amtliche Protokoll aufgenommen.

Liebe Mutter und Schwester!
An meinem Geburtstag sind wir alle umquartiert worden. Die Quartiere in Naumburg sind aber nicht gut. Das angekündigte Paket ist noch nicht eingetroffen. Oder hast Du es noch nicht abgeschickt? Falls nicht, so lege mir doch meine Zahnbürste, Taschenlampe und Mundharmonika mit rein.
Wir haben in dieser Woche schon geschossen, von unserer Inspektion war ich der Beste. Mit drei Schuss hatte ich 33 Ringe. Der Oberjäger hat sich gefreut. Wenn ich so weitermache, bekomme ich vielleicht einmal Urlaub, hat er gesagt. Die, die schlecht geschossen haben, müssen jeden Tag exerzieren. Gustav Dubro wird morgen eingekleidet und soll am 10. 12. wegkommen.

Andermal mehr.
Es grüßt Erich

HEDWIG RIEMER AN DEN COUSIN
MINNA FALKENHAIN AN DEN SOHN

Naundorf, den 12. 12. 1914

Lieber Cousin, lieber Sohn!
Nun schicken wir Dir die warmen Sachen, du wirst schon damit etwas anfangen können. Beim Vorhemd musst Du die raue Seite nach innen nehmen, dann ist es wärmer.
Das Hellgraue ist die Leibbinde, die musst Du drunterziehen, und das Dunkelgraue ist der Kopfwärmer. Wenn Du ihn überziehst, sind Kopf, Oh-

ren und Hals warm. Die Holzkiste, Pappkartons und alle Sachen, die Du nicht brauchst, sollst Du nach Hause schicken.
Lieber Cousin, Dein Vater ist noch in Wittenberg, aber wir wissen auch nicht, wie lange noch. Morgen, Montag, werden sie auf der Brust geimpft, heute ist er noch mal zu Hause.
Deine Mutter hat Dir geschrieben, sie wolle Dich besuchen kommen. Aber das können wir nicht zulassen, das greift sie zu sehr an, sie hält die Fahrt mit der Bahn nicht aus. Wie soll sie allein wieder herkommen?
Lieber Sohn, nun will ich Dir noch mitteilen, dass das Geld, was ich Dir geschickt habe, von diesen Leuten ist: 5 Mark von Vehsens Tanten, 2 Mark von Hedwig Riemer, 2 Mark von Voigts Mutter. Das haben sie Dir zu Weihnachten geschenkt.
Lieber Sohn, wenn nun Eure Reise nach Frankreich beginnt, dann zieh Dich nur recht warm an. Sei nicht so leichtsinnig, wenn Du in Frankreich schlafen gehst. Durchsucht erst die Häuser. Den Leuten könnt Ihr nicht trauen, auch wenn sie noch so freundlich sind. Die ermorden Euch in der Nacht. Wenn Ihr zu zweit seid, dann muss stets einer wachen. Nimm Dir das alles an, denn Du stehst in großer Gefahr. Ihr müsst sehr vorsichtig sein. Wenn Ihr in Frankreich seid, dann schreibe sehr oft nach Hause, auch wenn es nur ein paar Zeilen sind, damit wir wissen, ob Du noch lebst. Schreibe auch an Deinen Vater.

Auf Wiedersehen!
Deine Eltern,
Schwester und Cousine

Am 8. Dezember wird das deutsche Ostasiengeschwader im Seegefecht bei den Falklandinseln vernichtet.

HEDWIG RIEMER AN DEN COUSIN ERICH DONATH

Naundorf, den 12. 12. 1914

Lieber Cousin!
Wir haben Deine Karte erhalten und uns alle sehr erschrocken, weil Du schreibst, dass auch Du fort musst.
Deine Mutter kann heute vor lauter Angst und Bange gar nicht schreiben, deshalb muss ich es tun. Mir geht es aber nicht viel besser, alle Glieder zittern mir, das siehst Du an der Schrift.
Lieber Cousin, es ist schon wieder ein Paket an Dich unterwegs. Am Mittwoch hat es Deine Mutter weggeschickt, hoffentlich bekommst Du es noch. Heute, Sonnabend, schickt sie Dir Geld, damit Du was auf der Reise hast. Von Ernestine sind fünf Mark und von mir zwei Mark, das soll Dein Heiliger Geist von uns sein. Morgen geht Deine Mutter nach Annaburg und kauft Dir Ohrenwärmer, Kniewärmer, Leibbinde und eine wasserdichte Jacke, die Du unter dem Rock tragen kannst. Auch lassen wir Dir gleich eine Stolle beim Bäcker backen. Das alles wird sie morgen Nachmittag als Eilpaket abschicken, damit Du es noch vor Deiner Abreise kriegst. Am Montag schlachtet Deine Mutter, dann schickt sie Dir am Dienstag gleich noch ein Paket.
Lieber Cousin, Deine Mutter lässt fragen, ob Du Deine Papiere und Schutzbriefe noch hast. Wenn Du sie verlegt oder verloren hast, schreiben wir sie Dir noch einmal ab, damit Du nicht ohne Briefe ins Feld ziehst. Und glaube daran, das ist die Hauptsache. Du sollst Dir auch viel Briefbogen und Karten kaufen und mitnehmen, damit Du fleißig nach Hause schreiben kannst, solange Du lebst. Man

hofft ja, aber Du musst auf alles gefasst sein. Du musst in Deiner Brieftasche auch die Adresse Deiner Mutter haben. Im Falle Dir passiert was, können die anderen sie finden. Nur dadurch haben Däumichens erfahren, dass ihr Sohn tot ist, weil er die Adresse im Tornister hatte.
Lieber Cousin, so gehe in Gottes Namen und in festem Glauben hinaus ins Feld. Es hilft ja alles nichts, Du musst ja doch, obwohl wir Dich alle sehr bedauern.

Viele herzliche Grüße
von uns allen an Dich, lieber Cousin,
Deine Cousine Hedwig
Auf Wiedersehen, ja Wiedersehen

Ende Dezember 1914 beginnt an der gesamten Ostfront vom Kurischen Haff bis zu den Karpaten der Übergang zum Stellungskrieg. Zur gleichen Zeit kommt es an einigen Abschnitten der Westfront zu Soldatenverbrüderungen von Deutschen, Franzosen und Engländern.

JÄGER ERICH DONATH AN DIE MUTTER

Naumburg, den 24. 12. 1914

Liebe Mutter und Schwester!
Wir waren alle ganz erschrocken, und Ihr werdet Euch auch gewundert haben, dass es keinen Urlaub gab. Heute, am Tag vor Weihnachten, sind wieder 2 Kompanien weggekommen. Nun sind wir dran, den Totenanzug haben wir schon bekommen.
Ich habe jetzt ein ganz feines Quartier bei zwei alten Leuten. Ich kriege früh, mittags und abends Kaffee und Kuchen. Auch ein schönes Bett habe ich. Wer weiß, wie lange noch. Bis zum 28. sind wir also hier in der Blumenstraße 4 bei Schulz, mehr wissen wir nicht.
Wir haben auch zu den Feiertagen Dienst. Damit haben wir nicht gerechnet. Du brauchst Dich aber nicht zu ängstigen. Nach dem Krieg kommen wir

alle wieder. Oder denkst Du, ich will Naundorf nicht wiedersehen?

Bleibt alle hübsch gesund,
bis auf Weiteres.
Grüßt alle von mir.
Euer Sohn und Bruder Erich

Die Dessauer haben mir auch eine Weihnachtskarte geschrieben. Sie wollen mir drei Mark schicken als Weihnachtsgeschenk.

MINNA FALKENHAIN AN DEN EHEMANN

Naundorf, den 1. 1. 1915

Am 1. Januar versenkt ein deutsches U-Boot ein britisches Linienschiff vor der Isle of Portland.

Vielgeliebter Mann und guter Vater!
Nun hat wieder ein neues Jahr mit Sorgen und Angst begonnen. Wie lange wird es noch dauern, bis alles zu Ende ist? Mein lieber Sohn Erich hat mich auch getröstet und gesagt, ach Mutter, weine doch nicht mehr, ich komme wieder! Als wir am dritten Feiertag nach Naumburg kamen und Erich aufsuchten, sah er uns schon von weitem. Du kannst Dir gar nicht vorstellen, wie sich seine Beine vor Freude bewegten. Er dachte, er würde Urlaub kriegen, doch er musste zum Dienst. Nachmittags 4 Uhr kam er wieder. Wir blieben die Nacht dort. Seitdem habe ich nichts wieder von ihm gehört. Es fehlt ihm an nichts, nur die Sorge drückt, dass er fortkommt.
Ich war heute auch zur Kirche. Da hat der Pastor wieder so gebetet, dass alles in der Kirche geweint hat, so schön machte er das. Der Text war über den 90. Psalm. Ich habe ihn zum ersten Mal predigen hören. Der Pastor kommt aus Plossig, er machte das sehr schön. Also, mein lieber Karl, nimm Dir

diesen 90. Psalm einmal vor. Alle, die solche Texte bei sich tragen, haben nach Hause geschrieben, dass sie sehr daran glauben und sehen, dass diese Briefe sie schützen. Mach es doch auch so. Sieh, der Eichelbaum bleibt auch hier. Der hat gesagt, er hat was an seinem Bein. Mach es doch auch so. Es ist doch genug, wenn einer fort ist.

Vorgestern war ich in Annaburg, da traf ich Vogels August, der geht in die Fabrik und ist gänzlich entlassen worden wegen seinem Reißen. Der war 14 Tage zu Hause und geht nun schon wieder normal arbeiten. Es fehlt ihm nichts. Er sagte, wäre er nur eher darauf gekommen, da hätte er nicht ein Vierteljahr im Schützengraben liegen müssen. Dreimal habe er sich krank gemeldet, beim dritten Male haben sie ihn entlassen. Wenn Du, lieber Karl, es auch so machen würdest, wäre es für Dich und mich sehr gut. Wir haben genug Sorgen wegen unseres Erichs, der ins Feld muss. Ein jeder wundert sich hier, dass Du mit fort sollst. Alle sagen, Du wärst krank genug gewesen. Warum teilt er das denen nicht mit?

Viele Grüße und Küsse
von Deiner herzensguten Frau.
Auf Wiedersehen.

Unter dem Eindruck der deutschen Misserfolge im Westen und der Gefahr einer russischen Offensive beschließt die Oberste Heeresleitung (OHL), das Schwergewicht der Kriegführung 1915 gegen Russland zu verlegen und im Westen defensiv zu bleiben.

WEHRMANN KARL FALKENHAIN AN DIE EHEFRAU

Östlicher Kriegsschauplatz, den 14. 1. 1915

Liebe Frau und Kinder!
Ich will Euch mitteilen, dass wir am 12. abends 8 Uhr in Russland eingerückt sind und haben die erste Nacht in einem Rathaus auf Stroh geschlafen. Am 13. sind wir weitermarschiert. Nach 15 Kilometern wurden wir aufgeteilt. Vorgestern um 6 Uhr sind wir angekommen. Liegen 600 bis 700 Meter vor dem Feind, aber gesehen haben wir ihn noch nicht.

Besten Gruß und Kuss,
Dein lieber Mann und guter Vater

MINNA FALKENHAIN AN DEN SOHN

Naundorf, den 15. 1. 1915

Lieber Sohn!
Wie ich aus Deinem Brief ersehe, seid ihr noch immer hier. Vater ist bereits seit dem 6. Januar aus Wittenberg fort, doch ich weiß nicht, wo er hingekommen ist. Seine letzte Karte kam aus Halle. Der kleine Meißner schrieb von unterwegs eine Karte, da hieß es, sie kämen nach Russland. Mehr weiß ich nicht.
An Vehsens hast Du geschrieben, dass von der 1. Kompagnie 95 Mann fortgekommen sind. Vielleicht bleibt Ihr deshalb noch ein paar Wochen hier. Gott möge dafür sorgen, dass Ihr beide wieder gesund zurückkehrt. Er wird Euch in der Gefahr beistehen, wenn wir für Euch beten. Und denke daran, was Du bei Dir trägst. Das ist Dein

Schutz. Alle, die so etwas bei sich tragen, hat er bisher beschützt. Mein lieber Sohn, denke immer daran, Du trägst Gott bei Dir, dann wird Dir nichts passieren. Wenn Du in Deinem Glauben aber wankst, kann er Dir nicht helfen. Höre nicht auf die, welche darüber lachen, das sind ruchlose Leute. Du weißt, unser lieber Vater glaubt auch an Gott und ist mit dem Glauben von uns gegangen, und er denkt auch, damit wiederzukommen. Also, mein lieber Sohn, nimm Dir zu Herzen, was Dir Deine liebe Mutter schreibt. Trage die Briefe vom lieben Gott bei Dir und verliere sie nicht. Gehe in Gottes Namen – und wenn Du draußen in ein Gefecht ziehst, fürchte Dich nicht, Du hast die Briefe bei Dir.

Also, mein lieber Sohn, lies Dir diesen Brief heute richtig durch. Und nimm Dir viel Papier mit, damit Du oft schreiben kannst. Mein lieber Sohn, zieh Dich warm an, das andere schickst Du her. Das hebe ich Dir alles auf, bis Du wieder nach Hause kommst. Deine Uhr, den Ring und die Schuhe und das Geld kannst Du vielleicht auch mitschicken. Unterwegs kommt es vielleicht weg.

Auf ein gesundes Wiedersehen.

In Naundorf sind noch alle gesund, was wir auch von Dir hoffen.

Auf der Karte bist Du sehr schön getroffen, und wenn Du noch eine hast, schicke sie an Hedwig Riemer, die andere haben Vehsens behalten.

Der Otto Seidel beschwert sich immer, dass Du nicht an ihn schreibst. Schreibe ihm doch mal eine Karte. Er wollte Dir jetzt auch ein Paket schicken, aber ich sagte ihm, Du wärst schon weg. Lehmanns Emma sagt immer zu Bachmanns Anna, Du wärst ihr Schatz. Schreibe nicht so oft an Lehmanns

Emma, Bachmanns Anna ärgert sich darüber sehr. Viele herzliche Grüße von allen und von Deiner lieben Mutter und Schwester.
Auf Wiedersehen.

JÄGER ERICH DONATH AN DIE MUTTER

Naumburg, den 16. 1. 1915

Liebe Mutter und Schwester!
Nun schicke ich alles nach Hause. Ich hatte nicht viel Zeit zum Einpacken. Ihr müsst jedes Papier untersuchen, denn ich habe noch 5 Mark mit reingelegt. Dann will ich mir noch einiges kaufen, was ich mitnehmen kann. Grüßt auch Hedwig und sagt ihr, dass ich nicht schreiben kann. Ich habe einen dicken Finger, den haben sie mir heute geschnitten. Es wäre aber wieder heil, ehe wir rauskommen, hat der Doktor gesagt.
Gestern rückten wir 2 Uhr früh aus, 8 Uhr kamen wir zurück. Draußen haben wir selbst gekocht. Heute sollten wir noch Dienst haben, aber sie haben uns zurückgeschickt.
Wir sollen nach Russland zum 21. Ersatz-Bataillon kommen, 350 Mann von hier. Auf der Fahrt werde ich mehr schreiben, ich habe jetzt keine Zeit mehr.
Auf ein gesundes Wiedersehen.
Es grüßt Euer Sohn und Bruder

Ich habe noch viele warme Sachen geschenkt bekommen, auch eine Tasche zum Umhängen.

WEHRMANN KARL FALKENHAIN AN DIE EHEFRAU

Östlicher Kriegsschauplatz, den 20. 1. 1915

Vielgeliebte Frau und liebe Kinder!
Ich will Euch aus der weiten Ferne mitteilen, dass ich Gott sei Dank noch gesund und munter bin. Wir sind noch immer am selben Ort, wo wir ankamen. Wir liegen in einem Russenhaus auf Stroh, das ist wie Häcksel. Wir sind 40 Mann, aber es liegen auch noch Russenfamilien drin. Wie das aussieht, solltest Du mal sehen, Du würdest staunen. Die Häuser sind so niedrig, dass man sich beim Eintreten am Kopf stößt. Sie sind alle mit Stroh gedeckt. Schweine, Hühner, Gänse laufen in der Stube herum.
Unsere Stellungen liegen gegenüber den Russen. Wir kommen nicht voran, denn die schießen sehr. Außerdem liegt da ein Fluss, über den kommen wir nicht drüber. An den ersten Tagen hat es nur geregnet, da war es sehr dunstig. Boote können wir auch nicht benutzen, weil das Wasser gefroren ist. Die Russen gegenüber lassen sich nicht sehen, wir haben aber auch keine Sehnsucht nach dem Volk. Uns ist es am liebsten, wenn wir sie nicht sehen.
Wie Du schreibst, ist Erich nun in Frankreich*. Gräme Dich nicht so.

Herzliche Grüße und Küsse
von Deinem vielgeliebten Mann,
Euer guter Vater in der weiten Ferne

** Ein Übermittlungsfehler – Erich Donath war am 16. Januar nach Russland gekommen.*

Ich will Dir meine Adresse mitschreiben, falls Du die erste Nachricht nicht gekriegt hast:

Wehrmann Karl Falkenhain
Überplanmäßiges Landwehr Inf.
Batt. Nr. 6 Komp.
Post Mlawa über Soldau in Russland

MINNA FALKENHAIN AN DEN EHEMANN
(Stempelaufdruck: Zurück/Post Mlawa über Soldau in Russland)

Naundorf, 15. 2. 1915

Vom 7. bis 22. Februar tobt die Winterschlacht in den Masuren. Die erfolgreichen deutschen Angriffsoperationen führen jedoch nicht dazu, wie geplant in den Rücken der in Polen stehenden russischen Armeen vorzustoßen.

Mein vielgeliebter guter Mann und guter Vater! Deine beiden Karten vom 1. 2. und 6. 2. habe ich nach fünfzehn bzw. zwölf Tagen erhalten. Du schreibst, dass Du wieder auf Vorposten bist und den Feind noch nicht gesehen hast. Das Beste wäre, Du würdest ihn nie zu Gesicht bekommen.
Der Kortsche Meißner hat an Hebolds geschrieben, dass er fünf Tage im Feuer gestanden habe. Du musst doch auch dabei gewesen sein, denn Du hast dieselbe Adresse wie er. Ich habe es von der Pfenigen gehört, als die sich Deine Adresse bei mir holte, weil sie Dir was schicken will. Die schicken jedem Pakete. Du müsstest Ihr also auf einer Karte danken. Aber erst, wenn Du was bekommen hast.
Ich freute mich, als ich bei Dir las, Du hättest Post von Erich bekommen, auch seine Fotografie. Ich hatte von ihm auch eine in Dein Paket gelegt, weil ich es nicht wusste, aber das schadet ja nichts, hast Du eben zwei. Aber ob er noch lebt? Seit dem 5. 2. hat er nicht mehr geschrieben. Es war ein sehr trauriger Brief. Sie kämen nicht aus dem Feuer, und wenn sie mal abgelöst würden, kämen immer Granat- und Schrapnellschüsse geflogen, schrieb er. Sie seien ihres Lebens nicht sicher und müssten immer wieder vor. Die strafen sie ja ordentlich. Sie liegen immer auf Gottes Erdboden und oft ohne Stroh, und Essen und Trinken friert ihnen ein. Es ist ein wahrer Jammer. Ich bete Tag und Nacht für meine lieben Leute, die ich in weiter Ferne habe, damit sie der liebe Gott beschütze, und dass wir uns gesund wiedersehen. Aber wer weiß, wie das

noch kommt, an ein Ende ist nicht zu denken. Man hört und liest in allen Blättern von den großen Riesenschlachten und dass Hindenburg gesagt habe, koste es, was es wolle, durchgesetzt wird es. Da wird nicht nach Eurem armen Leben gefragt. Wenn bloß der liebe Gott Euch zwei am Leben erhielte. Nun will ich Dir noch Erichs Adresse aufschreiben, die ist noch etwas länger geworden:

Seit 31. Januar wird in Berlin der Verkauf von Mehl und Brot rationiert.

Jäger Erich Donath
25. Reserve Armeekorps
49. Reserve Division
21. Reserve Jäger Bataillon
2. Kompanie, 4. Inspektion im Osten

Ich will nun schließen, ein andermal mehr.
Viele herzliche Grüße
von Deiner herzensguten Frau und Kindern,
hoffe auf ein baldiges Wiedersehen.
Mit vielen Grüßen und Küssen.
Bitte bald Antwort.

JÄGER ERICH DONATH AN DIE MUTTER

Schützengraben, den 16. 2. 1915

Liebe Mutter und Schwester!
Ihr werdet Euch vielleicht wundern, warum ich noch nicht geschrieben habe. Als ich mich am 11. hinsetzen wollte, hieß es auf einmal, zwei Kompanien sofort fertigmachen, in den Schützengraben einrücken. Dort sind wir heute noch. Morgen vielleicht werden wir abgelöst, worauf wir sehr warten, denn in der ganzen Nacht kann man nur vier Stunden schlafen, am Tage überhaupt nicht. Hier holt man sich richtig was weg. Wir haben jetzt Tauwetter. Im

Schützengraben haben wir trotz der Stiefel immer nasse Füße, es regnet jeden Tag. Wenn man sich nachts zweimal zwei Stunden zum Schlafen niederlegt oder auf Wache liegt – immer liegt man im Wasser. Nirgends kann man sich trocknen, oben läuft das Wasser in die Stiefel rein. Wir wünschen uns nichts weiter als Frieden, damit alles wieder seine Ordnung kriegt. Es ist nicht mehr schön in diesem Dreck.

Du schreibst, Du hast zwei Pakete abgeschickt, über die ich mich sehr freuen würde. Wenn ich sie doch erst hätte. Hier vorn im Graben kriegen wir keine Post, die liegt hinten im Quartier. Schicke mir bitte alles, was ich bestellt habe, denn hier kriegt man auf alles Appetit. Schmalz und Wurst haben sehr gut geschmeckt. Aber es ist bald alle. Wir kriegen hier auch sehr wenig Brot, weil nichts nach vorn kommt. Der Weg ist zu schlecht. Gestern hatten wir den ganzen Tag kein Brot, heute bekamen wir 9 Mann ein Brot. Da bekommt jeder nur eine kleine Stulle, und die ist schon längst alle, auch wenn jetzt erst Mittag ist. Wir haben uns schon in den alten Schützengräben Brot gesucht, was von den Verwundeten und Gefallenen liegengeblieben ist. Das war vom Regen schon ganz aufgeweicht. Ein Kamerad von Naumburg ist durch einen Wadenschuss verwundet worden. Und der Fricke aus Jessen, der mit Seidels Frieda verwandt ist, wurde durch ein Schrapnell am rechten Oberarmmuskel verwundet. Ein paar von von Naumburgern sind schon tot.

Ich muss nun wieder auf Posten ziehen. Grüßt alle von mir, grüße auch Anna Bachmann, ihren Brief habe ich auch erhalten, habe aber keine Zeit zum Schreiben.

Es grüßt Euch Euer Sohn
und Bruder Erich

WEHRMANN KARL FALKENHAIN
AN DIE EHEFRAU

Geschrieben, den 23. 2. 1915

Liebe Frau und liebe Kinder!
Ich will Euch mitteilen, dass wir am 15. abends von unserem Vorposten in Ponki abgelöst wurden und nach Mlawa marschierten. Am 16. sind wir abends weggefahren und am 19. abends in Frankreich angekommen. Am 20. sind wir schon in die Schützengräben gekommen, geradeso wie in Russland.
Ich habe 25 Mark abgeschickt, hoffentlich wirst Du sie erhalten. Was soll ich hier damit, es ist wie in Russland – Geld kann man hier nicht gebrauchen, zu kaufen gibt es nichts.
Zu essen brauchst Du auch nichts zu schicken, denn was wir hier empfangen – Schinken, Käse, Butter, Fett, Zigarren – reicht.
Liebe Minna, jetzt muss ich Dir etwas mitteilen, was mir selber sehr weh tut und was am 22. abends in der sechsten Stunde passiert ist. Ich war hinterm Schützengraben austreten, und als ich wieder meinen Mantel anziehen wollte, ich hatte schon den linken Ärmel über, da kam eine Kugel geflogen und durchschlug den Mantel. Wir lagen nur 100 Meter vom Feind. Die Kugel ging durch bis auf die linke Schulter und streifte etwas Haut. Ich wurde abgelöst und kam ins Revier, aber es ist wirklich Gott sei Dank sehr gut abgelaufen. Du brauchst Dich also nicht aufzuregen.

Beste Grüße und viele Küsse
von Deinem vielgeliebten Mann,
Euer guter Vater

Mitte Februar versuchen die französischen Truppen südöstlich von Reims durchzubrechen, was nach geringem Geländegewinn scheitert. Diese »Winterschlacht in der Champagne« zeigt bereits das Merkmal aller späteren Angriffsoperationen im Stellungskrieg: die überlegene Stärke der Verteidigung und die Schwierigkeit, sie zu durchbrechen.

WEHRMANN KARL FALKENHAIN AN DIE EHEFRAU

Geschrieben, den 26. 2. 1915

In Berlin und anderen Städten kommt es wegen Mangel an Kartoffeln zu ersten Missfallenskundgebungen vor Verkaufsstellen. In Deutschland werden Getreidevorräte beschlagnahmt.

Vielgeliebte Frau und Kinder!
Ich will Euch mitteilen, dass ich mich ganz gut befinde. Ich bin am 25. Februar im Schützengraben verwundet worden. An derselben Stelle, wo ich mit der Kompanie lag, ist wenig später eine Granate eingeschlagen. Da wurden zwei Mann schwer und zwei leicht verwundet. Mit denen bin ich wegen meinem Streifschuss ins Lazarett gekommen. Ich werde wohl nach wenigen Tagen schon entlassen.

Besten Gruß und Küsse,
Dein lieber Mann und Vater

JÄGER ERICH DONATH AN DIE MUTTER

Geschrieben, den 28. 2. 1915

Gründung der »Freien Vaterländischen Vereinigung« am 28. Februar, einer bürgerlichen Propagandaorganisation, die für weniger extreme Kriegsziele und gesellschaftliche Konzessionen eintritt.

Liebe Mutter und Schwester!
Als wir gestern nach 10 Tagen aus dem Schützengraben kamen, erhielten wir wieder mal Post, worauf wir uns schon alle sehr gefreut hatten. Ich bekam 9 Pakete. Eins von Vehsens, eins von H. Riemer, 2 von den Dessauern, eins von Otto Seidel, eins von E. Lehmann mit Zigarren zu 10 Pfennig, eins von A. Bachmann und 3 von Euch. Dann kamen noch 14 Karten und 4 Briefe, darunter eine Karte und ein Brief von unserem lieben Vater.
Nach 10 Tagen Schützengraben sind wir alle krank. Hier herrscht eine große Kälte, und einigen sind die Beine erfroren. Die wurden entlassen, nachdem man ihnen den Fuß abgenommen hat. Das ist noch schlimmer als angeschossen zu werden. Gustav

Dubro hat auch einen Beinschuss erhalten, allerdings einen leichten.
Wir haben 10 Tage im Graben im Schlamm gestanden, da waren die Stiefel nicht lang genug. Schickt mir mal Strümpfe und Fußlappen.
Nun seid alle vielmals geküsst. Wenn ich wieder aus dem Schützengraben komme, kann ich Euch schreiben, vorher nicht. Dort wird uns keine Post abgenommen. Viele Grüße an Minna und Mutter. Jetzt bin ich wohl kränker als Minna. Wenn Ihr an unseren Vater schreibt, dann gratuliert ihm von mir.
Liebe Mutter, sei doch so gut und sage Vehsens und Hedwig Riemer, dass ich mich erst später bedanken kann. Sie sollen es auch Otto Seidel sagen. Ich muss jetzt einpacken, wir rücken morgen früh 4 Uhr ab.

Ein andermal mehr.
Auf Wiedersehen.

Sage auch Emma Lehmann Bescheid, ich kann mich erst später bedanken.

MINNA FALKENHAIN AN DEN EHEMANN

(Stempel: Zurück/Jeandelize über Metz)

Naundorf, 1.3.1915

Mein lieber guter Mann und guter Vater!
Gestern erhielt ich Deinen lieben Brief, in dem Du mir mitteilst, Dir wäre schon was in Frankreich passiert. Das ging ja schnell und hätte schon Dein Ende sein können, wenn sie Dich in den Hals oder Kopf getroffen hätten. Wie kannst Du aber auch so töricht sein und aus dem Schützengraben gehn? Das kannst Du Dir doch selbst denken, dass die Franzo-

sen dann nach Euch schießen! Deren Wut ist doch zu groß, Ihr erfahrt wohl nicht, was die Blätter schreiben? Die Engländer haben gesagt, sie wollen die Deutschen noch mit Messern erstechen und Deutschland aushungern. Wir kriegen jetzt schon das Brot zugeteilt – pro Person die Woche vier Pfund. Das muss reichen. Es ist alles sehr teuer, und nichts kommt aus dem Ausland rein. Wie mag das noch alles werden? Wenn bloß erst der liebe Gott wollte Frieden bringen. Ich habe schon gesagt, das erleben wir nicht mehr.

Man kann die Hoffnung sinken lassen, zumal Dir auch jetzt was in Frankreich passiert ist. Solange Du in Russland warst, ist so was nicht vorgekommen. Bleib, lieber Karl, so lange im Revier, wie es geht. Geh nicht so schnell wieder in den Schützengraben, und lass Dich richtig ausheilen, denn so lange Du im Revier bist, kann Dich keine zweite Kugel treffen. Da sind noch so viele, die noch nie draußen waren, jetzt sollen erst einmal die gehen. Warum nur willst Du immer dabei sein? Wenn Du noch einmal rausgehst, sehen wir uns nie wieder.

Und wenn Du wirklich wieder in den Schützengraben musst, dann geh nicht raus und gucke nicht raus, denn danach schießen die Franzosen gleich. In Annaburg hat der Oberförster erzählt: Wenn einer seinen Kopf raussteckt, schießen sie sofort darauf. Da hat schon mancher seinen Kopf verloren. Auch Erich habe ich gewarnt. Aber bei Dir habe ich angenommen, Du wärst alt und verständig genug, deshalb habe ich es Dir nicht geschrieben.

Von Erich habe ich am Sonnabend einen Brief bekommen. Dem armen Jungen geht es schlecht, der kommt nicht aus dem Feuer. Kaum dass sie abgelöst sind, heißt es wieder: nach vorn, weil wieder Tausende Russen kommen. Sie müssen fast ver-

hungern, sie kriegen kein Brot mehr, weil sich keiner mehr hintraut zu ihnen. Sie müssen das alte Brot essen, das die Verwundeten und Toten liegen lassen. Das sieht schon nicht mehr wie Brot aus, aber sie essen es. Er schreibt: Hunger tut weh.
Nun, lieber Karl, kannst Du Dir denken, wie ich mich um Euch beide gräme, weine und bete. Alles wird immer schlimmer, dass ich es kaum noch ertrage. Schreibe mir trotzdem immer die Wahrheit, denn wenn ich sie erst von anderen erfahre, ist es noch schlechter.

Viele herzliche Grüße und Küsse
von Deiner lieben Frau und Kindern.
Wenn bloß der liebe Gott wollte,
dass wir uns mal wiedersehn.
Bitte antworte bald.

MINNA FALKENHAIN AN DEN EHEMANN

Naundorf, den 5. 3. 1915

Mein herzensguter Mann und lieber Vater!
Heute erhielt ich eine Karte aus dem Feldlazarett, wo angegeben ist, dass Du leicht verwundet bist. Ich bewundere die, dass die an mich eine Karte schreiben und auch so genau meinen Namen wissen, was ich für eine Geborene bin und so weiter. Das hast Du wohl angegeben, sonst könnten die doch nicht wissen, dass ich eine Donath bin.
Mein lieber herzensguter Karl, bist Du sonst noch krank, leidest Du denn noch an Deinem Magen? Mir machen die Leute hier Angst, sie sagen, da liegt was vor, sonst hätten die nicht aus dem Lazarett geschrieben, solche Karte hat noch keiner gekriegt. Darüber werde ich wieder nicht fertig. Schreibe mir

In Berlin-Steglitz treffen sich am 5. März in der Wohnung von Wilhelm Pieck führende linke Sozialdemokraten. Diese »Reichskonferenz« beschließt die Herausgabe der marxistischen Monatsschrift »Die Internationale«. Der Kreis der Oppositionellen bezeichnet sich »Gruppe Internationale«.

Am 18. März erfolgt an der Ostfront ein Vorstoß russischer Truppen bis Memel, zwei Tage später greifen die Russen an der Karpatenfront an, um einen Durchbruch nach Ungarn zu erzielen. Die Kämpfe dauern bis Ende April an.

Am 18. März findet in Deutschland die erste spontane Friedenskundgebung statt – etwa 200 Frauen begrüßen Karl Liebknecht demonstrativ vor dem Deutschen Reichstag.

die Wahrheit, wie es um Dich bestellt ist. Soll ich Dich mal besuchen? Mag es kosten, was es wolle, und selbst wenn 100 Mark verloren gingen.
Hast Du noch keinen Brief von mir erhalten, ist keiner hinterhergekommen? Ich habe auch noch keinen aus Russland retour gekriegt, auch aus Frankreich nicht. Wie ist denn die Kost, soll ich was schicken? Es ist überall knapp, da wird es auch im Lazarett knapp sein. Bei uns gibt es noch immer genug zu essen.
Wenn Du gesund bist, geh nicht so schnell wieder raus. Du hast von mir noch nie einen Rat angenommen, aber befolge ihn dieses eine Mal. Du musst es doch bald selber einsehen, dass ich immer recht habe. Solange Du im Lazarett bist, trifft Dich keine Kugel. Wie jetzt die Blätter schreiben, hat Deutschland noch sehr viel durchzumachen, jetzt sieht es überall sehr böse aus. Wer weiß, ob wir uns jemals wiedersehn, sieh zu, dass Du mal Urlaub kriegst.

Viele herzliche Grüße und Küsse
von Deiner lieben
Frau und Kindern. Ein gesundes Wiedersehn

JÄGER ERICH DONATH AN DIE MUTTER

Bolimow, den 8. 3. 1915

Liebe Mutter und Schwester!
Als wir gestern aus dem Schützengraben kamen, erhielt ich Post von Euch und von A. Bachmann, heute bekam ich zwei Pakete, einen Brief von Anna Bachmann und eine Karte von Frieda Falkenhain. Am besten hat mir der Kuchen geschmeckt, den ich noch bei Gesundheit essen konnte. Wir hatten jetzt mächtig viel Verluste, die meisten von unse-

rem Ersatz aus Naumburg. Hier sind vielleicht noch 1/3 von 100 Mann. Drei Freunde von mir sind am 6. 3. gefallen.
Vielleicht geht es noch mal gut, und wir sehen uns wieder. An unseren lieben Vater schreibe ich heute eine Geburtstagskarte, hoffentlich verlebt er den Tag gesund.
Von Hedwig Seidel habe ich am 7. März auch ein Paket erhalten.

Seid vielmals gegrüßt
von Eurem Sohn und Bruder Erich

MINNA FALKENHAIN AN DEN SOHN

(ungeöffnet mit dem Vermerk zurück: »Auf dem Felde der Ehre gefallen«)

Naundorf, den 22. 3. 1915

Gott beschütze Dich!
Lieber Sohn und Bruder!
Deinen lieben Brief habe ich heute erhalten. Ich weiß nun, was Du Dir wünschst. Ich habe heute gleich gepackt und schicke Dir die Sachen: ein Hemd, ein Tuch und Eier. Mein lieber Sohn, was ich Dir jetzt mitteile, wird Dich sehr verwundern: Unser lieber Vater ist wieder in Magdeburg. Er ist in Frankreich krank geworden. Es ist aber nicht schlimm, das wird nicht lange dauern, und er muss wieder raus. Ängstige Dich nicht, er ist bald wieder gesund und wird auf Urlaub kommen.

Sei vielmals gegrüßt
von Deinen lieben Eltern und Schwester

Liebknecht stimmt am 20. März gemeinsam mit Otto Rühle gegen die 3. Kriegskreditvorlage in Höhe von 10 Milliarden Mark. 30 SPD- und Zentrumsabgeordnete verlassen vor der Abstimmung den Reichstagssaal.

MINNA FALKENHAIN AN DEN SOHN
(Stempelaufdruck: »Zurück/Auf dem Felde der Ehre gefallen«)

Naundorf, den 29. 3. 1915

In Bern tagt vom 26. bis 28. März die Internationale Sozialistische Frauenkonferenz mit 25 Delegierten aus Deutschland, England, Frankreich, Holland, Italien, Polen, Russland und der Schweiz.

Gott beschütze Dich!
Lieber Sohn und Bruder!
Brief und Karte haben wir erhalten, daraus ersehen wir, dass Ihr einen lustigen Tag gehabt habt. Das ist gut. Wie viel böse Stunden habt Ihr schon durchmachen müssen. Bei uns war auch für eine Zeit Fröhlichkeit. Unser lieber Vater war 10 Tage bei uns auf Urlaub, weil er in Frankreich krank gewesen ist und nach Magdeburg kam. Am 1. April muss er wieder von dort weg. Wenn Du doch auch einmal so unverhofft kommen würdest. Besser ist natürlich, Du bleibst gesund und kannst unversehrt zu uns heimkehren.
Lieber Sohn, Du schreibst, Anna Bachmann habe Dich vergessen. Das ist aber auf keinen Fall wahr, denn sie ist immer ganz entzwei, wenn Du ihr lange nicht schreibst. Ich habe mich genau erkundigt, ob es wahr ist, dass sie mit Willy Lehmann gegangen ist. Das ist grundsätzlich eine Lüge, denn der Willy ist mit einer von den Simons aus Plossig verlobt und wartet darauf, dass der Krieg vorbeigeht, damit er sie heiraten kann. Diejenigen, die Dir etwas anderes geschrieben haben, haben Dich tüchtig belogen. Das kann Dir doch nur Emma Lehmann geschrieben haben, und Du bist so dumm und glaubst das. Die hat jetzt Kindtaufe machen müssen, denn die hat eins von dem Rockmann aus Großtreben, und der lacht sie jetzt wegen des Kindes aus und heiratet sie nicht. Die Hebold hat sofort ihren Hermann von der Emma weggeholt, als sie das gehört hat.

Ich würde Dir das alles gar nicht schreiben, wenn sie bei Dir die Anna Bachmann nicht so schlecht gemacht hätten. Deren Mutter hält sie sehr streng. Aber Emma Lehmann ist nun schlimm dran und weiß nicht vor Wut, was sie anfangen soll. Da schreibt sie Dir so was und denkt, Du fällst drauf rein und kriechst zu ihr. Hebold guckt sie auch nicht mehr an, weil er weiß, wie schlecht sie ist.
Ich war heute Morgen bei Vehsens Tante, die hat mir alles erzählt. Die weiß alles viel besser als ich und meinte, schreibe es ja dem Erich, dass er sich nicht mit der Lehmann einlässt, weil er sonst unglücklich wird. Das Mädchen ist zu frech. Bachmanns Tante hat auch gesagt, Du sollst nicht mehr an die Naundorfer Mägde schreiben, das wäre gerade so, als wenn Du nichts weiter zu tun hättest. Dann hat sie noch gesagt, da müsse sich ja die Mutter schämen und die Verwandten auch, so was hört man von keinem. Der Ließ schreibt an keine Mägde.
Also, mein lieber Sohn, nun habe ich Dir die Meinung Deiner Tanten geschrieben, wie sie es mir aufgetragen haben. Du sollst bei Bachmanns bleiben, da wären sie zufrieden. Aber wenn Du an andere Mädchen schreibst, ärgern sie sich, und ich ärgere mich auch. Da ist doch tatsächlich Wittes Magd auf die Straße gelaufen und hat der Kleinen von Bachmanns gesagt, der Donath hat mir heute eine Karte geschrieben, nun ist er mein Schatz. Das ist großartig! Ich habe mich geärgert und gegrämt, das kannst Du Dir gar nicht vorstellen. Also, mein lieber Sohn, bedenke das und schreibe nur noch an die Anna Bachmann, wenn Du sie lieb hast. Deren Liebe zu Dir ist groß. Das sehe ich daran, dass sie sofort nach Annaburg fährt, wenn Du Dir was wünschst. Da kann das Wetter schlecht sein, wie es

will, sie fährt, selbst wenn ich sage: Lass es sein, ich fahre mit dem Zug. Dann antwortet sie: »Ach, das mache ich aus Liebe zu ihm. Wenn er doch nur wiederkommen wollte, damit ich mit ihm zusammen sein kann.« Wenn ich der Anna erzählen würde, was Du geschrieben hast und was ich Dir heute mitteile, dann würde sie sich sehr ärgern und ihre Mutter auch. Die hat Dich auch sehr lieb. Sie lässt bei mir nähen, und im Winter waren wir abends oft zusammen.

Das wollte ich Dir schon immer mal schreiben, das drückt mich schon lange, mein Herz war deswegen so schwer. Wäre jetzt nicht unser lieber Vater zu Hause, hätte ich es vielleicht noch immer nicht fertiggekriegt. Ich mache mir um Dich sehr große Sorgen. Schicke mir doch mal bitte den Brief, damit ich sehe, was die Lehmann Dir für Lügen geschrieben hat. Du bist so leichtgläubig. Ich habe Dir schon zu Hause gesagt, Du sollst keinem glauben, aber Du fällst immer wieder auf die Verleumdungen herein. Lass sie schreiben, was sie wollen, und schere Dich nicht darum.

Behalte festen Mut und glaube an Gott, dann wird er Dich beschützen und in unsere Heimat einziehen lassen, denn der Friede muss doch einmal werden. Der Krieg kann nicht mehr so lange dauern, wie er schon anhält.

Viele herzliche Grüße
von Deinen lieben Eltern und Schwester.
Auf Wiedersehn, bitte bald Antwort.

MINNA FALKENHAIN AN DEN EHEMANN

Naundorf, den 13. 4. 1915

Ach, mein lieber guter Mann und guter Vater!
Heute erhielt ich einen Brief von einem Kameraden unseres lieben Erichs. Der Mensch schreibt: »Liebe Frau Falkenhain, tief betrübt ergreife ich die Feder, um Ihnen den schweren Verlust mitzuteilen, der Sie und die Ihrigen betroffen hat. Ich habe nicht eher geschrieben, damit sie nicht die Festtage über traurig und unglücklich wären. Ihr lieber Sohn und unser guter Kamerad Erich ist am Palmsonntag aufgrund der gegen 10 Uhr erhaltenen schweren Verletzungen am selben Tage um 12 ¼ Uhr erlegen. Ein anderer Kamerad sagte mir, dass er Ihnen mitgeteilt hätte, dass Erich leicht verwundet wäre. Er hatte große Schmerzen, war aber bis kurz vor seinem Tode bei voller Besinnung, denn er sagte, es ist ja nicht schlimm, und wenn ich nach Deutschland komme, schreibe ich gleich, wie es mir geht. Beim Transport schrie und stöhnte er manchmal furchtbar, und all unsere Mühe, ihn so schnell wie möglich zum Arzt zu bringen und Erleichterung zu verschaffen, war vergebens, denn ¼ Stunde, nachdem wir hinkamen, verschied er. Vorher hatte er mir noch aufgetragen, es Ihnen mitzuteilen, dass er verwundet wäre. Er hatte 3 Wunden, 2 im Unterleib und 1 im Oberschenkel links. Möge Ihnen der Herr in Ihrem Schmerz beistehen und über den schweren Verlust trösten. Mit aufrichtigem Beileid verbleibe ich Jäger Paul Ehring, Reserve Jäger Bataillon 21, 2. Kompanie, 49. Reserve Division, 25. Reserve Armeekorps.«
Mein lieber guter Mann, was meinst Du dazu? Der Leutnant und Kompanieführer schreibt, dass Erich einen Kopfschuss haben soll, und dieser Mensch

Vom 5. bis 7. April beraten in Bern Abgesandte von 33 000 politisch organisierten Jugendlichen aus 10 Ländern Fragen des Antikriegskampfes.

Am 16. April werden in Deutschland die Brotrationen herabgesetzt.

Die erste Nummer der von Rosa Luxemburg und Franz Mehring herausgegebenen Zeitschrift »Die Internationale – Eine Monatsschrift für Praxis und Theorie des Marxismus« erscheint am 14. April. Nachdem in Berlin 5 000 Exemplare verkauft sind, wird am 20. April das Blatt beschlagnahmt.

schreibt nun so. Was soll man denn da glauben? Vielleicht ist es doch nicht wahr, dass er tot ist, denn heute Nacht träumte mir, er wäre bei mir und erzählte, wie er verwundet wurde, und er erzählte genau so, wie es im Brief stand. So ist das mit den jungen Leuten. Die gehen zu weit vor, und dann ist kein Sanitäter oder Arzt da, wenn sie schießen. Die Offiziere sagen nur immer: »Schießen Sie zuerst, dann können die anderen Sie nicht beschießen!«
Lieber Karl, fasse Dir ein Herz und schreibe mir die Wahrheit, dass Du nicht wieder fort brauchst. Ihr müsst nun schon Wache machen, dann wird es nicht mehr lange dauern, bis es wieder heißt, Ihr müsst fort. Wie soll das noch werden?
Und wie mache ich es mit dem Herholen der Leiche? Vehsens sagen das mit ihrem dummen Kopf so dahin, dass ich mein Kind kriegen müsste, um zu sehen, dass es auch wirklich meins ist.

Viele herzliche Grüße
von Deiner lieben Frau und Kinder.
Heute bin ich sehr stark.

MINNA FALKENHAIN AN DEN EHEMANN

Naundorf, den 17. 4. 1915

Mein lieber guter Mann und guter Vater!
Ich habe nun wieder zwei Karten erhalten, eine vom Feldwebel und eine von Heidecke. Sie schreiben beide, unser liebes Kind sei tot. Ich kann das aber nicht glauben, unser Kind lebt noch. Es wird schon wiederkommen, so ein junges Blut kann nicht sterben. Ich habe es ins Blatt einrücken lassen, weil es die Jugend und der Lotterieverein auch getan haben. Das schicke ich Dir mit, damit Du

siehst, wie es ist, und ob es Dir gefällt. Aber unser Kind lebt noch. Wenn es das eines Tages selber lesen wird, wird es sich wundern.
Von Berlin habe ich noch nichts bekommen. Nun will ich noch einmal an den Kameraden schreiben, der mitgeteilt hat, dass sie Erich ins Lazarett gebracht haben. Das Lazarett aber hat sich noch nicht gemeldet. Dubros haben auch noch keine Antwort, ebenso Grunerts.
Sieh bloß zu, dass Du in Magdeburg bleiben kannst, Du bist meine einzige Stütze.

Viele herzliche Grüße und Küsse
von Deiner treu liebenden Frau

Unser Kind kommt wieder!

MATROSE AUGUST TRÖST
AN KARL UND MINNA FALKENHAIN

(Briefkopf: »Grand-Hotel des Bains et des Familles Blankenberghe«)

Ostende, den 17. 4. 1915

Habe soeben von Paul Lehmann erfahren, dass Ihr Erich am 28.3. in Russland gefallen ist, was mir sehr leid tut. Aber wie vielen ging es schon so. Auch ich war schon etliche Male schwer in Druck, dass ich nicht mehr leben wollte. Doch ich dachte, was hilft's, es muss immer und immer wieder weitergehn.
Heute mussten wir uns wieder im tiefsten Keller verstecken, denn es war furchtbare Fliegertätigkeit. 1,50 Meter von uns schlugen die schwersten Granaten und Bomben ein. Wir haben einen Flieger runtergeschossen, der unten völlig verbrannte.

Am 22. April beginnt die Schlacht bei Ypern, die bis zum 9. Mai andauert. Trotz des völkerrechtswidrigen Einsatzes von Chlorgas gelingt es den deutschen Truppen nicht, Ypern zu erobern. Beide Seiten setzten nunmehr in wachsendem Maße chemische Kampfstoffe als Gasminen und Gasgranaten ein.

Am 3. Mai tritt Italien der Entente bei und verlässt damit den Dreibund mit Deutschland und Österreich-Ungarn.

Die beiden Franzosen wurden gefangen genommen, sie waren unverwundet. Wir haben mehr mit schweren Geschützen, mit Schiffen und Fliegern zu kämpfen, daher haben wir auch befestigte Stellungen in den Stranddünen. Sonst geht es noch gut mit mir. Bitte grüßen Sie meine Eltern und alle von mir aus dem höllischen Flandern.

August Tröst

Sende hiermit mein herzliches Beileid aus dem Felde 1915

MINNA FALKENHAIN AN DEN EHEMANN

Naundorf, den 11. 5. 1915

Am 7. Mai versenkt ein deutsches U-Boot den englischen Passagierdampfer »Lusitania«. Von den 1909 an Bord befindlichen Menschen ertrinken 1198, darunter 139 Amerikaner. Die USA protestieren in mehreren Noten aufs Schärfste gegen diese Art der Kriegführung. Der U-Boot-Krieg wird in der Folgezeit immer mehr eingeschränkt und in den Gewässern von England im Oktober 1915 eingestellt.

Mein lieber herzensguter Mann
und lieber Vater!
Du willst wissen, wie unser Roggen aussieht. Es ist, wie Du es Dir denkst. Das Stück an Krügers Acker ist schlecht, das hat sehr gelitten. Das andere mag so einigermaßen sein. Hauptsächlich der Klee ist schön. Das mag ja alles sein, wichtiger ist: Wenn doch erst meine Lieben bei mir zu Hause wären! Aber der alte böse Krieg hört nicht auf. Jetzt bringen sie wieder sehr viele fort. Die Jungs, die sie im Januar ausgehoben haben, wurden jetzt auch geholt. Da habe ich mir gedacht, die können auch ruhig fort, denn ich habe meinen Erich auch hergeben müssen.
Lieber Karl, wenn Du Dich doch nur ein wenig verstellen könntest, damit Du nicht wieder fort brauchst, dann würden meine Sorgen ein wenig kleiner. Es heißt doch jetzt, alles muss fort, was halbwegs gut ist. Schauspiele doch etwas, dann

könntest Du bleiben und ich wüsste, dass Dich keine Kugel trifft.
Jetzt muss ich Dir noch was über unsere Briefträger schreiben. Das machen jetzt Fleischer Grätz und der Junge vom alten Arndt. Die sind sehr gesprächig und plaudern alles im Dorf rum, was auf den Karten steht. Schreibe deshalb nur noch Briefe.

Viele herzliche Grüße und tausend Küsse
von Deiner treusorgenden lieben Frau und
Kinder

In der Reichstagssitzung am 25. Mai erklärt Kanzler Bethmann-Hollweg, den Krieg so lange zu führen, bis kein Feind je einen Waffengang gegen das Deutsche Reich wagen könnte. Am 28. Mai demonstrieren 1500 Frauen vor dem Reichstag.

WEHRMANN KARL FALKENHAIN
AN DIE EHEFRAU

Lostau, den 29.5.1915

Meine vielgeliebte Frau und Kinder!
Ich habe Euren Brief gelesen und gesehen, wie Euch zumute war, als wir uns wieder trennen mussten. Du schreibst, liebe Minna, Du hättest den ganzen Weg von Annaburg bis nach Hause geweint. Das ist schlimm. Auch lese ich, meine Mutter hat sich bei Dir beschwert, weil ich sie angeblich nicht gegrüßt habe. Wie soll ich jemanden grüßen, den ich nicht sehe? Vor ihrer Hoftür hat ein Wagen mit Holz gestanden, ich habe keinen Menschen gesehen. Vielleicht hat sie dahinter gestanden? Deshalb aber brauchst Du Dich doch nicht zu ärgern, ich jedenfalls lasse mir deshalb keine grauen Haare wachsen. Meine Mutter hat mich noch nie im Leben geachtet, und sie muss mich auch jetzt nicht beachten. Daraus mache ich mir nichts. Wenn Du Dich darüber ärgerst, kann ich Dich wirklich nur bedauern. Ich hab in meinem Leben noch nie etwas von der bekommen. Wie kommt die jetzt dazu und

behauptet, sie hätte mir Heidelbeerkuchen nach Torgau gebracht? Es stimmt, sie war mal bei mir in Torgau für vielleicht 10 bis 15 Minuten, da hat sie mir ein Stück Kuchen gegeben. Wenn sie das noch immer ärgert, dann sage ihr, wenn ich wieder zu Hause bin, werde ich einen Kuchen backen und ihn ihr zurückgeben.
Meine liebe Tochter, was machst Du an allen Tagen? Holst Du auch Futter für die Ziegen?
Nun will ich schließen. Bin gesund und munter, was ich auch von Euch hoffe. Viele Grüße und Küsse von Deinem treu liebenden Mann, Euer guter Vater.

Auf Wiedersehn. Grüßt Anna.

MINNA FALKENHAIN AN DEN EHEMANN

Naundorf, den 9. 6. 1915

Ein von Liebknecht entworfener und später als Flugblatt (Auflage: 10 000 Exemplare) verbreiteter Offener Brief, der die Unterschriften von etwa 1 000 SPD-Funktionären trägt, fordert den Parteivorstand und die Fraktion auf, die Burgfriedenspolitik aufzugeben und den »sozialistischen Kampf für den Frieden« zu eröffnen.

Mein lieber guter Mann und herzensguter Vater! Ich muss Dir heute etwas schreiben, was ich nicht schreiben sollte, wenn es nach Anna ginge. Aber ich bin immer aufrichtig zu Dir gewesen und will es auch weiterhin sein. Ich war vorigen Sonntag mit Anna und Hedwig Riemer in Torgau bei einer alten Kartenlegerin. Sie hat uns vieles gesagt, aber ich weiß nicht, ob ich das glauben soll. Sie hat mir meinen ganzen Lebenslauf gesagt und auch erklärt, dass unser Erich noch lebt. Er wäre mit lauter fremden Menschen zusammen, die würde sie nicht verstehen. Erich würde aber bald nach Hause kommen. Zu Anna sagte sie dasselbe. Da haben wir uns angesehen und uns nicht zu erkennen gegeben. Und zu Hedwig sagte sie, sie würde bald unverhofften Besuch erhalten, über den sie sich erschrecken würde. Nun wissen wir nicht, was wir davon halten sollen.

Viele herzliche Grüße und tausend Küsse
von Deiner lieben alten dummen Frau
und Kinder und Anna

Am 19. Juni veröffentlichen die SPD-Politiker Hugo Haase, Eduard Bernstein und Karl Kautsky in der »Leipziger Volkszeitung« ein Manifest gegen den Krieg. Die Zeitung wird für mehrere Tage verboten.

JÄGER PAUL EHRING AN MINNA FALKENHAIN

Geschrieben, den 13. 6. 1915

Am 23. Juni bildet der Oberbefehlshaber Ost, von Hindenburg, die Militärverwaltung Ober-Ost, sein Stabschef wird Ludendorff.

Geehrte Frau Falkenhain!
Ich erlaube mir hiermit, Ihnen das versprochene Bild zu senden. Man kann aber nur »Jäger Erich« lesen. Das ist seine letzte Ruhestätte. Ich habe soeben sein Grab mit einem Strauß Kornblumen geschmückt. Leider waren meine Bemühungen wegen des Geldes vergebens. Ich will schließen, denn es beginnt gleich der Dienst.

Mit bestem Gruß
Jäger Paul Ehring

Meine Heimatadresse lautet – wenn ich glücklich heimkehren sollte:

Maurer Paul Ehring
Laucha/Unstrut
Unterkrautgasse 33
Kreis Querfurt

MINNA FALKENHAIN AN DEN EHEMANN

Naundorf, den 16. 7. 1915

Auftakt der Sommer- und Herbstoffensive der Mittelmächte gegen Russland von Kurland bis Galizien mit dem Ziel, die in Polen stehenden russischen Armeen einzuschließen und entscheidend zu schlagen. Zwischen Weichsel und Bug beginnt am 16. Juli der Angriff der deutsch-österreichischen-ungarischen Hauptkräfte. Lublin (30. Juli), Cholin (1. August), Iwangorod (4. August) und Warschau (5. August) werden erobert. Am 9. Juli kapitulieren die deutschen Kolonialtruppen in Südwestafrika.

Mein lieber guter Mann und herzensguter Vater!
Gestern war ein Aufruf hier, dass der Ließ-Wilhelm gefallen sein soll. Der war so alt wie unser lieber Erich. Ich habe ja immer gesagt, es trifft nur mich. Wenn es wahr sein sollte, ist das aber ein Trost für mich.

Dieser Tage habe ich von einer alten Frau erfahren, dass es für Dich einen Schutz gibt. Ich solle immer einige Haare von Dir bei mir tragen. Bitte sei so gut und schneide Dir was ab und schicke sie mir in einem Brief her. Sie müssen aber unten von Deinem Bauch sein, Du weißt ja schon, vons Gemächte. Sie müssen ungefähr einen halben Mandel lang sein. Wenn ich das schon gewusst hätte, als Du hier warst, wär es besser gewesen. Bitte schneide was ab und schicke es her. Hilft es nicht, dann schadet es auch nicht.

Gestern habe ich auch wieder eine Karte von dem Ehring erhalten. Er hat die Pakete erhalten und die Blumen auf das Grab von unserem Erich gepflanzt. Sie waren noch nicht vertrocknet, nur die Rosen waren abgefallen. Er bedankte sich schön für die Wurst.

Ich freue mich, dass Deinen Leuten der Kuchen geschmeckt hat.

Viele herzliche Grüße und tausend Küsse
von Deiner lieben Frau und Kinder.
Meine Gedanken sind immer wieder:
Unser Kind lebt!

MINNA FALKENHAIN AN DEN EHEMANN

Naundorf, den 5. 8. 1915

Mein lieber guter Mann und herzensguter Vater!
Das Bestellen des Ackers hat mich 12 Mark gekostet. Die Lupinen und Rüben gehn schön auf, bloß der Regen fehlt. Von meinen Träumen hatte ich Dir auch geschrieben. Wenn das die Leute lesen, die den Brief aufmachen, würde ich mich sehr ärgern. Vielleicht hat ihn die Böttchern nicht mitgegeben. Schreibe es mir, ob Du ihn erhalten hast.

Hin und wieder kommt Botschaft, dass welche gefallen sind. Der Fischer aus der Kolonie – der alten Fischers Minna ihr Junge – und der Oswald Seidel sind darunter. Oswald ist der jüngste Bruder von Otto Seidel. Der hatte sich freiwillig gemeldet. Das war der Kleine, der immer so ruppig war. Das ist immer wieder ein Trost für mich, weil ich immer gesagt habe, es träfe nur uns.

Am Dienstag war ich in Axien beim Pastor und habe ihm alles über unseren Sohn erzählt. Der will nun an die russischen Lazarette schreiben. Der hat schon sehr viel rausgekriegt. Wenn er doch bloß auch diesmal Glück hätte.

Viele herzliche Grüße und tausend Küsse
von Deiner treu liebenden Frau
und Kindern und Anna

MINNA FALKENHAIN AN DEN EHEMANN

Naundorf, den 9. 8. 1915

Mein vielgeliebter guter Mann
und herzensguter Vater!
Minna ist in der Schule und Anna nach Prettin. Ich habe mich heute schon wieder satt geweint, denn man wird nicht mehr froh. Anna ist schon wieder seit acht Tagen bei uns. Ihre verrückte Mutter hat sie vorige Woche fast totgeschlagen, dann hat sie sie vom Hof geschoben und die Tür hinter ihr abgeschlossen. Sie kam dann zu uns – was sollte ich machen? Der Grund war, am vorigen Sonntag ist Anna mit Lisa Bäcker und Springers Lisa und drei Torgauer Kerls nach Jessen in die Berge gegangen. Da war sie in der Nacht nicht zu Hause gewesen, weil sie bei uns geschlafen hatte. Sie war halb 1 hier. Das glaubt ihre Mutter aber nicht. Gestern fuhr die alte Resi nach Annaburg und hat ihrem Vater Lügen erzählt. Der kam zu uns und hat Anna abgeholt, sie durfte die Nacht nicht mehr bei uns bleiben.
Auch mein guter Hund fehlt mir jetzt sehr. Nachts gehn sie hier mausen und holen die Früchte aus dem Garten, Gurken, Kartoffeln und Obst, auch Holz. Es ist ja meist junges Volk, aber es macht einem trotzdem Angst. Ach, was fehlst Du uns.
Als mir heute Morgen der Bote Deinen lieben Brief brachte, sagte er mir, dass er die Sachen von Goldfuhs bekommen habe. Der wäre sehr schwer verwundet und läge in einem unbekannten Lazarett. Wenn er nicht tot wäre, hätten sie doch nicht seine Sachen geschickt? Goldfuhs kennst Du doch auch.

Viele herzliche Grüße und Küsse
von Deiner lieben Frau und
lieben Kinder und Anna

MINNA FALKENHAIN AN DEN EHEMANN

Naundorf, den 12. 8. 1915

Mein lieber herzensguter Mann und lieber Vater! Ich sitze auf dem Hof, es ist 8 Uhr. Ich muss noch heute Abend an Dich schreiben, denn morgen kommen Bernhardts zum Dreschen, da haben wir zu tun und es wird nichts. Außerdem habe ich wieder viel zu nähen, und dann muss ich noch Futter aus Plossig holen.

Am 14. August versenkt ein deutsches U-Boot in der Ägäis ein britisches Truppentransportschiff mit 1700 Mann am Bord.

Ich habe wieder große Angst um Dich, denn gestern ist doch die Pulverfabrik in Reinsdorf in die Luft gegangen. Das war ein Krachen bis hierher, auch haben wir es aus der Ferne gesehen. 300 bis 400 Mann sollen dort zu Schaden gekommen und in den umliegenden Dörfern alle Scheiben zersprungen sein. Wie es passiert ist, weiß keiner. Ihr habt doch auch Geschütze? Das ist doch ebenso gefährlich wie eine Pulverfabrik? Für Deutschland ist diese Explosion bestimmt eine große Schlappe, denn jetzt fehlt viel Pulver. Sicherlich sind es Ausländer gewesen, die das verursacht haben. Da hat doch die Wache nicht richtig aufgepasst.

Lieber, guter Mann, wie wird das noch alles kommen? Ich glaube nicht mehr, dass wir noch einmal in Frieden leben können. Die Zeiten werden immer schlechter.

Schon wieder ist einer aus Naundorf gefallen, und zwar der Vetter aus der Trift, den kennst Du doch auch? Als Du das letzte Mal hier warst, haben wir noch mit ihm auf dem Feld gesprochen. Als er wieder an die Front kam, hat es nur ein paar Tage gedauert, und er ist gefallen. Es kommt einer nach dem anderen dran, und es gibt kein Ende, bevor nicht alle tot sind.

Der Koller der Bachmann hat sich wieder gelegt, nun schläft Anna wieder bei uns.

Viele herzliche Grüße und Küsse
von Deiner lieben Frau, Kinder und Anna.
Wenn ich Dir bloß erst wieder könnte Küsse geben

MINNA FALKENHAIN AN DEN EHEMANN

Naundorf, den 20. 8. 1915

Im Reichstag wird gegen die Stimme von Liebknecht die dritte Kriegskreditvorlage von 10 Milliarden Mark angenommen. Liebknecht richtet an die Regierung die Anfrage, ob sie bereit sei, unter Verzicht auf Annexionen sofort in Friedensverhandlungen einzutreten. Die Beantwortung wird abgelehnt.

Am 24. August wird das Generalgouvernement Warschau gebildet, zwei Tage später erobern deutsche Truppen Brest-Litowsk.

Mein lieber herzensguter Mann und lieber Vater! Es vergeht kein Tag und keine Nacht, wo ich nicht in Gedanken bei Dir bin. In der einen Nacht hatte ich einen schlechten Traum. Da warst Du sehr schwer verwundet und lagst in Berlin im Krankenhaus. Da bin ich gelaufen und konnte keinen Zug erreichen. Dann sagten sie alle, ich solle bleiben, ehe ich ankäme, wärst Du tot. Nun kannst Du Dir denken, wie mir da zumute war. Seit dieser Nacht habe ich keine Ruhe mehr. Mir ist, als nagt an meinem Herzen ein Wurm. Ich fürchte mich im Haus sehr. In der einen Nacht hat es auch wieder zweimal gepocht, und ich antwortete, ich käme. Aber dann überfiel mich wieder Furcht. Da pochte es wieder. Aber es war diesmal an der Wand im Garten. Minna und Anna haben nichts gehört.

So war es schon mal vor ungefähr drei Wochen. Da hat es Anna auch gehört. Dreimal pochte es, und dabei war ein heftiges Rauschen und Poltern, als wenn einer die Treppe runterfällt.

Anna ist heute in Jessen, um sich bei einer Herrschaft vorzustellen. Vielleicht zieht sie auch hin, denn ihre Mutter ist zu schlecht zu ihr. Die lässt sie

richtig hungern. Die alte Resi ist ja verrückt, die kriegt den Hals nicht voll. Die Anna weint sehr, weil sie von mir fort soll, aber sie wird ja gezwungen. Jetzt habe ich große Angst wegen der Nächte, in denen ich allein bin. Das geht nicht, ich muss mir wieder einen hernehmen.
Ich kann bald nicht mehr. Daran ist der alte böse Krieg schuld. Er nimmt kein Ende, an Frieden ist noch lange nicht zu denken, ach, wenn ich doch meinen herzensguten Mann zu Hause hätte, und meinen lieben Sohn.

Viele herzliche Grüße und tausend Küsse
von Deiner treu liebenden Frau
und Kinder und Anna

Deutsche Truppen erobern im August/September Kurland und Litauen, jedoch scheitert der Versuch, den rechten Flügel der russischen Front zu umfassen. Im Generalgouvernement Warschau organisieren deutsche Behörden die wirtschaftliche Ausplünderung Polens, ab Herbst werden polnische Zwangsarbeiter nach Deutschland verbracht.

ANNA BACHMANN AN MINNA FALKENHAIN

Jessen, den 1. 9. 1915

Liebe Schwiegermutter!
Ihr werdet wohl schon lange auf Antwort warten, aber ich hatte keine Lust zum Schreiben. Zeit hätte ich ja gehabt, aber ich fühle mich so schwer, wenn ich an meinen lieben Erich denke. Hoffentlich erhalten wir bald Nachricht, wo er ist. Ich denke alle Tage an ihn, auch an meine Lieben zu Hause. Aber ich bin nun einmal von zu Hause fort und kann nicht mehr zurückkommen.
Es gefällt mir bis jetzt ganz gut, wenn es so bleibt, kann ich nicht klagen. Den ganzen Tag habe ich Arbeit, abends bin ich 8 – ½ 9 Uhr fertig. Es ist nur, dass ich die Arbeit nicht gewohnt bin, meine Hände sind wund, und die Beine habe ich mir auch schon durchgelaufen. Das tut ordentlich weh.

Liebe Minna, was machst Du, bist Du noch immer fleißig und hilfst Deiner Mutter? Vielleicht besuchst Du mich mal, da würde ich mich sehr freuen. Du fehlst mir auch sehr.

Seid vielmals gegrüßt
von Eurer lieben Anna

MINNA FALKENHEIM AN DEN EHEMANN

Naundorf, den 17. 9. 1915

Vom 5. bis 8. September findet in Zimmerwald in der Schweiz eine Internationale Sozialistische Konferenz mit 38 Delegierten aus 12 Ländern statt (1. Zimmerwalder Konferenz). Sie ist ein erster Schritt zur Sammlung einer neuen revolutionären Internationale.

Mein vielgeliebter guter Mann
und herzensguter Vater!
Gestern vor einem Jahr bist Du fortgezogen aus der Heimat. Wer weiß, wann die Stunde kommen wird, dass wir wieder zusammen leben können? Wie es aussieht, liegen noch schlechte Zeiten vor uns, man könnte die Hoffnung aufgeben. Wollen wir uns immer auf Gott verlassen, der wird uns schon helfen. Sieh doch zu, ob Du nach Magdeburg gehen kannst, ich habe Dir doch gesagt, wie. Ich war schon wieder mal in Torgau bei einer alten Kartenlegerin. Seidels Hedwig, was den Otto seine Schwester ist, hat mich begleitet. Dann bin ich noch bei zwei anderen Frauen gewesen, die sagen immer dasselbe von unserem Erich, nämlich, dass er lebt und nicht tot ist. Er käme ganz unverhofft. Ich habe gestritten und gesagt, nein, er ist tot. Da antwortete die eine, er wäre weit weg in Gefangenschaft, und sie wusste auch, dass er verwundet war. Beschimpf mich aber nicht, dass ich dorthin gegangen bin. Dadurch werde ich immer etwas getröstet, und mir ist leichter. Nun hoffe ich auf ein Wiedersehn.

Viele herzliche Grüße und Küsse
von Deiner lieben Frau

MINNA FALKENHAIN AN DEN EHEMANN

Naundorf, den 22. 9. 1915

Mein lieber Mann und herzensguter Vater!
Deinen lieben Brief habe ich gestern erhalten, er war wieder drei volle Tage unterwegs. Am Sonntag habe ich vom Pastor aus Axien einen Brief erhalten. Der schreibt, er habe in Petersburg im Gefangenenlager nachforschen lassen. Der Name unseres Kindes wird dort nicht geführt. Er will aber weiter forschen, und sollte er etwas erfahren, dann will er mir wieder schreiben. Da heißt es nun weiter hoffen.

An der Ostfront nimmt die deutsche Armee am 18. September die von den zaristischen Truppen kurz zuvor geräumte litauische Stadt Wilna ein.

An der gesamten Ostfront erfolgt Ende September der Übergang zum Stellungskrieg.

Am Sonnabend erhielt ich auch einen Brief von Anna aus Jessen, auch die war wieder bei einer Kartenlegerin. Die hat ihr gesagt, dass es im März passiert ist und es dieses Jahr noch zur Entscheidung käme, dass unser Sohn lebt und kommt. Sie hat nun wieder frische Hoffnung. Ich weiß wirklich nicht mehr, was ich denken soll.
Lieber Vater, wie ist bei Euch die Witterung? Hier ist schon drei Nächte Frost, auf den Pfützen ist Eis. Das Herbstfutter, das so schön gewachsen ist, ist alles erfroren. Wie die Kartoffeln ausfallen, weiß ich noch nicht, ich habe noch keine gebraucht, weil ich bis jetzt die alten gehabt habe.
Gestern war ich wieder mal in Annaburg, das erste Mal, seit Du weg bist, und ich war auch wieder bei der alten Kartenfrau. Sie hat Dir wieder was aufgeschrieben. Das sollst Du bei Dir tragen alle Tage und fleißig beten.

Viele herzliche Grüße und tausend Küsse
von Deiner lieben Frau, Kinder
und Anna lassen Dich auch grüßen.
Auf Wiedersehn

MINNA FALKENHAIN DEN DEN EHEMANN

Naundorf, den 3. 10. 1915

Vom 22. September bis 13. Oktober toben im Artois und in der Champagne die Herbstschlachten. Die englisch-französische Offensive soll den deutschen Frontbogen beseitigen, scheitert aber unter großen Verlusten. Im nachfolgenden Winter finden wegen der Erschöpfung beider Seiten an der Westfront keine wesentlichen Kampfhandlungen statt.

Mein lieber herzensguter Mann und lieber Vater! Deinen lieben Brief habe ich heute erhalten, über den ich mich sehr gewundert habe, weil Du schreibst, Du hättest lange nichts von uns bekommen. Das kann nicht sein, ich habe Deine Post immer gleich beantwortet. Den letzten Brief habe ich am 29. September geschrieben, nachdem ich die Ställe saubergemacht und am Nachmittag die Frau Pusch begraben habe. Davor habe ich noch gewaschen. Ich trug den Brief selber zur Bahn. Wie soll das zugegangen sein, dass Du ihn noch nicht hast? Frage mal den, der immer die Briefe abholt. Die Dessauer Martha war auch wieder bei einer alten Frau. Die hat auch von unserem lieben Sohn gesprochen, genau so, wie es sich mit ihm zugetragen hat. Die Dessauer haben das sehr bewundert. Deren Erich hat seit dem 5. August nichts mehr von sich hören lassen. Keiner weiß, was mit ihm los ist. Lieber Vater, Du fragst, ob ich bereits Kartoffeln ausmache. Nein, ich will sie noch ein bisschen wachsen lassen, sie hängen noch sehr am Stock. Außerdem komme ich mit Säen noch nicht dran, denn Murkel Vehse ist nicht so rasch zur Stelle. Wie Du schreibst, soll es bei Euch so viele und schöne Kartoffeln geben. Kaufe doch einen Zentner von dieser Sorte und schicke ihn her. Böttcher hat auch sehr viel, der verkauft sie gleich alle, den Zentner zu 3 Mark. Der verkauft pro Tag 1200 Zentner, das ist alle Tage wie Jahrmarkt.

Unsere weißen Rüben sind nicht des Aushackens wert, die roten sind ein bisschen besser. Ich werde mir ein paar Weiber nehmen, damit ich sie nach Hause kriege, denn allein ist das zu beschwerlich.

Voriges Jahr hatte ich noch meinen Leo und meinen Erich.
Aus der Umgebung sind wieder viele gefallen, die Du auch kennst. Aus der Naundorfer Trift hat es den langen Krüger erwischt, der dicken Auguste ihren Mann, und unseren Nachbarn Winkler aus der Gasse. Beide sind in Frankreich gefallen. Da ist es zu schlimm hergegangen.

Ich will jetzt schließen,
es ist gleich 10 Uhr Nacht.
Viele herzliche Grüße und tausend Küsse
von Deiner lieben Frau und Kinder

Nach dem Kriegseintritt Bulgariens aufseiten der Mittelmächte beginnt der deutsch-österreichisch-ungarische-bulgarische Feldzug gegen Serbien. Nach Überschreiten der Donau und Save wird Belgrad erobert und bis Dezember ganz Serbien besetzt.

MINNA FALKENHAIN AN DEN EHEMANN

Naundorf, den 6. 10. 1915

Mein vielgeliebter guter Mann
und herzensguter Vater!
Aus Deinem letzten Brief sehe ich, dass Du von Hoppe weg bist. Schade um das schöne Quartier und das Bett, nun musst Du auf das gute Essen verzichten. Wenn es knapp wird, schreibe es mir, ich werde Dir etwas schicken, damit Du nicht hungern musst.
Es ist gut, dass die Untersuchung so abgelaufen ist. Mein Herz war die ganze Zeit in großer Angst, weil ich hörte, wie es draußen zugegangen ist. Hat der liebe Gott also mein Beten doch erhört, und so wollen wir immer weiter beten, damit uns der liebe Gott beisteht.
Ich war heute in Annaburg. Die alte Frau Richter hat mir noch mal was für Dich mitgegeben. Den Zettel mit der roten Unterschrift sollst Du bei Dir tragen und auch beten. Dann schicke ich Dir noch Asche mit. Die sollst Du gegen die Morgensonne werfen

Am 14. Oktober wird in Berlin beim Preußischen Kriegsministerium ein Kriegspreisamt mit Oberzensurstelle eingerichtet. In der Woche vom 15. zum 20. Oktober kommt es in Chemnitz zu blutigen Zusammenstößen zwischen der Polizei und Demonstranten, die gegen Preiswucher protestieren. In Oberschlesien streiken aus diesem Grunde die Bergarbeiter, in Berlin gibt es Lebensmittelunruhen.

Ende Dezember 1915 scheitern endgültig die seit Februar andauernden Versuche englischer und französischer Truppen, Konstantinopel zu erobern und die Türkei auszuschalten. Die im April und August auf der Halbinsel Gallipoli gelandeten Truppen werden zurückgezogen. Im Januar beginnen russische Truppen mit der Besetzung fast der gesamten türkischen Gebiete Armeniens.

und die Worte sprechen: »O großer Adonay, Eloim, Ariel und Jehowa! Zu Ehren, zum Preis und Ruhm Deiner Macht vergoss ich das Blut dieses Opfers und streue jetzt dessen Asche in die Lüfte. Sei huldreich, o großer Adonay, nimm mich in Deinen Schutz. So ich rufe und bete, erhöre mich. Im Namen Gottes, des Vaters, des Sohnes und des Heiligen Geistes.« So wollen wir nun alles tun und an Gott glauben, dann wird er uns helfen. Ich glaube jetzt fest an ihn. Nun, lieber Vater, mache es richtig und bete alles so.

Viele Grüße und tausend Küsse
von Deiner lieben Frau.
Auf Wiedersehn.
Minna ist noch gesund.

TORPEDOBOOTSMAAT ERICH RIEMER AN DEN ONKEL KARL FALKENHAIN

Konstantinopel, den 16. 1. 1916

Lieber Onkel, Tante und Cousinen!
Endlich komme ich mal dazu, Euch ein paar Zeilen zu schreiben. Wollte schon immer mal anfangen, hatte aber nur sehr wenig freie Zeit, denn auch hier gibt es viel zu tun. Hatte Euch ja schon verschiedene Male Karten geschickt, aber immer vergebens auf Antwort gewartet. Aber man ist das schon gewöhnt, denn jetzt geht auch viel Post verloren oder kommt nicht an.
Von Ottos Todesfall hatte ich von Hedwig erfahren. Ich will Euch nun nicht wieder das Herz schwer machen und von Tieftraurigem schreiben. Keiner von uns weiß vorher, wann seine Stunde schlägt. Ich bin ja auch schon haarscharf am Tode vorbeigegangen und verwundet gewesen, aber Gott sei

Dank mit einer Narbe als Andenken wieder hergestellt. Jeden Tag kann uns hier draußen das Schicksal ereilen. Viele meiner Kameraden, mit denen ich mittags beim Essen zusammensaß, gab es am Abend nicht mehr. Alles junge Leute und gute Freunde. Aber was nützt das Jammern, man kann nichts dagegen tun. Vom vielen Grübeln wird man nur stumpfsinnig. Wollen wir hoffen, dass der Krieg nicht mehr allzu lange dauert und wir bald glücklich und gesund die Heimat wiedersehen. Das Eiserne Kreuz habe ich auch erhalten, für eine verwegene Sache, von der ich mich allerdings nicht ausschließen konnte. Mit gesunden Knochen nach Hause zu kommen ist wichtiger als so ein Ding.

Am 12. Januar 1916 wird Liebknecht aus der SPD-Reichstagsfraktion ausgeschlossen, aus Protest folgt ihm Rühle am 14. Januar.

Wo ist jetzt eigentlich der Onkel? Er wird es wohl auch so satt haben wie wir. Da muss man schon Nerven haben, um alles auszuhalten: Jahrein, jahraus nicht nach Hause kommen, und Haus und Familie sind in Sorgen. Aber tröstet Euch: Unter uns sind auch Familienväter, welche schon am 1. Mobilmachungstage weg kamen und noch keinen Urlaub erhalten haben.

Es herrschen schlechte und teure Zeiten für uns. Aber auch für unsere Feinde. Das sind doch auch Menschen.

Ich will jetzt aufhören.

Wollen hoffen, dass wir uns noch einmal mündlich darüber aussprechen können.

Nächstens mehr.
Seid vielmals herzlich gegrüßt
von Eurem Neffen und Cousin Erich

P. S. Meine Adresse ist jetzt:
Torpedobootsmaat E. Riemer
Flottille Konstantinopel
Durch Marine-Postbüro Berlin C. 2

MINNA FALKENHAIN AN DEN EHEMANN

Naundorf, den 29. 1. 1916

In verschiedenen Orten in Deutschland finden wegen steigender Lebensmittelpreise Unruhen und Streiks statt. Die zunehmende Kriegsmüdigkeit zeigt sich auch bei der Abstimmung am 21. Dezember 1915 über die fünfte Kriegskreditvorlage der Regierung. 20 Abgeordnete votieren mit NEIN.

Mein lieber Mann und herzensguter Vater!
Am Dienstag war ich bei Enigk wegen Brotmarken. Da sagte er, es wäre gut, dass ich selber gekommen bin, denn er hat einen Brief wegen Erichs Nachlass. Ich solle angeben, was er hinterlassen hat. Die sind wohl dumm, habe ich geantwortet, ich bin doch der Erbe und kein anderer. Er wisse das, sagte Enigk, aber die in Magdeburg wollen es wissen. Der Brief war am 23. Dezember in Magdeburg geschrieben. Ja, sagte Enigk, er habe schon selber geantwortet und mitgeteilt, dass Erich nichts hinterlassen hat. Das sei jetzt das zweite Schreiben, nun müsse ich die Antwort aufsetzen. Ich habe, damit sie ihren Willen bekommen, einen Anzug angegeben mit 2 Mark, einen mit 5 Mark und die Schuhe mit 3 Mark. Gestern bin ich gleich nach Torgau und habe das Sparbuch umschreiben lassen, sonst bin ich noch die Dumme und der Staat erbt mit. Wenn es über hundert Taler sind, dann muss ich sie versteuern. Jetzt habe ich wieder solche Sorgen, ob das alles richtig war, was ich gemacht habe.

Hast Du schon das Paket mit den Zigarren erhalten? Die sind vom Kriegerverein. Der Kantor hat die Adresse holen lassen, bei dem musst Du Dich bedanken. Es war ja nicht viel, aber es ist anständig. Schreibe eine Karte und sprich Deinen Dank aus.

Ich bin mit Minna noch immer nicht beim Arzt gewesen. Am Sonntag war ein Reisender hier, der wollte Erichs Bild groß machen. (Die Leute schicken mir immer wieder solche Kerle ins Haus.) Ich wollte das aber nicht, doch der Kerl war sehr vernünftig und quälte mich nicht. Liebe Frau, sagte er,

Sie haben recht. Er fragte, wie es mir und unserer Tochter ginge. Da sagte er, er habe es mir schon an den Augen angesehen, dass unser Kind krank ist, der ginge es so wie seiner Kleinen. Wissen Sie, was Ihrer Kleinen fehlt? Die hat Würmer! Holen Sie bloß etwas dagegen, Sie werden sehen, dass ich recht habe. Und richtig: Ich habe ein Mittel aus der Apotheke geholt, ein paar große Würmer sind schon abgegangen. Nun lasse ich Minna das Mittel weiter nehmen, bis dass es gut ist. Mit Hedwig ist es auch noch nicht viel besser. Sie fühlt sich zwar etwas wohl, aber sie ist immer sehr müde und matt.

Am 1. Januar beschließt die Reichskonferenz der Gruppe »Internationale« in Berlin die Herausgabe von »Spartakusbriefen«. Der erste erscheint am 27. Januar. Die Gruppe »Internationale« nennt sich seit 1. Januar »Spartakusgruppe«.

Ich will schließen. Ich mache mir solche Sorgen wegen der Erbschaft. Wer weiß, was da noch alles kommen wird. Ich habe Enigk gefragt, ob andere auch schon so etwas erhalten haben. Nein, hat er gesagt, wir sind die ersten. Aber ich denke, sie werden mir nicht viel anhaben, weil kein Geld mehr da ist.

Viele herzliche Grüße und tausend Küsse
von Deiner innig liebenden Frau
und Kinder

Lieber Vater!
Deine liebe Karte habe ich erhalten, worüber ich mich sehr gefreut habe, weil Du eine so schöne ausgesucht hast. Das ist alles gut und schön, nur hättest Du an Hedwig nicht so eine feine Geburtstagskarte schicken dürfen. Lieber Vater, die Hedwig ärgert mich immer.

Viele herzliche Grüße und Küsse
von Deiner Tochter Minna

MINNA FALKENHAIN AN DEN EHEMANN

Naundorf, den 2. 2. 1916

Mein inniggeliebter Mann und guter Vater!
Ich habe jetzt das Sparbuch von unserem lieben Sohn auf meinen Namen schreiben lassen. Nun denke ich, dass es sicher ist, und mit dem anderen müssen wir sehn, wie es kommt.
Ich habe noch etwas auf dem Herzen, was ich Dir jetzt beibringen will. Ich habe heute mit Dalichow wegen dem Schlachten gesprochen. Ich wollte in der Woche schlachten, die am 20. Februar beginnt. Dann liegt Dein Urlaub fünf Wochen zurück, und ich bin dann in der Woche frei von allem, dann ist es nämlich in der Zeit zweimal geschehen. Was ich meine, weißt Du, mein lieber Karl.
Der große Herr Seidel ist auch schon wieder seit Sonntag hier auf acht Tage Urlaub. Ich kann gar nicht sagen, wie froh ich bin, dass ich ihn diesmal los war. Ernestine sagt auch, sie wird ihn nicht mehr los. Der Kerl ist dumm, macht die Augen zu und geht drauflos. Er denkt, er hat das Recht dazu. Ernestine hat schon gesagt, dass sie nicht heiraten kann. Da sagte er, Hauptsache ist erst einmal, dass er wiederkäme. Dann würde sie schon gesund werden. Auch der olle Töpper ist hier auf Urlaub. Solche Strolche kommen wieder, und unser liebes Kind musste bleiben.
Kaisers Geburtstagsfeier war hier auch ganz schön. Es war Gottesdienst, und der Verein war auch in der Kirche. Ob sie abends trinken waren, weiß ich nicht, ich habe noch nichts gehört.

Viele herzliche Grüße und Küsse
von Deiner lieben Frau und liebe Kinder

MINNA FALKENHAIN AN DEN EHEMANN

Naundorf, den 6. 2. 1916

Mein lieber Mann und guter Vater!
Wir werden nun am Donnerstag, dem 24. Februar, schlachten.
Lieber Karl, wir haben doch oft darüber gelacht, dass der Reiche so oft nach Hause kam. Das hat was Ordentliches eingebracht: Der liebe Gott hat ihr Zwillinge geschenkt, einen Jungen und ein Mädchen. Da werden sie zufrieden sein. Der alte kleine Gärtner Ackermann ist auch gestorben. Bei Otto Müller ist ein dreijähriger Junge verbrannt, weil die Frau klatschen war. Vorige Nacht haben sie beim Gastwirt Müller Geld, Wäsche, Zigarren, Schokolade, Wein im Laden gemaust. Die Müllers haben nichts gehört. In Annaburg wurde auch eingebrochen. Da kriegt man richtig Angst, wenn man wie wir allein im Haus ist. Müllers haben die Polizei mit einem Hund kommen lassen, der ging bis zu Schülers. Schüler ist auf Urlaub, aber man hat nichts bei ihm gefunden.
Wir sind ganz allein, weil wir auch die Hedwig nicht mehr herholen können. Der Dessauer Arzt sagt, sie hat Schwindsucht. Trotzdem sagt sie, das wäre nicht wahr, ihr fehle nichts. Ihr Vater war beim Arzt und hat sich erkundigt. Er hat es mir geschrieben, weil sie Angst haben herzukommen, damit sie sich nicht anstecken. Als Hedwig am Donnerstag bei ihnen war, haben sie sie nicht einmal über Nacht dabehalten. Hedwig hat selbst gefühlt, dass sich ihre Leute fürchten. Ein wenig hat es sich ja gebessert, sie nimmt wieder zu und wiegt jetzt 114 Pfund. Sie selber denkt, sie wird wieder gesund.

Viele herzliche Grüße und Küsse
von Deiner lieben Frau und Kinder

SCHÜTZE KARL FALKENHAIN AN DIE EHEFRAU

Magdeburg, den 20. 2. 1916

Am 21. Februar beginnt die erste Materialschlacht um Verdun, die bis zum 2. September andauert. Die deutsche Offensive soll das französische Heer ausbluten. Sie misslingt jedoch nach der Eroberung einiger Festungswerke (Douaumont am 25. Februar), Verdun bleibt in französischer Hand. Die OHL lässt die sinnlosen Angriffe noch monatelang fortsetzen.

Meine vielgeliebte Frau, liebe Mutter und Kinder! Du schreibst, dass ich Euch besuchen soll zum Schlachtefest. Das ist alles gut und schön, wenn nur nicht das eine wär: Ich muss auf Arbeit! Du weißt doch, dass ich gerne Geld verdiene, und da möchte ich nicht gern wegbleiben, denn so etwas kriegt man nicht immer geboten bei den Soldaten. Vier Mark pro Tag gibt es, und wenn ich jetzt wegbleibe, kommt ein anderer an meine Stelle, und ich komm nicht wieder hin. Da möchte ich nicht eher aufhören, bis die Arbeit zu Ende ist. Das Geld möchte ich noch mitnehmen. Du weißt doch, liebe Minna, wenn ich nach Hause komme, dann freut Ihr Euch. Aber wenn ich Euch das schöne Geld geben kann, dann ist das noch schöner. In dieser bösen Zeit kannst Du das Geld gut gebrauchen. Sei mir also nicht böse, wenn ich nicht nach Hause komme.

Besten Gruß und tausend Küsse,
Dein lieber Mann,
Euer guter Vater

MINNA FALKENHAIN AN DEN EHEMANN

Naundorf, den 28. 2. 1916

In vielen deutschen Städten kommt es im Februar/März weiterhin zu Massenbewegungen und Kundgebungen gegen die steigende Lebensmittelnot.

Mein inniggeliebter Mann
und herzensguter Vater!
Wegen unserem lieben Kind bin ich besorgt. Seit 11 Monaten weiß ich nicht, wie oder was. Deshalb bin ich am vorigen Sonntag in Annaburg bei einem Kameraden gewesen. Der sagte, der Donath lebt noch. Er wäre mit einem Donath noch im Mai zusammen gewesen, weiß aber nicht, wo der jetzt ist und wie er mit Taufnamen hieß. Der Annaburger, er hieß Hermann Gründer, war in russischen Händen, hat aber wieder flüchten können, weil er gut laufen konnte. Er war nicht verwundet gewesen. Sie haben dort sieben Meter tief in der Erde gesessen und nicht gewusst, ob es Tag oder Nacht war. Schreiben durften sie auch nicht.
Ich habe am ganzen Körper gezittert, als ich das hörte. Gründer ist so alt wie unser Kind. Wenn doch der liebe Gott ein Wunder geschehen lassen und unseren Erich so wie diesen Mann nach Hause schicken würde! Dessen Eltern wussten auch nicht, ob ihr Hermann noch lebt, bis er ganz unverhofft kam. Letztens stand auch wieder im Blatt, dass einer 18 Monate nicht geschrieben hatte und sich nun vor kurzem meldete. Er war in Sibirien in Russland gewesen, nachdem er vorher in der Gegend war, wo Du im Lazarett gelegen hast. Aber wir haben dieses Glück wohl nicht zu erwarten. Dem einen geht es so und dem anderen so.
Heute begraben sie Schutzke. Der war nun nicht im Krieg und musste trotzdem sein Leben lassen. Er hatte Lungen- und Rippenfellentzündung. Der liebe Gott findet jeden und sucht ihn heim und straft nach seiner Art. Deshalb aber wollen wir Gott kei-

In Stockholm treffen sich am 19. März deutsche und japanische Diplomaten, um Friedensverhandlungen mit Russland anzubahnen. In Berlin kommt am gleichen Tage die Spartakusgruppe zu einer Reichskonferenz zusammen.

ne Vorwürfe machen, er weiß, wie er uns führen muss, wir wollen ihm immer folgen und unser Los geduldig tragen.
Minna beklagt sich, dass Du nicht an sie schreibst. Ich tröste sie und sage, sie soll zufrieden sein, denn ihr Vater erwähnt sie in jedem Brief. Darauf sagte sie, das wäre nicht so. Sie ist augenblicklich auf dem Posten, ich freue mich darüber. Mit meinem Reißen ist es wie mit dem Wetter, bald schön, bald schlecht. Hedwig fühlte sich vorige Woche wieder schlechter, da weiß man nicht, wie das noch kommt.

Viele herzliche Grüße und tausend Küsse
von Deiner lieben Frau und Kinder

MINNA FALKENHAIN AN DEN EHEMANN

Naundorf, den 20. 3. 1916

Mein lieber Mann und guter Vater!
Du schreibst, dass Du keine Wache mehr machen musst, das hat wohl nichts Gutes zu bedeuten. Ich nehme an, Ihr sollt Euch noch ein wenig ausruhen, und dann kommt Ihr ins Feld. Frag doch mal Euren Feldwebel, wie das werden wird. Und sage ihm, er soll Dich zurückschieben. Der kann das tun. Du musst ihm 20 Mark versprechen und sagen, dass schon unser Sohn gefallen ist und Deine Frau große Sorgen hat, es könnte Dir auch so ergehen. Alles geht – wenn Du nur willst. Ich sehe nur, wie es der alte Otto Seidel gemacht hat. Der lacht Euch alle aus und sagt: »Was seid ihr doch dumm! Gebt etwas aus, und dann könnt ihr hierbleiben.« Der ist schon wieder seit Sonnabend zu Hause und meint, es kämen noch Hunderte ande-

re fort und müssten sterben, ehe er fortkäme. Man dürfe bloß nicht aufs Geld schauen. Es brauche gar nicht so viel zu sein, nur immer wieder etwas. Er sagt, Ostern kommt er wieder auf Urlaub, der Strolch. Der ist so dumm und auch wieder so klug.

Der kleine Ackermann war gestern auch wieder hier, und der Kortsche Meißner ebenfalls und sagte zu der Voigten, am Sonntag käme er wieder. Man müsse das wahrnehmen, so lange sie noch hier wären, wer wisse, wie lange es noch dauerte, bis sie von hier weg kämen. Der weiß immer mehr als Du, er spricht gewiss öfter mit den Vorgesetzten. Aber Du traust Dich immer nicht und denkst, die schlagen Dir aufs Maul. Ich habe es von Meißner selbst gehört, der kam raus aufs Feld, da hielt ich ihn an.

Nun, mein lieber Karl, sieh zu, was sich tun lässt. Der alte Ahde hat es so gemacht: Dessen Schwester, die Frau Konichen von Berlin, ist in die Kaserne gefahren und hat allerhand zu essen mitgenommen. Da hat der Feldwebel gesagt: Ahde, Sie fahren 14 Tage auf Urlaub, und in der Saatzeit kriegen Sie noch ein Vierteljahr.

Seit dem 18. März greifen russische Truppen zwischen Dünaburg und Narocz-See massiv an, um das französische Heer bei Verdun zu entlasten. Die erfolglose Operation dauert bis Ende März.

MINNA FALKENHAIN AN DEN EHEMANN

Naundorf, den 2. 5. 1916

Am 1. Mai finden in vielen Orten die größten Arbeiterdemonstrationen gegen den Krieg seit dessen Ausbruch statt. In Berlin ruft Liebknecht auf dem Potsdamer Platz den Tausenden zu: »Nieder mit dem Krieg! Nieder mit der Regierung!« Er wird verhaftet.

Im Skagerrak treffen am 31. Mai die Flotten der Deutschen und der Engländer aufeinander, es ist die größte Seeschlacht des Ersten Weltkrieges.

Mein lieber Mann und herzensguter Vater!
Mit den Schweinen bin ich bis jetzt zufrieden, sie fressen gut, bloß das Futter wird knapp werden. Gestern und heute standen wir in großer Gefahr, denn sie gingen rum und haben alle Kartoffel- und Fleischvorräte aufgeschrieben. Meine Sorge ist jetzt: Wohin damit? Alles andere muss ich Dir mündlich berichten.

Ja, mein lieber Karl, Du weißt gar nicht, wie gut Du lebst. Du hast nicht diese Sorgen und das Problem mit dem Acker. Der wird wohl in diesem Jahr erst zu Pfingsten bestellt werden. Der Vetter hat ihn auch bloß mit einem Pferd gegrubbert, sein anderes hat am Sonntag gefohlt. Der Acker ist auch noch nicht geeggt, und Vehse will vorher seine Lupinen und Rüben säen. Da wird er erst in 14 Tagen damit fertig sein. Ich ärgere mich so, dass ich zu nichts mehr Lust habe.

Das alte Reißen ist so schlimm, dass ich am liebsten den Strick nehmen würde, um mich aufzuhängen. Du hättest wohl nichts dagegen, wenn ich mir wieder eine Kiste Wasser schicken lasse? Mich dauert zwar das Geld, aber meine Schmerzen sind zu groß.

Viele herzliche Grüße und tausend Küsse
von Deiner lieben Frau und Kinder

SCHÜTZE KARL FALKENHAIN AN DIE EHEFRAU

Magdeburg, den 7. 6. 1916

Meine vielgeliebte Frau, liebe Mutter
und liebe Kinder!
Ob aus Deinem Antrag auf 3 Wochen Urlaub was wird, weiß ich bis jetzt noch nicht. Die Leute nehmen sich immer viel Zeit und haben es nicht so eilig. Heute waren wir 200 Mann zum Impfen. Unter der Hand wurde geredet, dass 450 Mann aus dem Bataillon wegkommen sollen, aber wann und wohin, weiß noch keiner.
Zu schicken brauchst Du vorläufig nichts, ich habe noch von allem. Zu Pfingsten werde ich nicht auf Urlaub kommen, denn hier gibt es überhaupt keinen Urlaub. Wir haben einen jungen Leutnant als Kompanieführer, der denkt, er hat nur junge Rekruten vor sich und keine alten Männer. Aber das stört uns nicht weiter, der kann uns nicht aus der Ruhe bringen. Mit dem Essen ist es auch bedeutend schlechter als in der 2. Kompanie. Am Sonntag haben wir noch ein Stück Fleisch bekommen, und seitdem wird es ins Essen hineingeschnitten, da bekommt keiner zuviel.

Besten Gruß und tausend Küsse
Dein im Herzen treubleibender Mann,
Euer guter Vater

Am 4. Juni beginnt die erfolgreiche russische Offensive an der Südwestfront von den Pripjetsümpfen bis zur Bukowina. Sie leitet die allgemeine strategische Offensive der Entente ein. Am selben Tag wird die österreichisch-ungarische Front durchbrochen und bis Ende Juli teilweise um 120 Kilometer zurückgedrückt. Am 23. Mai wird in Berlin ein Kriegsernährungsamt eingerichtet.

MINNA FALKENHAIN AN DEN EHEMANN

Naundorf, den 8. 6. 1916

Mein herzensguter Mann und lieber Vater!
Deinen lieben Brief habe ich eben erhalten. Ich habe mich so erschrocken, dass mir das Herz im Leibe zitterte, und meine Glieder waren so gelähmt, dass ich die Arbeit habe fallen lassen müssen. Ich weiß nicht mehr, was ich denken soll, weil Ihr wieder geimpft worden seid. Mache Dich doch krank, dass Du nicht mit fortmusst. Der alte Kindermann hat es auch so gemacht, die olle Tinke erzählte es gestern bei Quehls im Laden. Als ihr Mann hörte, er sei felddienstfähig, habe er sich wieder krank gemeldet, sagte sie. Darauf sagte die Quehl, das merken die doch. Ach wo, meinte die Tinke, die können nicht in den Menschen reingucken. Wenn der sagt, er hat Reißen, müssen sie ihm das glauben. Nun ist er zurückgekommen.
Mach es doch auch so, lieber Vater. Meine Angst ist zu groß, es wird nun nicht mehr lange dauern, und ihr marschiert ab. Wie ist es denn mit dem alten Kortschen, der ist doch zurückgeblieben in Magdeburg. Der ist schlauer als Du, der weiß die besser anzuführen als Du. Der lacht Euch alle aus. Der geht auf Transport und verdient viel Geld für seine alte Sau. Das Geld brauche ich nicht, aber Du darfst nicht fort.
Lieber Gott, steh mir bei und hilf mir, schick mir meinen lieben Mann nach Hause. Den Sohn bin ich los, und den Mann werde ich auch noch verlieren. Ach Gott, was fang ich an, ich kann nicht auf der Welt bleiben. Was soll denn werden, wenn ich keinen Menschen mehr habe, der mir beisteht? Ach Gott, sende mir Hilfe in meiner großen Angst. Pfingsten, als sich die anderen freuten, bin ich in

meine kleine Stube gegangen und habe mich satt geweint.
Ach, lieber Karl, melde Dich krank, sage, Du hast Dir Dein Bein vertreten, und das dauert schon einige Zeit. Vielleicht hilft, wenn Du dreist bist und nicht so ängstlich.

Viele liebe Grüße und Küsse
von Deiner lieben Frau und Kinder

SCHÜTZE KARL FALKENHAIN AN DIE EHEFRAU

Magdeburg, den 9. 6. 1916

Meine vielgeliebte Minna und herzensgute Mutter und liebe Kinder!
Heute morgen ist der Befehl zum Einkleiden gekommen. Voraussichtlich morgen, am Sonnabend, werden wir nach Russland abrücken. Meine vielgeliebte Minna und liebevolle Mutter, nun bitte ich Dich von ganzem Herzen: Fasse festen Mut, noch festeren, als ich Dich damals verlassen musste. Gott wird seinen Segen geben. Es wird hier erzählt, dass wir nur zur Besatzung hinkommen, weil wir ohne Gewehr und Seitengewehr ausrücken. Auch die Ältesten vom Jahrgang '69 müssen weg.
Du willst wissen, ob der Kortsche hier ist. Ja, seit Mittwoch ist der da, der muss auch mit raus. Es freut mich, dass der auch noch eingerückt ist, da hat sich die alte Sau umsonst gefreut.
Nun bitte ich Dich von ganzem Herzen, dass Du Dir nicht den Kopf zerbrichst und fürchtest, ich komme nicht wieder zu meinen Lieben zurück. Ich gehe in Gottes Namen, und der wird mich begleiten und führen und beschützen, dass ich gesund zu Euch zurückkehren kann. Sobald ich an Ort und

Die allgemeine strategische Offensive der Entente im Osten, Westen und in Italien verschärft die militärische Lage der Mittelmächte außerordentlich.

Stelle bin, und ich weiß, wo wir sind, werde ich gleich schreiben.

Besten Gruß und tausend Küsse von hier
Dein lieber guter Mann und Euer guter Vater
Auf ein baldiges Wiedersehn.

SCHÜTZE KARL FALKENHAIN AN DIE EHEFRAU

Geschrieben, den 24. 6. 1916

Die Schlacht an der Somme beginnt. Trotz riesigen Menschen- und Materialeinsatzes gelingt den englischen und französischen Truppen nur ein 10 Kilometer tiefer Einbruch auf 20 Kilometer Breite. Über 700 000 Engländer und Franzosen sowie 500 000 Deutsche fallen bis zum 25. November.

Meine vielgeliebte Frau und herzensgute Mutter und liebe Kinder!
Ich will Dir mal einen Brief aus Russland schreiben, wie es hier aussieht. Es ist furchtbar nass, weil es alle Tage regnet. Hier ist ein Modder, kaum zum Durchkommen. Wo wir sind, ist der Roggen nicht viel wert. Der Hafer ist noch sehr klein. Viel Wald haben sie hier, der ist sehr schön. Die Deutschen machen viel Holz. Die Häuser sind mit Stroh gedeckt, gerade so wie dort, wo ich im vorigen Jahr war.
Du wirst Dir sicher Gedanken machen, weil ich jetzt bei der Maschinengewehrabteilung bin. Das musst Du nicht. Die Einheit, der ich zugeteilt wurde, liegt schon seit drei Monaten hier in der Reservestellung. Die war schon lange nicht im Graben und liegt immer hinten.
Wir sind hier 500 Mann aus Magdeburg. Drei waren schon für die Maschinengewehrabteilung ausgewählt, und drei wurden noch gesucht. Da ist der Leutnant unsere Front abgeschritten und hat noch drei rausgenommen, und da war ich mit dabei. Das kann ganz gut sein, denn die anderen mussten vor in den ersten Graben, dicht vor den Russen also. Hier liege ich hinten. Und dass ich keine Bekannten hier habe, ist nicht schlimm, die Hauptsache

ist, dass ich ein gutes Los gezogen habe. Und dass der alte böse Krieg bald vorbei ist und ich bald zu Euch zurückkehren kann.

Besten Gruß und tausend Küsse
Dein im Herzen treubleibender Mann
und Euer guter Vater

Meine neue Adresse:
Schütze Karl Falkenhain
21. Armeekorps 42. Inf. Division
Landsturmbataillon Allenstein III M. G. K.
Osten

SCHÜTZE KARL FALKENHAIN AN DIE EHEFRAU

Geschrieben, den 29. 6. 1916

Meine vielgeliebte Frau und herzensgute Mutter und liebe Kinder!
Ich will Euch mitteilen, dass wir gestern aus dem verlassenen Russendorf ausgerückt sind. Da lagen aber keine Zivilisten, sondern nur noch deutsche Soldaten. Nun sind wir im Schützengraben. Meine vielgeliebte Minna und herzensgute Mutter, mache Dir deshalb nicht so viel Sorgen und ängstige Dich nicht. Ich habe Sehnsucht nach Euch wie schon viele Jahre nicht.
Wir haben eine gute Stellung und liegen 900 Meter vor den Russen in dem Wald. Es ist herrlicher Laubwald auf einem Berg. Durch eine Schneise fließt ein Bach, und vor uns ist ein See. Die Russen liegen auf einem Hügel vor uns auf freiem Feld und sind nicht im Stande, uns hier etwas zu tun. Es wäre sehr schwierig, zu uns herüberzukommen.
Meine vielgeliebte Frau und herzensgute Mutter,

Am 28. Juli verurteilt das Kommandantengericht Berlin Karl Liebknecht zu 2 ½ Jahren Zuchthaus. In Berlin, Brandenburg, Bremen und in anderen Städten kommt es deshalb zu Demonstrationen und den ersten politischen Streiks während des Krieges. In Berlin legen 55000 Rüstungswerktätige die Arbeit nieder.

hier ist es viel schöner als bei der Infanterie. Unsere Stellung ist nämlich gut ausgebaut, und sind wir auf dem Marsch, brauchen wir kein Gepäck zu tragen, weil es auf den Wagen kommt, wo unser Gewehr draufsteht. Verpflegt werden wir auch ganz gut. Hier im Walde singen und zwitschern die Vögel, und morgens liegt auf dem See dicker weißer Nebel. Es ist herrlich, so etwas zu sehen. Die reine Sommerfrische. Im Allgemeinen ist es sehr ruhig, nur wenn die Flieger kommen, schießt die Artillerie. Kommt ein Russe, schießt unsere Artillerie, kommt einer von uns, schießt der Russe. Gerade fliegt einer von uns und einer von denen, das ist ein Gesumm und Gebrumm von Schrapnells, es sieht schön aus. Dazu ein herrliches Wetter, der Himmel ist ganz blau, und wenn die Granaten platzen, entstehen kleine weiße Wölkchen.

Besten Gruß und tausend Küsse
Dein im Herzen treubleibender Mann und
Euer guter Vater

MINNA FALKENHAIN AN DEN EHEMANN

Naundorf, den 4. 7. 1916

In Duisburg erscheint am 1. Juli erstmals das Organ der Linken im Rheinland und in Westfalen »Der Kampf«.

Mein vielgeliebter Mann und herzensguter Vater! Ich habe jetzt noch einmal ein Schreiben aufsetzen lassen, um Dich nach Deutschland zurückzuholen und wegen 3 Wochen Urlaub. Vielleicht schaffe ich es doch noch. Falls nun was kommen sollte und man fragt Dich, wie es um Deine Frau bestellt ist, dann antworte, sie ist krank und kann die Arbeit nicht machen, deshalb muss sie ständig Leute bezahlen. Das geht aber auf Dauer nicht.

Darum musst Du nach Torgau versetzt werden, um mich zu unterstützen.
Deine kleine Minna legt auch einen Zettel mit rein. Sie war am Samstagabend sehr böse, als sie aus den Heidelbeeren kam. Ich sollte gleich Klöße mit Heidelbeeren machen, da habe ich gesagt, erst morgen. Da wurde sie so schlecht und meinte, das schreibe sie ihrem lieben Vater, dass ich sie hungern lasse. Vor Wut hat sie kein Abendbrot gegessen. Ich bin sonst sehr zufrieden mit ihr, in den Beeren ist sie sehr fleißig und verdient schönes Geld. Der Liter bringt 40 Pfennig, und drei Liter holt sie alle Tage aus dem Wald. Nur sagen darf man ihr nichts.

Sei vielmals herzlich gegrüßt und geküsst
Deine treu liebende Frau und Kinder

Mein lieber Vater!
Deine liebe Karte habe ich erhalten, worüber ich mich sehr gefreut habe. Lieber Vater, Mutter gibt mir nichts zu essen, denn ich will Heidelbeeren und Klöße haben, und sie gibt mir keine. Ich hole alle Tage 3–4 Liter Heidelbeeren, und das ist ihr noch nicht genug. Ich bin noch gesund, was Du vielleicht auch noch bist. Viele herzliche Grüße und Küsse
Deine liebe Tochter Minna

MINNA FALKENHAIN AN DEN EHEMANN

Naundorf, den 20. 7. 1916

Unter den Fronttruppen greift die Antikriegsstimmung weiter um sich, wie Geheimberichte nach Berlin verlauten.

Mein lieber Mann und herzensguter Vater!
Wie ich sehe, geht es Dir gut in Feindesland. Ich freue mich, dass Du von der Front weggekommen bist. Da habe ich etwas mehr Ruhe und denke mir, wenn ein Flieger kommt, wirst Du Dich vorsehen. Wie die Zeiten aussehen, kann man wirklich den Mut verlieren. Die Leute reden, es kommt noch schlimmer. Die Armut und Teuerung, die hier herrschen, sind groß, es ist kaum noch zu ertragen. Für Geld und gute Worte gibt es nichts mehr, alles wird beschlagnahmt. Auch die Räder nehmen sie uns weg. Nun muss man überall laufen, es ist zum Davonrennen. Kein Mensch darf mehr schlachten, das Vieh wird aus dem Stall geholt. Und wer eine Genehmigung zum Schlachten erhält, muss die Hälfte abliefern. Wo nur zwei Personen sind, darf überhaupt nicht geschlachtet werden. Mir werden meine zwei Schweine weggenommen. Wenn ich das vorher gewusst hätte, hätte ich keine gefüttert.
Wir sind auch wieder in großer Angst und Gefahr. Der alte schwarze Böttcher bringt Russen und Franzosen hierher in das alte Haus. Es ist nur ein Mann da zur Bewachung, da ist man keine Nacht sicher, dass die nicht durchgehn. Wir sind allein in der Nacht und haben nichts vor den Fenstern, was sollen wir machen? Ach solche Not, wann will der liebe Gott endlich ein Ende machen? Ich kann bald nicht mehr, meine Schmerzen sind groß, ich werde immer weniger und wiege bloß noch 117 Pfund. Ich bin auch immer so schwindelig und muss mich vorsehn, dass ich nicht umfalle.

Sei vielmals gegrüßt und herzlich geküsst
von Deiner ewig liebenden Frau und Kinder

MINNA FALKENHAIN AN DEN EHEMANN

Naundorf, den 31. 7. 1916

Mein liebes Herz und lieber Mann und guter Vater! Wie mir gestern, am Sonntagabend, zumute war, werde ich Dir besser nicht schreiben, da hing mein Herz nur noch an einem Faden. Ich habe mich wieder so satt geweint, ich war so verzagt. Am Mittwoch hat doch der schwarze Böttcher sechs Russen zu sich ins Haus gekriegt, lauter junge starke Menschen. Und ehe sie sich schlafen legten, fingen sie an zu singen. Ein Gesang, der durch Mark und Bein ging. Da musste ich so an Dich denken und an mein liebes Kind. Ach, mein liebes Kind, ach, mein lieber Karl, wenn die das noch oft machen, muss ich hier fortgehn, das reißt mir sonst das Herz aus der Brust, das kann ich nicht wieder hören.

Nun habe ich mich wieder so satt geweint, dass ich fertig bin. Keinem Menschen kann ich mein Herz ausschütten.

Nun, mein lieber guter Karl, der alte Kortsche Meißner ist auch nicht mehr im Schützengraben. Der fährt jetzt Munition, hat die alte Sau zur Voigten gesagt. Die ist jetzt so verrückt, ich kann Dir das nicht alles schreiben, was ich der schon an den Hals geschmissen habe. Die wird immer dümmer. Das sagen alle Leute hier. Die ist zu frech und prahlt, ihren Mann trifft es nicht. Die ist zu dumm, die alte Sau. Ja, mein liebes Herz, solchen Ärger habe ich hier. Aber die alte Sau kann mich nicht aufregen. Wenn ich den Brief fertig habe, werde ich mal zu Vehsens gehen und fragen, ob sie mein Korn fahren. Es ist nun trocken. Alle fahren schon ein.

Sei vielmals gegrüßt und geküsst
von Deiner herztreuen Frau und Kinder.
Minna ist zum Schlachtefest

MINNA FALKENHAIN AN DEN EHEMANN

Naundorf, den 10. 8. 1916

Mein lieber Mann und guter Vater!
Ich wollte, ich wäre so gesund wie Du. Wenn doch der alte böse Krieg nur ein Ende nehmen würde! Das wird ja immer schlimmer. In Frankreich müssen die Deutschen immer weiter retour, da sieht es sehr schlecht aus. Und in Galizien auch, da kriegen die Feinde wieder frischen Mut. Wie wird das noch enden? Die Leute fangen alle zu zweifeln an und sagen, die schaffen Deutschland noch.
Mein lieber guter Mann, Du schreibst, bei Euch regnet es sehr. Wir haben prächtiges Wetter, die Hitze ist groß, richtiges Erntewetter, so muss es sein.
Heute war ich in Annaburg. Quehl war zu Hause und lässt Dich grüßen, auch mit Frau Dürr habe ich gesprochen. Deren Mann ist in Metz in der Schneiderstube. Sie lässt Dich auch grüßen.
Über meinen letzten Brief wirst Du Dich wohl erschrocken haben. Das ist aber die Wahrheit. Seit Pfingsten habe ich eine Frau, die mir alle schwere Arbeit macht, die Frau Reiche. Du rätst mir, ich soll zum Doktor gehen. Da gehe ich schon lange hin, seit Du fort bist, und morgen will ich wieder hin. Ich konnte wegen dem Reißen nicht viel arbeiten. Es ist sehr verschieden, an manchen Tagen ist es ganz schlimm.
Nun ist der August ran, von dem Du gesagt hast, es wird dann Frieden sein. Aber daran ist momentan nicht zu denken. Ich habe wieder 2 Pfund abgenommen. Ich bin runter bis auf 115 Pfund. Minna ist noch gesund, hat aber auch abgenommen durch das viele Laufen. Sie lässt sich aber nicht halten.

Viele herzliche Grüße und Küsse
von Deiner lieben Frau und Kinder

MINNA FALKENHAIN AN DEN EHEMANN

Naundorf, den 14. 8. 1916

Mein inniggeliebter Mann und guter Vater!
Ich schicke Dir wieder etwas zu essen, damit Du Wurst und Fleisch nicht vergisst. Lass es Dir gut schmecken.

Viele Grüße und Küsse von Deiner
lieben Frau und Kinder

(Beigefügt ein Zeitungsausschnitt:)
Unterstaatssekretär Zimmermann über die Friedensaussichten (Drahtmeldung unserer Berliner Schriftleitung)
Der Unterstaatssekretär im Auswärtigen Amt Zimmermann hat sich zum Vertreter der Budapester »Az Est« über die Friedensmöglichkeiten in folgender Form geäußert: »Der Zeitpunkt zu solchen Besprechungen ist noch nicht gekommen. Wir haben keinen Anlass, uns jetzt mit diesen Fragen zu beschäftigen. Sie wissen ja, wie auf der Gegenseite jedes Wort, das in dieser Richtung gesprochen wird, ausgenutzt wird, um die mutlos und müde gewordenen Völker der Entente wieder aufzupeitschen. Soviel kann ich Ihnen sagen, dass wir in keinem Stadium des Krieges mit fremden Staatsmännern über die Friedensbedingungen verhandelt haben. Im Bewusstsein unserer Stärke und aufgrund unserer Erfolge haben wir aber mehrmals unsere Bereitwilligkeit erklärt, in Friedensverhandlungen einzutreten. Das ist ja allgemein bekannt. Bekannt ist auch, dass die Entente unter englischem Druck eine gleiche Bereitwilligkeit nicht gezeigt hat. Damit hat sie die volle Verantwortung für das weitere Blutvergießen auf sich genommen. Die Entente lebt in dem Wahne, dass sie mit der jetzigen Offensive ihre Lage verbessern könne. Wir ha-

Seit 24. Juni tobt die Schlacht an der Somme, mit der durch eine englisch-französische Großoffensive die Entscheidung im Westen herbeigeführt werden soll. Im Osten wird seit zwei Wochen die Brussilow-Offensive an der russischen Südwestfront fortgesetzt; die Mittelmächte verlieren dort bis Oktober 200 000 Mann.

ben die feste Überzeugung, dass die eiserne deutsche Mauer im Westen nicht zu erschüttern ist und dass uns im Osten noch neue Erfolge erwarten. Ehe sich die Feinde nicht durch das Scheitern ihrer Anstrengungen davon überzeugt haben, dass sie an der militärischen Lage nichts mehr zu ihren Gunsten ändern können, hat es gar keinen Zweck, sich mit der Frage der Friedensaussichten zu beschäftigen. Wir müssen abwarten, bis dieser Wahn bei der Entente verflogen ist, und wir sind dazu in jeder Weise in der Lage. Unsere Ernte wird ja England darüber auch belehren, dass es auch mit der Hungerblockade nichts ist.«
Auf die Frage, ob England alle seine Kräfte bei der Offensive einsetze, entgegnete der Unterstaatssekretär: »Das glaube ich allerdings. England spricht wohl auch von weiteren Millionen, aber wir wissen aus Erfahrung, was von Englands Worten zu halten ist. England hat immer seine Verbündeten für sich zur Schlachtbank geführt, und es ist fraglich, ob es gleichmütig zuschauen wird, wie jetzt seine eigenen Söhne geopfert werden, wie bislang die seiner Verbündeten, denn an der Somme sind die englischen Verluste über alle Maßen hoch.«

SCHÜTZE KARL FALKENHAIN AN DIE EHEFRAU

Geschrieben, den 15. 8. 1916

Meine vielgeliebte Frau und herzensgute Mutter und liebe Kinder!
Gestern ist Dein Schreiben an die Kompanie zurückgekommen. Ich musste zum Feldwebel. Er sagte mir, er habe sein Möglichstes getan, damit ich entlassen würde, weil Du so krank wärst. Aber es sei nichts zu machen. Lediglich der Befehl ist gekommen, dass ich nicht am Maschinengewehr ausgebildet werde, sondern wegen meines hohen Alters bei den Fahrern bleiben kann. Späterhin soll ich mal auf Urlaub geschickt werden.
Nun müssen wir zusehen, wie wir zurechtkommen.

Besten Gruß und tausend Küsse
Dein im Herzen treubleibender Mann
und Vater

Am 28. August erklärt Italien dem Deutschen Reich den Krieg.

MINNA FALKENHAIN AN DEN EHEMANN

Naundorf, den 30. 8. 1916

Mein herzensinniggeliebter Mann
und lieber Vater!
Sicherlich habt ihr auch schon erfahren, dass Italien Deutschland den Krieg erklärt hat und Rumänien Österreich. Jeder, der Verstand hat, sagt, nun ist nicht mehr zu hoffen und an Eure Wiederkehr nicht mehr zu denken. Es hört nicht eher auf, bis die Leute draußen alle tot sind. Das hört nimmer auf, der Hass unter den Völkern ist zu groß. Und wenn sie an einer Ecke durchbrechen, dann sind wir im Land verloren. Ausreißen hat keinen Zweck, denn wo wollen wir hin?

Am 29. August erfolgt ein Wechsel in der Obersten Heeresleitung. Von Hindenburg ist nunmehr Chef des Generalstabs des Feldheeres und von Ludendorff Erster Generalquartiermeister. Damit treten die abenteuerlichsten und aggressivsten Militärs an die Spitze der OHL.

Am 2. September geht der sechsmonatige Kampf um Verdun, die erste große Materialschlacht, mit einer schweren Niederlage des deutschen Heeres zu Ende. Es fallen 282 000 Deutsche und 317 000 Franzosen.

Ja, mein liebes Herz, da werden wir uns wohl doch nicht mehr wiedersehen.

Sei vielmals gegrüßt und geküsst
von Deiner lieben Frau und Kinder

MINNA FALKENHAIN AN DEN EHEMANN

Naundorf, den 4. 9. 1916

Erneute Offensive an der russischen Südwestfront am 4. September zur Unterstützung Rumäniens.

Am 15. September setzen die Engländer an der Somme erstmals Tanks ein.

Mein herzenslieber Mann und liebevoller Vater! Wir haben solche Angst, dass Du wieder in Gefahr stehst, denn wir haben im Blatt gelesen, dass die Russen vorgedrungen sind und den Deutschen 2 bis 3 Gräben abgenommen haben. Hoffentlich bist Du noch immer dort hinten, wo Du letztens warst, und Dir ist nichts passiert. Schreibe mir doch bitte genau, in welcher Gegend Du Dich befindest. Du hast mir zwar die Namen der Dörfer geschrieben, doch die stehen nicht in der Karte. Der Fluss ist in der Karte, den Du genannt hast, den habe ich gefunden. Dann hast Du mir von unterwegs eine Karte aus Wilna geschickt, das habe ich auch gefunden. Nun schreibe mir doch, ob Du von Wilna in Richtung Petersburg liegst oder nach Österreich zu. Dann habe ich schon eine Ahnung, wo es sein könnte. Aber ich muss es genau wissen, damit ich weiß, wenn Angriffe und Gefechte stattfinden, ob es Dich betrifft. Jetzt geht doch alles mit Macht auf Deutschland los. Man spricht, dass wir kleingemacht werden sollen, die anderen Länder sind sich einig. Darüber grüble ich nun nach und habe keine Lust zum Arbeiten mehr, denn ich denke, sie nehmen uns doch alles weg.

Viele herzliche Grüße und Küsse
Deine treu liebende Frau und Kinder

SCHÜTZE KARL FALKENHAIN AN DIE EHEFRAU

Geschrieben, den 30. 10. 1916

Meine vielgeliebte Frau und herzensliebe Mutter und liebe Kinder!
Ich will Euch mitteilen, dass ich gestern gegen 9 Uhr gut angekommen bin. Ich habe meine Kompanie gleich gefunden, die ist dorthin gekommen, wie ich gesagt habe. Das ganze Bataillon ist aus der Stellung genommen worden, es ist jetzt alles ruhig. Du brauchst Dich also nicht mehr so zu ängstigen. Wir sind nicht mehr in Gefahr, und auch mit den Pferden muss ich nicht mehr nach vorn. Ich habe nämlich meine Pferde wiederbekommen. Die sind runtergekommen, aber ich will sie wieder instand bringen. Deshalb habe ich gestern auch nicht schreiben können, denn es war Pferdeappell. Weil ich nicht auffallen wollte, habe ich mich gestern Nachmittag daran gemacht und sie tüchtig geputzt. Heute waren sie in Ordnung. Ihnen fehlt aber etwas der Fleiß. Das werde ich auch wieder hinkriegen. Heute habe ich auch Löhnung bekommen.

Besten Gruß und tausend Küsse
Dein lieber Mann, Euer lieber Vater

Im Oktober geht die russische Offensive an der Südwestfront erfolglos zu Ende. An der deutschen Westfront erfolgen seit einer Woche bei Verdun französische Gegenangriffe zur Rückeroberung verlorener Festungswerke.

Infolge der beiderseitigen Erschöpfung der Armeen durch die großen Materialschlachten kommt es im Westen nur noch zu unbedeutenden Stellungskämpfen.

SCHÜTZE KARL FALKENHAIN AN DIE EHEFRAU

Geschrieben, den 19. 12. 1916

Am 2. Dezember ist vom Reichstag das »Gesetz über den Vaterländischen Hilfsdienst« beschlossen worden. Diese zwangsweise Arbeitspflicht gilt für alle 17- bis 60-jährigen Männer.

Am 12. Dezember richtet die deutsche Regierung an die Ententemächte eine Note, in der Friedensverhandlungen vorgeschlagen werden. Damit will man dem Friedensappell von USA-Präsident Wilson zuvorkommen. Von der Entente wird das deutsche »Friedensangebot« scharf zurückgewiesen.

In Deutschland hat der »Kohlrübenwinter« begonnen, die Mehrheit des Volkes hungert.

Meine vielgeliebte Frau und herzensliebe Mutter und liebe Kinder!

Deinen lieben Brief mit der traurigen Nachricht, dass die Mutter gestorben ist, habe ich erhalten. In dieser traurigen Stunde will ich Dich trösten. Sie ist alt genug geworden, und machen konnte sie auch nichts mehr. Wir hatten nur Arbeit und Schererei mit ihr, als sie so lange lag, und wir mussten ihr die Aufwartung machen. Aber ich weiß, dass trotzdem der Schmerz für Dich groß ist, auch wenn es ein alter Mensch war.

Auch hast Du geschrieben, der Bachmann hat gesagt, Du würdest nicht mit seiner Frau reden, Du wärst so falsch zu ihr. Lass die reden, was sie wollen, die sind tausendmal falscher zu uns, als wir zu ihnen. Auch wenn er sagt, er könnte mir Arbeit in Reinsdorf verschaffen. Dort bin ich noch mehr in Lebensgefahr als hier im Kriege, denn dort vergeht auch kein Tag ohne Todesfall. Haben wir so lange ausgehalten, so werden wir auch noch die paar Tage aushalten. Hier bin ich, Gott sei Dank, ganz gut aufgehoben und habe gar nichts zu befürchten.

Ein gesundes Weihnachtsfest.
Mit bestem Gruß und tausend Küsse
Dein im Herzen treubleibender Mann und
lieber Vater

BETRIEBSLEITUNG FABRIK REINSDORF AN KARL FALKENHAIN

Reinsdorf, den 23. Dezember 1916

Wir bedauern, eine Reklamation für Sie nicht einreichen zu können, da k. v.-Leute von der Heeresverwaltung nicht freigegeben werden.

Hochachtend
Westfälische-Anhaltinische
Sprengstoff-Act.-Ges.
Die Betriebsleitung
Neumann

SCHÜTZE KARL FALKENHAIN AN DIE EHEFRAU

Geschrieben, den 28. 1. 1917

Am 1. Februar eröffnet Deutschland den uneingeschränkten U-Boot-Krieg. Die USA-Regierung bricht daraufhin am 3. Februar die diplomatischen Beziehungen ab.

Meine vielgeliebte Frau und herzensliebe Mutter und liebe Kinder!
Wie ich sehe, fehlt eine Karte, die ich an Dich geschrieben habe, und es fehlt die Geburtstagskarte für meine liebe Tochter. Ich hatte sie einem Kameraden abgekauft, der sie aus Deutschland mitbrachte. Die war so schön, dass ich mir gedacht habe, die muss ich unbedingt schicken, auch wenn der Geburtstag vorbei ist. Wenn die weggekommen ist, würde ich mich sehr ärgern.
Wir haben gestern Abend Kaisers Geburtstag gefeiert. Wir bekamen 2 Liter Bier, 10 Zigarren und 20 Zigaretten, aber kein Essen. Es wird wohl nichts mehr da sein.
Du schreibst, dass es überall an der Front so schlimm aussieht, was wir nicht zu erfahren bekommen. Aber es ist nicht so schlimm, wie Du es Dir denkst. Auch bei uns ist der Urlaub gesperrt, und die auf

Urlaub sind, müssen bis 2. 2. zurück sein. Mache Dir aber keine Sorgen deswegen, ich bin noch gesund, was ich auch von meinen Lieben hoffe.

Besten Gruß und tausend Küsse,
Dein im Herzen treu liebender Mann,
Euer guter Vater

SCHÜTZE KARL FALKENHAIN AN DIE EHEFRAU

Geschrieben, den 13. 2. 1917

Meine vielgeliebte Frau und herzensgute Mutter und liebe Kinder!

Über Deinen Brief, den Du am 8. geschrieben hast und den ich gestern bekam, habe ich mich sehr gewundert. Du schreibst, Du hättest Dich sehr erschrocken, weil ich eine andere Adresse habe. Das hat nichts zu sagen. Es ist jetzt in der ganzen Armee so, dass nicht mehr »Division« und »Armeekorps« geschrieben wird, auch nicht mehr »Osten« und »Westen«. Du brauchst meinetwegen keine Angst zu haben. Mir geht es Gott sei Dank gut, stehe nicht in Lebensgefahr und bin noch hinten. Ich werde auch nicht wieder nach vorn kommen, denn bei uns sind jetzt lauter junge Leute. Außerdem ist es bei uns zur Zeit sehr ruhig, als wenn gar kein Krieg wäre. Man hört keine Schüsse und könnte glauben, kein Russe wäre hier. So still war es hier noch nie, nicht einmal Geschützfeuer aus der Ferne hört man. Keiner weiß, ob wir hier weg sollen.

Nun weißt Du so viel, wie ich selber weiß, es ist die Wahrheit. Wenn Du es nicht glaubst, kann ich auch nichts dafür.

Besten Gruß und tausend Küsse
Dein lieber Mann, Euer guter Vater

MINNA FALKENHAIN AN DEN EHEMANN

Naundorf, den 8. 3. 1917

Am 7. März kündigt das Reichsamt des Inneren in einem Erlass Zwangsarbeit für Soldatenfrauen an.

Mein herzenslieber Mann und lieber Vater!
Du denkst, es liegt an der Bahn und am vielen Schnee, wenn die Post an Dich so lange unterwegs ist. Ich denke etwas anderes. Seit dem 1. Februar ist der schwarze Voigts Waldemar auf der Post und nimmt uns die Briefe und Pakete ab. Das kam mir schon damals verdächtig vor, dass Du die Briefe viel später erhalten hast als jene, die ich in den Kasten gesteckt habe. Der Brief, den ich am 20. Februar geschrieben und bei Voigt abgegeben habe, ist wieder länger gegangen als der vom 22. Februar.
Schau Dir also diesen Brief hier genau an, er ist am 8. März geschrieben. Wenn er einen anderen Stempel hat, dann hat der Voigt den Brief geöffnet. Dann schick den Brief und das Kuvert zurück, und ich gehe damit nach Annaburg und melde ihn. Voigt braucht nicht zu wissen, was ich Dir schreibe. Ich gehe doch nicht mehr rüber zu Voigt, und nun wissen die nichts mehr, was bei uns vorgeht. Wir haben uns nicht verkracht, aber ich gehe nicht mehr hin. Das ärgert sie.
Gestern habe ich ein Paket abgeschickt mit einem Stück Butter von Vehsens und einer Wurst und ein paar Stück Zucker, damit Du Dir das Leben ein wenig versüßen kannst. Bitter ist es schon genug. Und es wird immer schlechter. Nun hat auch noch China Deutschland den Krieg erklärt. An ein Ende ist nicht zu denken. Es gibt nichts mehr zu kaufen, nicht mal mehr Bindfaden.

MINNA FALKENHAIN AN DEN EHEMANN

Naundorf, den 13. 3. 1917

In Russland hat die bürgerlich-demokratische Revolution (10. bis 12. März) gesiegt, der Zar ist gestürzt. Die Provisorische Regierung setzt den Krieg fort.

Mein vielgeliebter Mann und herzenslieber Vater! Gestern habe ich Deinen lieben Brief erhalten, den Du am 28. geschrieben hast, er war 13 Tage unterwegs. Heute schicke ich Dir wieder ein Paket. Ich habe die Schweineschnauze und den Schwanz eingepackt. Es wird Dir vielleicht nicht gefallen, dass ich Dir so etwas schicke, denn im letzten Jahr haben wir, wenn wir solche Stücke in der Wurst fanden, sie der Katze gegeben. Aber etwas anderes haben wir augenblicklich nicht. Es freut mich, dass es Dir gut geht. Hoffentlich bleibt es so und Du musst nicht noch einmal vor. Hier holen sie wieder alle zusammen, die Krüppel und Lahmen, alle, die sie schon entlassen hatten und die Rente bekamen. Gregors Luis haben sie nun auch endlich gefunden, das muss wohl einer gesteckt haben, dass es den noch gibt. Kurz zuvor hat uns seine »kluge« Frau noch ausgelacht. Das schadet denen nichts, die müssten alle holen. So schnell hört das nicht auf. Man kann sprechen, mit wem man will, alle sagen, es sind noch zu viele Menschen da, die müssen noch weg. Wenn die alle zurückkämen, würde das Land zu voll, und das Brot soll auch nur bis Juni reichen. Auch die Kartoffeln sind knapp, in den Städten haben sie den ganzen Winter keine gekriegt. Wir dürfen nur die Saat behalten, und unser Brot ist aus Schrot mit Kleie. Aus einem Zentner Korn machen sie 98 Pfund Mehl. Unsere Minna verträgt dieses Brot nicht, deshalb muss ich Weizenbrot backen lassen. Ich selbst habe Husten und Schnupfen.

Grüße und Küsse
von Deiner lieben Frau und Kinder

COUSINE GRETE AN MINNA FALKENHAIN

Schönefeld, 22.3.1917

Liebe Minna!
Heute habe ich Dir ein Paket zurechtgemacht mit einer Schürze für Minna. Ich habe sie etwas zu reichlich gemacht, denke ich, was aber nichts schadet, denn sie wächst ja noch. Für Deinen Mann schicke ich Dir ein paar Zigarren, die Du ihm ins Feld schicken kannst.
Liebe Minna, wie ist es bei Euch mit dem Essen? Bestimmt nicht so schlecht wie bei uns, wir haben bald gar nichts mehr. Könntest Du mir nicht einen Zentner Kartoffeln und ein paar Brote verkaufen? Schreib mir mal, ob das geht und wie viel das kostet. Ich würde Dir dann das Geld schicken. Die Sachen würde ich selbst abholen, denn es ist nicht mehr verboten, man wird nicht mehr auf der Bahn angehalten. Sieh mal zu, liebe Minna, wie es sich machen lässt, der Preis spielt keine Rolle, es wird alles bezahlt.
Was macht Ihr sonst noch? Wie geht es Deinem lieben Mann? Uns geht es soweit noch ganz gut, bis auf den Hunger, niemals können wir uns satt essen. Es ist in der Stadt zu knapp. Was machen Minna und Hedwig, sie hat lange nicht geschrieben?
Also Du schreibst mir doch wieder. Ich möchte wenigstens zu den Osterfeiertagen ein paar Kartoffeln haben. Wenn Du sonst noch etwas an Lebensmitteln kaufen kannst, so kauf es, ich hole alles selber.

So, sei nun vielmals gegrüßt von
Deiner Cousine Grete

Viele Grüße von meinem Mann, von Vater und den Kindern.

SCHÜTZE KARL FALKENHAIN AN DIE EHEFRAU

Geschrieben, den 27. 3. 1917

Die OHL zieht von der Ostfront Truppen nach dem Westen ab. Zwischen dem 16. und 19. März Rückzug der deutschen Armeen auch im Westen aus dem Frontbogen zwischen Arras und Soissons in die seit September 1916 vorbereitete »Siegfriedstellung«. Die arbeitsfähige Bevölkerung – 126 000 Menschen – wird zwangsevakuiert.

Meine vielgeliebte Frau, herzensliebe Mutter und liebe Kinder!

Wir liegen jetzt nicht mehr im Dorf Leonowitsche, sondern sind auf das Gut Olonitschki verlegt worden. Das liegt eine Stunde weit weg, doch nicht nach vorn. Also, liebes Herz, mache Dir keine Sorgen. Ich bin jetzt auch nicht mehr bei der Kompanie, sondern mit meinen Pferden beim Stab. Unser Hauptmann ist beim Offiziers-Ausbildungskursus. Der bildet junge Offiziere am Maschinengewehr aus. Die Kompanie liegt noch mit Gewehren in Stellung an der alten Stelle. Ich habe nichts mehr mit der Kompanie zu tun, auch wenn ich von dort noch meine Post bekomme, weil wir hier nur acht Mann sind. Jeden Tag holt einer vom Hauptmann die Befehle und bringt dann unsere Post mit.

Morgen ist es schon zwei Jahre her, dass uns die traurige Nachricht mitgeteilt wurde von unserem Sohn.

Besten Gruß und tausend Küsse

MINNA FALKENHAIN AN DEN EHEMANN

Naundorf, den 2. 4. 1917

Mein herzinniggeliebter Mann
und liebevoller Vater!
Ich sehe aus Deinem letzten Brief, dass Du wieder woanders hingekommen bist. Wenn es alles so ist, wie Du geschrieben hast, mag es ja angehn. Ich habe schon öfter gehört, dass die, die beim Stab sind, nichts auszustehen haben. Ob das wahr ist, weiß ich nicht, ich muss es in meiner Dummheit glauben.
Auch schreibst Du, dass Dich immer so hungert. Das glaube ich Dir ja, und es tut mir auch sehr weh, aber wie soll ich es machen, dass ich Dir etwas schicke? Wenn es bei Euch Brot zu kaufen gibt, dann kaufe es Dir, auch wenn es teuer ist. Hier bei uns wird es bald auch so kommen wie in Russland, dass die Revolution ausbricht. Dass es in Russland so gekommen ist, weißt Du doch auch schon?
Wir wünschen Dir recht gesunde Osterfeiertage, dass Du sie nicht in Angst und Gefahr verleben brauchst und dass es nicht so wird wie vor zwei Jahren.

Viele herzliche Grüße und Küsse
von Deiner treu liebenden Frau
und Kinder

Im Westen beginnt die große englisch-französische Frühjahrsoffensive, die den Krieg entscheiden soll. Sie scheitert Ende Mai unter schwersten Verlusten.

In seiner »Osterbotschaft« am 7. April kündigt Kaiser Wilhelm II. für die Zeit nach dem Krieg die Beseitigung des Dreiklassenwahlrechts und Verfassungsänderungen an.

SCHÜTZE KARL FALKENHAIN AN DIE EHEFRAU

Geschrieben, den 11. 4. 1917

Am 6. April erklären die USA Deutschland den Krieg.

In Gotha tagt vom 6. bis 8. April der Gründungsparteitag der Unabhängigen Sozialdemokratischen Partei (USPD); bis Oktober treten ihr 170 000 Mitglieder bei.
In der Woche vom 16. zum 23. April streiken Hunderttausende deutsche Arbeiter und fordern sofortigen Friedensschluss.

Meine vielgeliebte Frau, herzensgute Mutter und liebe Kinder!

Mein Befinden ist sehr gut. Wir haben jetzt fast gar nichts zu tun, denn unser Hauptmann ist auf Urlaub, und wir liegen noch immer an der gleichen Stelle. Es kommen immer neue Soldaten her, doch was mit uns wird, weiß keiner. Wir sollen vielleicht wegkommen, weil wir schon zu lange hier liegen und uns mit den Russen verständigen. Ich habe doch schon öfter geschrieben, dass es hier so ruhig ist. Doch wohin die kamen, die weggebracht wurden, kann ich Dir, meine liebe Minna, nicht schreiben.

Gestern habe ich zwei leere Pakete abgeschickt, hoffentlich werdet Ihr sie auch erhalten. Dann werde ich einem Kameraden, der demnächst nach Deutschland auf Urlaub kommt, ein Paket mitgeben mit Sachen, die ich nicht mehr brauche.

Besten Gruß und tausend Küsse
Dein liebender Mann, Euer lieber Vater.
Lebt wohl.

SCHÜTZE KARL FALKENHAIN AN DIE EHEFRAU

Geschrieben, den 5. 5. 1917

Meine vielgeliebte Frau, herzensliebe Mutter und liebe Kinder!

Du schreibst mir von Deinem schlimmen Finger, dass Du so viel Schmerzen hast und kaum schreiben kannst. Mir kommt es aber so vor, als wenn Du am 26. April gar nicht selbst geschrieben hast, denn die Schrift sieht aus, als ob Hedwig den Brief geschrieben hätte. Die Zeilen sind mir zu gerade, und die Schrift kommt mir komisch vor. Aber, mein liebes Herz, das kannst Du mir doch ruhig schreiben, ob Du es selber bist oder ob es schlecht um Deinen Arm bestellt ist. Du kannst mir ruhig die Wahrheit mitteilen, ich mache es ja auch, auch wenn Du mir nicht glaubst. Ich bin wirklich noch immer dort, wo ich schon so lange bin, im Stab, ich habe nichts auszustehn. Ich bin noch in Russland, nicht in Frankreich, wie Du vielleicht denkst.

Nach dem Sieg der bürgerlich-demokratischen Revolution in Russland kommt es bis Juni überall an der Front zu zahlreichen Verbrüderungen zwischen deutschen und russischen Soldaten. Am 7. Mai tritt in Petrograd die VII. Gesamtrussische Parteikonferenz zusammen und beschließt den Übergang zur sozialistischen Revolution.

Ich will Dir noch mitteilen, dass vier Mann von unserer Kompanie übergelaufen sind zu den Russen. Die sind schon öfter drüben gewesen und haben sich bei den Russen Brot geholt und sind immer wieder zurückgekommen. Und auf einmal waren sie weg. Keiner weiß, wie das zugegangen ist, ob bei den Russen andere in der Stellung waren und diese sie nicht mehr zurückgelassen haben, oder ob es ihr Wille gewesen ist, drüben zu bleiben. Die Kompanie ist aus dem Graben abgelöst worden, damit keiner mehr überlaufen kann.

Besten Gruß und tausend Küsse
Dein im Herzen treubleibender Mann,
Euer lieber Vater.
Lebt wohl.

MINNA FALKENHAIN AN DEN EHEMANN

Naundorf, den 11. 6. 1917

Im Sommer 1917 finden in allen Teilen Deutschlands Lebensmittelunruhen, Streiks und Straßendemonstrationen statt. Auf mehreren Schiffen der deutschen Kriegsflotte kommt es zu Hungerstreiks, Seeleute verweigern den Gehorsam.

Mein vielgeliebter Mann und herzenslieber Vater! Deinen Brief zu meinem Geburtstag habe ich erhalten. Als ich Deinen Wunsch las, dass unser Sohn wiederkommen möchte, sind mir die Tränen die Backen runtergelaufen. Wenn doch dieser Wunsch in Erfüllung ginge. Ich wüsste dann nicht, was ich vor Freude machen würde. Doch dieses Jahr geschieht das bestimmt nicht mehr, denn der alte böse Krieg hört doch nicht auf. Jetzt hat sich auch noch Amerika gefunden, die wollen auch noch ihre Entschlossenheit zeigen. 90 000 Mann sind in Frankreich gelandet und stehen jetzt vor der deutschen Front in Flandern. Da geht es jetzt haarig zu und kostet vielen Leuten das Leben. Und so soll es bis Herbst auch in Russland werden. Wann wird das alles bloß ein Ende finden? Ich glaube schon nicht mehr an Eure Wiederkehr. Die großen Köpfe hören nichts und haben ihre Freude daran, denn der arme Stand ist zu groß, da müssen erst noch viele weg, sonst hätten die großen Köpfe nicht das alleinige Recht. Alles, was man hört von denen, die halbwegs ein bisschen was sind, sagen, es sind noch zu viele Menschen. Diese Woche wurden aus der ganzen Umgebung alle 18-jährigen geholt, da wachsen immer wieder welche nach.

Viele herzliche Grüße und tausend Küsse
von Deiner lieben Frau
und Kinder

Eben bekomme ich Deinen Brief, den Du am 6. geschrieben hast, und ich sehe, dass Du böse mit mir bist wegen des Pakets mit dem Schweineschwanz. Ich habe es wegen der Leute gemacht, die Pakete

stehlen und anderen alles wegfressen. Das hat es schon alles gegeben. Du musst deshalb nicht so böse auf mich sein. Auf der Post in Deutschland gibt es viele, die nichts taugen, viele Strolche, die Euch arme Soldaten auslachen. Ich bitte Dich um Vergebung. Ich habe das Paket in aller Wut gepackt, es ist nun einmal geschehen und wird nicht wieder passieren.
Viele Grüße und nochmals: Sei nicht böse, sonst weiß ich nicht, was ich tue.

Am 29. Juli führt General Ludendorff im deutschen Heer den »Vaterländischen Unterricht« ein, um die kriegsmüden Soldaten ideologisch aufzurichten.

MINNA FALKENHAIN AN DEN EHEMANN

Naundorf, den 8. 8. 1917

Mein vielgeliebter Mann und herzenslieber Vater! Ich habe erst auf Deine Post gewartet, um zu hören, wie Du hingekommen bist. Wir sind gut zu Hause angekommen, nur war der Gang allein sehr schwer. Ohne Dich ist im Haus alles groß und leer und einsam. Am Sonntag hatten wir schon wieder Ärger. Die Leipziger, drei Mann hoch, kamen uns auf den Hals. Du kannst Dir denken, wie sehr wir uns alle erschrocken haben. Die wollten sich nun richtig satt essen und hatten keine Karten mitgebracht. So gab uns der Bäcker kein Brot. Da habe ich wieder Körner hinschaffen müssen, und Vehsens ist es ebenso gegangen. Bis Mittwoch haben sie sich hier aufgehalten. Nun sind wir alle froh, dass sie wieder fort sind. Ihre Kinder sind sehr verwöhnt. Die schmeißen alles weg, was ihnen nicht schmeckt, und sie lässt ihnen ihren Willen.
Heute tut mir auch wieder mein Finger sehr weh, er ist einfach zu empfindlich und will nicht benutzt werden, er will nur die anderen Finger arbeiten las-

Am 2. August meutern auf der »Prinzregent Luitpold« 400 Matrosen und Heizer. Die Führer der Aufständischen – Hans Beckers, Albin Köbis, Max Reichpietsch, Willi Sachse und Wilhelm Weber – werden zum Tode und weitere 50 Seeleute zu Zuchthausstrafen von insgesamt 400 Jahren verurteilt. Köbis und Reichpietsch werden am 5. August hingerichtet.

sen. Geregnet hat es bis heute noch nicht, bei den Kartoffeln sind die Blätter eingerollt. Die Rüben kommen ganz gut. Minna ist heute schon zum zweiten Mal zum Ährenlesen fürs Rote Kreuz wie alle Kinder.
Viele herzliche Grüße und tausend Küsse von Deiner treu liebenden Frau und Kinder. Wann werden wir uns wiedersehn? Hoffentlich hast Du mir die Wahrheit geschrieben, dass Dir nichts weggekommen ist. Voigts lassen Dich auch grüßen, sie haben sich sehr gefreut, dass Du ihnen Adieu gesagt hast.

MINNA FALKENHAIN AN DEN EHEMANN

Naundorf den 19. 8. 1917

Seit Mitte des letzten Monats tobt die große Schlacht in Flandern. Beidseits Yperns versuchen englische Truppen zur Küste vorzustoßen und die deutschen U-Boot-Stützpunkte Ostende und Zeebrügge zu erobern. Mitte November scheitert trotz immensen Menschen- und Materialeinsatzes der Angriff. Es fallen in diesen vier Monaten 332 000 englische und 217 000 deutsche Soldaten.

Mein vielgeliebter Mann
und herzensliebevoller Vater!
Das schöne Geld habe ich gestern erhalten, es waren 28 M., und Du schreibst mir, dass es 25 M. waren. Wenn sich der Feldwebel vertan hat und Dich nun fragt, wie viel Du bekommen hast, sagst Du, Du weißt es nicht, das hat Deine Frau, und die hat Dir das nicht geschrieben. Gib es ihm nicht wieder. Heute Abend hole ich mir vom Enigk wieder 39 M., da kann ich 60 M. zurücklegen.
In den Dörfern sterben jetzt überall die Schweine, auch in Naundorf. Meine sind Gott sei Dank noch gesund wie alle in unserer Gasse. Müllers, Lehmanns, Reiches und Kiepsches sind bis jetzt verschont geblieben. Den anderen ihre waren alle krank, die Hälfte ist gestorben. In Prettin starben an einem Tag 60 Schweine, in Annaburg 80 in einer Woche, in den anderen Dörfern auch so viel. Ich habe solche Angst.

Sonst geht es uns gut. Bloß habe ich viel Arbeit zur Zeit, die Leute wollen so viel gemacht haben. Ich kann meinen Finger schon ein bisschen krumm machen, aber manchmal ist er wieder ganz steif. Wie das Reißen eben so ist, je nach Witterung. Minna und Hedwig machen am Dienstag nach Dessau zum Doktor, da werde ich ja sehen, was unsere Tochter eigentlich hat.
Kartoffeln haben sie uns auch schon gemaust, da werde ich wohl keine behalten.

Viele herzliche Grüße und tausend Küsse
von Deiner lieben Frau
und Kinder

MINNA FALKENHAIN AN DEN EHEMANN

Naundorf, den 24. 8. 1917

Am 28. August erklärt Deutschland Rumänien den Krieg.

Mein inniggeliebter Mann
und herzenslieber Vater!
Der Doktor hat unsere Tochter untersucht. Erstens ist sie blutarm; zweitens hat sie einen schwachen Magen und drittens einen großen Herzfehler. Die Herzklappen schließen nicht zusammen. Und viertens hat sie einen Lungenkatarrh. Nun kannst Du Dir aussuchen, was da zuerst kuriert werden soll. Sie soll viel Milch trinken. Das tut sie nicht. Alle Tage soll sie ein Ei trinken. Das macht sie nur, wenn ich zanke. Und dann hat sie noch Tropfen, die nimmt sie. Dann soll ich sie jeden Abend in Staßfurter Salz baden, das machen wir auch. Sie soll auch viel Quark essen, den haben wir nicht, aber ich werde welchen besorgen. Heute habe ich ihr schon eine Flasche Rotwein mitgebracht, den setz ich beim Ei zu, damit es kräftiger schmeckt.

Anfang September besetzen deutsche Truppen Riga.

Am 2. September wird in Berlin die »Deutsche Vaterlandspartei« gegründet. Sie will den »Siegfrieden« um jeden Preis. Zu den Köpfen gehören Tirpitz, Kapp und der Geschichtsprofessor Schäfer.

Sie ist zwar nicht krank, fühlt sich aber immer so müde und legt sich gleich auf die Dielen. Mit dem Essen hat es sich ein bisschen gebessert, nun denke ich, es wird wieder mit ihr werden. In die Schule geht sie auch ein paar Tage nicht, damit sie sich stärkt.

Ängstige Dich, mein liebes Herz, nicht, ich werde mein Möglichstes tun, damit sie wieder gesund wird. Das müssen wir überstehn. Wir haben schon soviel ausgehalten.

Herzliche Grüße und tausend Küsse
von Deiner lieben Frau und Kinder

MINNA FALKENHAIN AN DEN EHEMANN

Naundorf, den 12. 9. 1917

Mein vielgeliebter Mann und herzensguter Vater!
Vorgestern und gestern war es um mich schlecht bestellt, ich hatte große Schmerzen und Durchfall, da ging nur noch Wasser fort, und ich konnte kaum gehen. Heute ist es etwas besser, doch das Reißen ist noch da. Es ist anderes Wetter. Jetzt regnet es ein wenig, doch das ist zu wenig. Die Kartoffeln sind noch sehr klein, aber in vierzehn Tagen müssen sie raus. In den Nächten wird es schon sehr kalt, gestern morgen war alles weiß gefroren.

Naundorf muss nun auch in die Molkerei. Sie haben alle Dörfer gezwungen. Es gibt keine Butter mehr zu kaufen. Es wird alles schlechter, und die Leute sind zu dumm und sind sich nicht einig.

Ich habe noch etwas auf dem Herzen. Ich habe große Sorge wegen dem Schwein. Bis jetzt sind in Naundorf die Hälfte der Schweine gestorben, unsere Ecke ist bis jetzt verschont geblieben. Vorige

Woche wurde Kiepsches Schwein krank, es wurde aber wieder besser. Gestern wurde Müllers krank und starb in dieser Nacht. Jetzt habe ich große Angst, weil wir ja in der Mitte liegen. Bis jetzt aber fressen meine Schweine noch. Gott mag helfen, dass es mich nicht trifft. Auch Lehmanns und Ahlitz' Schweine waren nur einen halben Tag krank und starben dann. Bei manchen sind drei und vier Stück gestorben.
Falkenhains Frieda in Plossig hat einen Jungen gekriegt. Da wollte sich die Alte aufhängen. Wer keine Kriegssorgen hat, denen gibt der liebe Gott andere Sorgen.
Viele Grüße von Deiner lieben Frau und Kinder. Minna fühlt sich ganz wohl, habe bloß immer Ärger, da sie nicht viel tut, weil sie so verwöhnt ist.

Bei Kriegsbeginn ist das Militärflugwesen allgemein noch wenig entwickelt (Deutschland verfügt über 232 Flugzeuge). Bis 1918 besitzt Deutschland 48 000, die aber keinen wesentlichen Einfluss auf den Kriegsverlauf haben.

MINNA FALKENHAIN AN DEN EHEMANN

Naundorf, den 29. 10. 1917

Mein vielgeliebter Mann und lieber Vater!
Ich hätte gestern schon Deinen Brief beantwortet, doch ich musste mit der Hedwig nach Annaburg, die wollte sich was kaufen. Die ist noch schlimmer als ein kleines Kind, was nichts versteht. Da habe ich so immer nebenbei meinen Ärger.
Bei der Rückfahrt sind wir gleich nach Plossig gefahren. Dort war am Sonnabend ein Flieger gelandet, der lag noch da. Ich war so dumm und ließ mich überreden und ging mit hin. Da habe ich auch nichts weiter gesehen als das, was ich mir schon lange gedacht habe.
In Deinem Brief tadelst Du, dass ich soviel teuren Dünger gekauft habe. Was soll ich denn machen?

Ich kann nicht von den Nachbarn abstehen, die schmeißen noch viel mehr als ich.
Am Sonnabend, dem 27., habe ich zwei Pakete abgeschickt mit Stolle und Kuchen, mit Butter und Kuchen. Hauptsache, Du erhältst alles. Nicht dass es wieder ein anderer fressen tut. Morgen schicke ich wieder zwei ab mit Kuchen, damit Du auch was von unserer Kirmes hast. Wir haben ja auch nichts weiter als Kuchen.

Sonst sind wir so einigermaßen gesund
und hoffen dasselbe von Dir, lieber Vater.
Viele herzliche Grüße und Küsse
von Deiner herzenstreu liebenden Frau
und Kinder

MINNA FALKENHAIN AN DEN EHEMANN

Naundorf, den 20. 11. 1917

Am 20. November beginnt die Schlacht bei Cambrai im Westen, die bis zum 6. Dezember dauert. Ein massierter englischer Angriff mit 476 Tanks durchbricht die deutsche »Siegfriedstellung«. Seit 8. November bereisen 7 Reichstagsabgeordnete, darunter die Sozialdemokraten Ebert, Scheidemann und Wels, die Ostfront und ermuntern die Soldaten zum Durchhalten.

Mein vielgeliebter Mann und herzensguter Vater!
Du wirst vielleicht fragen, wieso schicken die mir bloß solche Sachen, die keinen Wert haben. Aber Brot ist auch wichtig. Ich würde Dir ja gern einmal ein Paket mit Schinken schicken, aber ich habe ordentliche Angst davor, weil ich denke, das kriegst Du doch nicht. Ich würde mich dann sehr ärgern. Aber kommt einmal der Kuchen weg, da ist der Schaden nicht so groß. Aber wenn ich sehe, dass Du alle Pakete bekommst, dann versuche ich es doch einmal, damit Dein Maul mal was zu kosten kriegt, denn zum Sattessen reicht das auch nicht.
In Reinsdorf in der alten Pulverfabrik hat es wieder eine große Explosion gegeben, größer als vor zwei Jahren. Am Sonnabend vor acht Tagen, abends ½ 11 Uhr, ist es gewesen. In den nahen Dörfern ist

kein Fenster ganz geblieben, alles ist umgefallen. In Wittenberg sind alle Schaufenster entzwei, und ein paar hundert Tote und auch viele Verwundete gab es, meistens Frauen und Mädchen. Bachmann sagte, er wolle noch mal Deinetwegen reklamieren, weil doch jetzt soviel Leute gebraucht würden. Jetzt ist dort nur lauter Militär aus Torgau und Wittenberg. Schmager ist auch reklamiert und nun als Maurer da. Schreibe mir, ob Du das auch willst. Wenn Du aber dort sicherer bist, musst Du es sagen. Bachmann muss eben so lange warten, bis Du geantwortet hast.

Am 7. November siegt in Russland die sozialistische Oktoberrevolution. Der II. Allrussische Sowjetkongress (7./8. November) schlägt allen kriegführenden Völkern und Regierungen vor, sofort Verhandlungen über einen gerechten demokratischen Frieden aufzunehmen (»Dekret über den Frieden«).

Noch eins, mein liebes Vaterchen. Wie steht es denn mit den warmen Sachen? Hast Du welche, oder soll ich welche schicken? Schreibe mir das auch, damit ich sicher bin, dass Du nicht frierst. Bin sonst gesund, kann aber schlecht schlafen. Die Nächte sind sehr lang und Du, mein Lieber, fehlst.

Viele Grüße und Küsse
von Deiner lieben Frau und Kindern.

Eben haben wir erfahren, dass der Dessauer Erich am 17. November bei einem Kreuzergefecht gefallen ist. Das hätte ich nicht gedacht, dass ihn solches treffen würde. Seit er im Sommer hier war, wurde er schon einmal schwer verwundet, und alle dachten, er kommt nicht durch. Nun aber hat es ihn ordentlich getroffen. Da wächst meine Angst von Neuem. Schreibe mir bloß immer die Wahrheit, ob Du in Schutz bist.

Leb wohl, bleib gesund!

MINNA FALKENHAIN AN DEN EHEMANN

Naundorf, den 27. 11. 1917

Hauptgegner zur See sind seit Kriegsbeginn Deutschland und Großbritannien. Am 2. November 1914 hat die englische Regierung die gesamte Nordsee zum Kriegsgebiet erklärt. Die damit beginnende Wirtschaftsblockade gegen Deutschland verursacht einen Mangel an kriegswichtigen Rohstoffen, Lebens- und Futtermitteln, der sich von Jahr zu Jahr drückender auswirkt.

Mein herzinnigst geliebter Mann und lieber Vater!
Du schreibst, dass ich Dir das von Reinsdorf nicht hätte schreiben sollen. Oh, da habe ich mir nichts bei gedacht.

Gestern war ich in Dessau. Die Beerdigung war sehr schön, und es waren alle sehr freundlich, auch wenn ich nicht viel gesprochen habe. Es waren auch die Berliner da, ein Bruder von Karl und eine Schwägerin. Wir vier aus Naundorf haben eine Nacht dort bleiben müssen, weil die Beerdigung erst um vier Uhr war. Ich hatte erst gedacht, es sollte noch feierlicher sein, aber seit kurzem ist das abgeschafft. Den Sarg hat nur das Dessauer Militär getragen, und keine Musik hat gespielt, nur Trommelwirbel. Der Pastor hielt eine schöne Rede. Es waren sehr viele Dessauer da, so viele Leute habe ich noch nie bei einer Beerdigung gesehen. Alles weinte, jedem tat es sehr weh, weil Erich zu jedermann freundlich gewesen ist. Er hatte auch sehr viele Kränze. Allein am Sarg waren acht Stück von der Seemannschaft, von Unteroffizieren, Feldwebeln, Offizieren und Kameraden und wie sie alle heißen. Seine Braut hatte auch einen mitgeschickt, der kostete 40 Mark. Auch die, die vom Wasser waren, kamen nicht viel billiger. Der Sarg war auch sehr schön und war gar nicht so teuer.

Der Transport hierher kostete alles in allem 400 Mark. Den Zinksarg haben sie noch einmal aufmachen lassen, um nachzusehen, ob Erich auch drin war. Aber sie sagen, er ist es gewesen. Er habe blau ausgesehen und einen dicken Kopf gehabt, aber wo er verwundet war, hat keiner gesehen. Er soll von einem Granatsplitter getroffen worden sein. Seine

Braut ist vor Schreck krank geworden, will ihn aber später mal besuchen. Sie hat 20 000 Mark, das hat sie alles schriftlich geschickt und polizeilich stempeln lassen. Erich hatte nicht dieses Glück haben sollen.
Ich habe ihn mir nicht angesehen, weil sie alle so erschraken und schrien. Jetzt mache ich mir aber Vorwürfe, weil ich mein Kind Erich nicht hergeholt habe. Ich ärgere mich, weil ich mir das habe ausreden lassen. Ich werde damit nicht fertig, dass mein Kind nicht hier bei mir sein kann und in fremder Erde liegt.

Sonst gesund.
Viele herzliche Grüße und tausend Küsse
von Deiner lieben, treuen Frau und Kinder.
Lebe wohl.

MINNA FALKENHAIN AN DEN EHEMANN

Naundorf, den 4. 12. 1917

Mein herzenslieber Mann und lieber Vater!
Deinen letzten Brief vom 27. November hast Du sehr böse geschrieben. Natürlich habe ich das von Reinsdorf nicht verschweigen wollen, was Du mir jetzt vorwirfst. Ich habe keinen Menschen da, das kümmert mich nicht und geht mich nichts an. Warum also soll ich Dir das schreiben? Ich kann keine Fremden bedauern, wenn meine Lieben in Gefahr stehen. Vor dem Reklamieren fürchte ich mich nun, weil ich denke, auch hier könnte Dir etwas passieren, und ich müsste mir dann ewig die Schuld geben. Zu Bachmann habe ich gesagt, das entscheide ich nicht allein, das schreibe ich erst unserem Vater, der muss dann sagen, was er denkt. Aber Du hast

In Brest-Litowsk werden am 3. Dezember zwischen Deutschland und Sowjetrussland Waffenstillstandsverhandlungen aufgenommen.

ja schon einmal gesagt, dass Du keine Lust hast, hierher zu kommen. Auch habe ich gestern gehört, dass in Russland Waffenstillstand sein soll. Ist das nicht wieder eine Blende für das Volk, damit wir frischen Mut gewinnen? Ich glaube an nichts mehr. In Torgau, wo die Kriegsgefangenen sind, sollen heute die französischen und englischen Offiziere die Russen fast erschlagen haben, weil sie Frieden machen wollen. Da hat man dazwischengehen und sie wegschaffen müssen. England und Frankreich machen keinen Frieden, die hören nicht auf, die haben noch Kriegsmut.

Gestern und heute ist es hier sehr kalt. Die Fenster sind befroren, und etwas geschneit hat es auch. Der Sturm hat sich gelegt, unsere Dächer sind noch ganz. Darüber bin ich froh, denn ich hatte deshalb Angst.

Sonst gesund.
Viele Grüße und tausend Küsse
von Deiner lieben Frau und Kinder

MINNA FALKENHAIN AN DEN EHEMANN

Naundorf, den 7. 12. 1917

Am 6. Dezember geht der einwöchige Gegenangriff deutscher Truppen im Westen bei Cambrai erfolgreich zu Ende, die deutsche Winteroffensive in Frankreich wird vorbereitet.

Mein heißgeliebter Mann
und herzenslieber Vater!

Am 1. Dezember schreibst Du, dass bei Euch Waffenstillstand ist. Ja, das haben wir auch schon erfahren, wir haben es in den Blättern gelesen. Aber ich habe noch keine Hoffnung, dass Frieden wird, denn die werden wohl nicht alle unter einen Hut kommen. Die Großen sind sich immer einig. Es handelt sich aber um das Volk, das weniger werden soll.

Mein herzenslieber Mann und lieber Vater, vor Weihnachten werden wir unser Schwein schlachten.

Ich wollte es ja aufheben bis nach Weihnachten, aber wir sind nicht sicher, ob es nach Neujahr nicht ein neues Gesetz geben wird. Bisher gab es alle vier Wochen ein neues Gesetz. Das Schwein ist zwar noch nicht fett, aber was will man machen. Ehe sie es einem wegnehmen, schlachtet's man. Überhaupt mussten wir dieses Jahr schon sehr viel abgeben. Nur die Knochen kann man behalten. Die wissen, was gut ist. Für das Pfund Speck zahlen sie 1,20 M. Wenn wir es aber kaufen, ist es noch mal so teuer. Die nehmen es den Menschen mit aller Gewalt. Und der Aufwand, der betrieben werden muss, ehe das Schwein abgestochen wird! Wenn es ausgenommen ist, wird es wieder gewogen, und was dann über 120 Pfund ist, muss abgegeben werden. Deshalb ist jetzt ein Schöffe oder Wachtmeister dabei. So geht es bei uns zu. Alles nehmen sie uns.
Am 18. Dezember also soll geschlachtet werden, wenn Gott es will und alles gesund bleibt. Voigts schlachten am 11. Dezember, da werde ich Dir schreiben, was es gewogen hat.

Viele herzliche Grüße von Deiner Frau
und Kinder

MINNA FALKENHAIN AN DEN EHEMANN

Naundorf, den 15. 12. 1917

In Brest-Litowsk wird am 17. Dezember zwischen Deutschland und Sowjetrussland ein 28-tägiger Waffenstillstand vereinbart.

Mein lieber Mann und herzenslieber Vater!
Heute kann ich Dir schreiben, wie es auf der Holzauktion war. Es war gar nicht so schlimm, wie ich befürchtete. Als ich eine Viertelstunde zugehört hatte, wusste ich Bescheid, wie es gemacht wird. Es war zwar sehr voll, aber ich stand ganz vorn und konnte alles sehr gut hören. Wer gekauft hatte, musste raus, zweimal durfte keiner kaufen. Der Forstmeister zählte die Leute, ehe es losging und sagte, es reicht zu, jeder kriegt seinen Posten, Leute, seid vernünftig und bietet nicht zu hoch, das Holz soll nicht so teuer werden wie im vorigen Jahr.

Aber die Leute sind verrückt, die wissen nicht, was Geld ist. Das teuerste waren 196 Mark für 6 Meter Schnittholz, getaxt war der Meter für 12 Mark. Bei Rollholz war die Taxe je Meter 9 Mark, und dann kosteten die Klafter bis 100 Mark und darüber. Etliche Male gab es einzelne Meter, da habe ich bloß einen Meter gekauft. Der eine war getaxt mit 12 Mark und ging auch dafür weg. Ich habe mir gesagt, da kommen noch mehr Auktionen. Ich gehe immer wieder, bis ich mein Holz zusammen habe. Ich werde es nicht so teuer bezahlen.

Heute kann ich Dir auch schreiben, was das Schwein wog, welches Voigts gekauft haben. Es war leicht und hatte nur 157 Pfund. Das Stücke hat bei uns sehr schlecht gefressen. Ich habe mich hinterher sehr geärgert, da hätte ich es selber totschlagen können. Minna sagte immer, ich solle nicht so zanken, sie habe Schrot und Körner gefüttert, aber es fraß nicht. Hätte ich es bloß selber gewogen. Der Preis pro Pfund beträgt 1 Mark, ich habe also 157 Mark gekriegt, das ist wenig Geld.

Ja, mein liebes Herzchen, so geht es mir hier, der Ärger hört nicht auf. Ich wollte doch das Schwein sehr fett machen, weil ich recht viel Geld damit machen wollte. Jetzt hatte ich Pech, ich soll einfach nichts bekommen. Ich hätte dem Aas gleich hinten reinstechen mögen, weil ich mir soviel Mühe damit gegeben hatte, und nun war alles nichts.
Gestern hat auch noch der Sturm zu blasen angefangen, und ich habe Sorgen wegen der Dächer. Jetzt kriegt man ja so etwas nicht gemacht, weil kein Mensch zu Hause ist, denn der alte böse Krieg braucht die Leute alle und frisst einen nach dem anderen. Schenk, der Bernhardt ihr Mann, ist auch vermisst, und der kleine Kaufmann von Hannemanns auch. Den großen Strolchen passiert nichts, nur den ordentlichen Leuten. Wie wird es bei uns sein? Als ich hörte, es gebe Waffenstillstand, hatte ich keine Ruhe mehr. Ich denke auch, unser Sohn kommt wieder, und auch bei Dir, lieber Vater, rechne ich mit einem Wiedersehn. Gott mag helfen, dass es so kommt, wie ich hoffe. Sonst bin ich am Ende.

Sonst gesund und hoffe dasselbe von Dir.
Sei recht herzlich gegrüßt und geküsst
von Deiner treu liebenden Frau
und Kindern

SCHÜTZE KARL FALKENHAIN AN DIE EHEFRAU

Geschrieben, den 26. 12. 1917

Vom 22. bis 28. Dezember findet in Brest-Litowsk die 1. Phase der Friedensverhandlungen zwischen den Mittelmächten und Sowjetrussland statt.

Meine vielgeliebte Frau
und herzensliebe Mutter und liebe Kinder!
Ich habe die Weihnachtstage gesund und gut verlebt und denke dasselbe von Euch. Ich habe das Eiserne Kreuz erhalten, doch davon habe ich auch nichts. Dann muss ich Dir noch mitteilen, dass Du mir vorläufig nichts schicken kannst, denn es ist möglich, dass ich in nächster Zeit von hier wegkomme. Aber, mein liebes Herz, mache Dir deshalb keine Gedanken, denn es hat weiter nichts zu bedeuten.

Nun wünsche ich Euch von ganzem Herzen ein gesundes Neues Jahr, und dass der Friede bald kommt.

Besten Gruß und tausend Küsse
Dein herzenstreuer Mann und lieber Vater.
Lebt wohl, auf baldiges Wiedersehn,
so Gott will.

MINNA FALKENHAIN AN DEN EHEMANN

Naundorf, den 27. 12. 1917

In Brest-Litowsk erklären die deutschen Vertreter den Anspruch der Mittelmächte auf Polen, Litauen und Kurland.

Wieder haben wir ein einsames Fest verbringen müssen, einer hier, der andere da. Ach solch ein Leben! Nie wird sich das mehr ändern. Mein Glaube ist vorbei, dass sich unser Leben noch ändern wird.

Ich hatte mir vorgenommen, an den Feiertagen zu schreiben, aber ich kam nicht dazu. Hatte viel Arbeit, und dann kam auch Riemer Karl aus Dessau. Heute aber, mein liebes Herz, kann ich Dir schreiben, dass ich an Dich 2 Pakete abschicke mit Wellfleisch. Es ist sehr schön. Hoffentlich wird es sich so lange halten, bis es am Ziel ist. Aber bei dieser Kälte wird es gut ankommen. Falls es in Deine Hände gelangt. Du schreibst nämlich, dass Du ein leeres Paket abgeschickt hast. Bis heute ist noch nichts angekommen, das ist bestimmt weg. Mich ärgert das, die schöne Blechkiste hat mich 60 Pf gekostet, nun kann ich wieder eine kaufen. Ach, was sind die Leute auf der Bahn doch heutzutage schlecht. Täglich mausen die Bahnbeamten, das sind die größten Spitzbuben. Täglich steht in den Blättern, was alles fehlt und dann bei Hausdurchsuchungen gefunden wird. Es hört aber nicht auf, es geht immer weiter. Wenn ich etwas abschicke, will ich keinen Schuft füttern.

An der Ostfront kommt es zu einer neuen Welle von Soldatenverbrüderungen.

Deine 32 Mark sind angekommen, ich habe mich sehr darüber gefreut und das Geld schön zurückgelegt. Zusammen mit dem Schweingeld sind jetzt 200 Mark voll. Jetzt habe ich also ... Mark daliegen, langsam wird mir Angst. Aber in solcher Zeit kann ich es auch nicht fortschaffen. Wie Du siehst, habe ich die Summe wegradiert, weil ich es mit der Angst bekam, denn ich denke mir, wenn die Schufte auf der Bahn den Brief öffnen, kommen sie und schlagen mich tot, dann ist das Geld fort. Du kannst ja ungefähr ahnen, wie viel es sein könnte. Es ist dreimal mehr, als wir im Sommer hatten. Etwas ist beim Holzkauf draufgegangen, aber es ist wirklich schönes Holz, so was habe ich noch nie gehabt für soviel Geld. Schön stark, lauter Kien. Wenn ich jedes Mal solches bekäme, könnte ich froh sein.

Mein liebes Herzchen, vielen Dank für die schönen Weihnachtskarten, sie kamen gerade am Heiligen Abend an, da haben wir uns sehr gefreut. Wie ist jetzt die Kälte bei Euch in Russland? Bei uns ist es sehr schön kalt, jeden Tag schneit es. Das ist ein zeitiger Winter, der lange dauern wird. Da wird Euch wieder frieren, denn warme Sachen habt Ihr auch nicht. Ich habe immer solche Angst um Dich, lieber Vater. Wenn uns friert, gehen wir nicht aus der Stube. Bei Euch aber wird nicht gefragt. Wie es unserem lieben Sohn geht, weiß keiner – ob ihm friert oder ob er warme Sachen hat. Wenn ich das doch bloß wüsste. Vielleicht muss er hungern? Wenn ich ihm doch einmal etwas schicken könnte. Nun will ich schließen. Hoffen wir, dass wir in ein frohes neues Jahr treten, eines, das nicht so traurig wird wie die letzten.

Viele schöne Grüße und tausend Küsse
von Deiner lieben Frau und Kinder.
In meinen Träumen bist Du sehr oft bei mir.

SCHÜTZE KARL FALKENHAIN AN DIE EHEFRAU

Ponewitsch, den 12. 1. 1918

Nach der Wiederaufnahme der Verhandlungen in Brest-Litowsk am 18. Januar verlangt Deutschland 150 000 Quadratkilometer Territorium vom ehemaligen russischen Zarenreich.

Meine vielgeliebte Frau, herzensliebe Mutter
und liebe Kinder!
Ich will Euch mitteilen, dass ich von Maskewitsche weg bin. Ich habe es am Abend um 9 ½ Uhr erfahren, dass ich morgens fort muss, da hatte ich keine Zeit mehr, an Euch zu schreiben. Ich musste ein paar Stunden zur Bahn laufen, um 12 Uhr fuhren wir ab. Wir waren 13 Mann aus der Kompanie, alte Männer und Familienväter. Wir fuhren zwei Tage und Nächte, hielten aber mehr, als wir fuhren, und sind heute Morgen hier in Ponewitsch angekommen. Das liegt mehr nach Riga zu. Mach Dir darüber keine Gedanken, ich bin nicht in Gefahr. Wir bleiben auch nicht lange hier, denn hier werden

nur Transporte zusammengestellt. Aber wohin wir kommen, wissen wir nicht, hoffentlich geht es nach Deutschland.

Besten Gruß und tausend Küsse
Dein im Herzen lieber Mann
und lieber Vater

MINNA FALKENHAIN AN DEN EHEMANN

Naundorf, den 29. 1. 1918

Mein vielgeliebter Mann und herzenslieber Vater! Gestern war ich wieder auf Holzauktion und habe 5 Meter Rollholz gekauft. Es war sehr teuer alles, wieder zwischen 50 und 100 Mark der Meter. Es gibt einfach nichts Billiges mehr. Ich habe welches zu 77 Mark genommen, was sollte ich machen. Wir kriegen keine Kohlen mehr, also brauche ich Holz. Es wird alles knapp in unserem Land. Wenn der alte böse Krieg nicht bald aufhört, wird es noch ganz schlecht werden. Es hat hier in der Zeitung gestanden, dass Du das Eiserne Kreuz erhalten hast, und aus Berlin kriegten wir von einer Klara Willson einen Glasaschenbecher geschickt. Der hat eine Inschrift mit Deinem Namen und dem Eisernen Kreuz. Ich habe den Briefträger gefragt, ob das alle kriegen, ja, sagt der, alle, die im Blatt stehen, kriegen so ein Ding geschickt.

In Berlin legen am 28. Januar 500 000 Werktätige die Arbeit nieder. Gewählte Betriebsvertrauensleute bilden den »Arbeiterrat Groß-Berlin«, der in einem Streikprogramm unter anderem einen sofortigen Friedensschluss ohne Annexion und Kriegsentschädigung sowie die Beteiligung von Arbeitervertretern an den Friedensverhandlungen fordert. Der Streik erfasst ganz Deutschland.

Es ist wieder ein halbes Jahr her, dass Du zu Hause auf Urlaub warst. Sonst sind wir alle gesund und hoffen dasselbe von Dir.

Viele herzliche Grüße und tausend Küsse
von Deiner Dich treu liebenden Frau
und Kinder

MINNA FALKENHAIN AN DEN EHEMANN

Naundorf, den 13. 2. 1918

Am 9. Februar schließen die Mittelmächte und die weißgardistische ukrainische Zentralrada einen Separatfrieden. Am 10. Februar verlässt Leo Trotzki als Leiter der sowjetischen Delegation die Verhandlungen in Brest-Litowsk und lehnt die Unterzeichnung eines Vertrages mit den deutschen Friedensbedingungen ab. Lenin hingegen fordert die Unterzeichnung des überlebenswichtigen Brester Friedens.

Mein herzenslieber Mann und guter Vater!
Nun wird es wieder einmal Zeit, dass ich die Feder in die Hand nehme und an Dich schreibe. Mein liebes Herzchen, ich wollte schon lange schreiben, aber wegen der Arbeit kam ich nicht dazu. Heute aber nehme ich mir die Zeit, damit Du nicht denkst, wir haben Dich ganz vergessen. Außerdem heißt es, in Russland sei Frieden. Da habe ich zu Minna gesagt, wollen wir warten, bis unser Vater am 10.2. schreibt, weil doch am 9.2. der Frieden beschlossen worden ist. Es könnte nämlich sein, dass Du von dort wegkommst, und dann wären noch Pakete und Briefe an Dich unterwegs.
Du schreibst, dass wir zwei Pakete zurückbekommen haben. Ja, das stimmt, aber wo ist das mit der Wurst und das mit der Stolle und den Plinsen? Drei Pakete fehlen noch. Die sind weder bei uns noch bei Dir angekommen. Ich hätte Dir trotz des Ärgers schon wieder welche geschickt, aber jetzt will ich abwarten, wie das mit dem Frieden wird und ob er nach Deutschland kommt.
Auch schreibst Du, dass Du wieder auf Wache bist und dass Dir die Zeit sehr lang geworden ist. Das mag sein, weil es nicht so kalt ist. Oder ist es in Russland viel kälter als bei uns jetzt? Hier ist es sehr schön gelinde, bloß haben wir öfter Regen. Das ist aber nicht weiter schlimm, weil das Wasser gut abfließt. Gestern war ich mal auf dem Feld, um zu sehen, wie das Korn steht. Jetzt sieht es ganz gut aus, und wenn es im Frühjahr nicht zu nass wird, könnte es was werden.
Im Moment ist es mit meinem Reißen ganz schlimm, auch mit meinem Finger ist es noch beim Alten.

Aber ich kriege ihn inzwischen krumm. Bei Minna ist es wie gewohnt. Wenn der Sommer kommt, wird es schon wieder besser werden. Gräme Dich nicht um uns, wir haben gut zu essen. Denk an Dich, Du bist doch schon sehr elend und sehr hager.

Viele herzliche Grüße
von Deiner lieben Frau und Kinder

Am 18. Februar werden die Kampfhandlungen an der Ostfront wieder aufgenommen, deutsche Truppen marschieren auf Petrograd, in die Ukraine, Lettland und Estland. Am 21. Februar richtet Lenin den Appell an das russische Volk »Das sozialistische Vaterland ist in Gefahr!«. Zwei Tage später wird die Rote Armee gegründet.

MINNA FALKENHAIN AN DEN EHEMANN

Naundorf, den 1. 3. 1918

Mein vielgeliebter Mann und herzenslieber Vater! Du zankst mit mir über meine Arbeit. Aber was will ich machen, ich muss doch vorwärtskommen? Würde ich Deine Wirtschaft verludern lassen, wäre es Dir auch nicht recht. Also kannst Du Dich freuen, wenn ich es zu Deinem und meinem Vorteil mache. Sicher habe ich viele Schmerzen, da hast Du recht, aber die habe ich auch, wenn ich nichts mache. Wenn Du wieder zu Hause bist und der Krieg ist aus, werden wir es schon wieder gemeinsam packen.
Das Paket haben wir noch immer nicht bekommen, ich habe es schon aufgegeben. Das ist wieder verloren. Schade um den schönen Kaffee. Ich hätte Dir schon ein weiteres Paket geschickt, aber ich kriege keinen Karton zu kaufen. In Deutschland ist alles alle. Petroleum gibt es auch nicht mehr, im Monat ein Viertelliter. Ich habe schon gesagt, nun müssen wir uns noch elektrisches Licht legen lassen. Das kostet viel Geld. Wenn Du, lieber Vater, aber willst, machen wir es.

Sonst gesund.
Viele herzliche Grüße und Küsse
von Deiner lieben Frau und Kinder

MINNA FALKENHAIN AN DEN EHEMANN

Naundorf, den 4.3.1918

Am 3. März wird der von den Mittelmächten diktierte Raubfrieden von Brest-Litowsk unterzeichnet. Er besteht aus dem eigentlichen Friedensvertrag zwischen Deutschland, Österreich-Ungarn, Bulgarien und der Türkei einerseits und Sowjetrussland andererseits, sowie aus Zusatzverträgen zwischen Sowjetrussland und den einzelnen Mittelmächten. Er bestimmt: vollständige Demobilisierung der russischen Armee; Abtretung Polens, Litauens, Lettlands und Estlands. Finnland und die Ukraine werden als selbständige Staaten anerkannt. Teile Armeniens fallen an die Türkei.

Mein herzenslieber Mann und lieber guter Vater!
In Deinem Brief vom 26.2. schreibst Du, dass Du den Russen etwas abgekauft hast und dabei vier Mark zu wenig bezahlt hast. Ich werde Dir sagen: Der war wohl dumm. Nein, das sage ich nicht, denn Hunger tut sehr weh, und diese Menschen haben daran so wenig Schuld wie wir. Hauptsache, dass das Gekaufte hier gut ankommt, denn das große Paket, das Du am 19.2. abgeschickt hast, ist noch immer nicht da. Ich habe keine Hoffnung mehr.
Heute ist wieder gesagt worden, dass wir Frieden mit Russland haben, aber ob es wahr ist, weiß man nicht. In den Blättern steht, dass die alten Leute, die '69 und '70 geboren sind, nach Deutschland zurückkommen. Wir warten auf das, was noch kommen wird.
Minna ist sehr neugierig und möchte wissen, was Du von dem Russen gekauft hast. Sie sagt, Mutter, was mag das sein? Aber ich weiß es doch auch nicht und kann ihr keine Auskunft geben. Ich habe ihr gesagt, es wird wohl ein Bilderrahmen sein.
Das Wetter hier ist ganz schön, vielleicht zieht bald der Frühling ein wie ihr alten Männer in die Heimat. Unser lieber Sohn soll auch kommen, damit wir wieder alle zusammen sind. Sonst gesund.

Viele herzliche Grüße und Küsse
von Deiner lieben Frau und Kinder.
Ich muss jetzt aufhören, ich habe die Stube voller Leute.

MINNA FALKENHAIN AN DEN EHEMANN

Naundorf, den 18. 3. 1918

Mein vielgeliebter Mann und herzenslieber Vater! Heute erst komme ich dazu, Dir zu schreiben. Ich musste erst die Konfirmandenkleider fertigmachen, weil dieses Jahr die Konfirmation acht Tage früher ist. Damit die große Tochter von dem großen Herrn Pastor nicht nach Naundorf laufen muss, segnet der die Bethauer am Palmsonntag ein. Er macht eine Woche früher bei uns, weil er in diesem Jahr alles allein machen muss. Heutzutage geht alles nach den großen Leuten, und der Arbeiter ist soviel wie eine Null.

Die Blätter schreiben, dass der Krieg noch drei Jahre dauern soll. Es sind noch genug Menschen da. Verhungern tun sie nicht, also muss der Krieg noch so lange gehn, wie noch was zu verlieren geht.

Mein herzenslieber Mann, heute ist Dein Geburtstag und Du bekommst kein Paket von mir. Ich hätte ja gern zwei abgeschickt, aber weil Du geschrieben hast, dass Du Urlaub beantragt hast, sagte ich zu Minna, da trau ich mich nicht mehr, etwas zu schicken, denn ehe unser Vater wieder zurück ist, sind die Pakete weg. Da ärgere ich mich wieder wie Weihnachten. Wir hungern es uns hier ab, und andere fressen es dann auf. Ich werde also alles aufheben, bis Du kommst. Bestimmt bist Du jetzt ziemlich entkräftet, aber wenn Du hier bist, pflegen wir Dich. Wir freuen uns schon sehr und warten auf Dich. Jeden Tage denken wir, Du wirst uns wieder überrumpeln, wie Du es immer machst.

Unsere Minna war auch wieder krank und zwei Tage nicht in der Schule. Seit zwei Wochen hat sie jeden Tag Nasenbluten. Diese Woche soll sie mal wieder zum Arzt fahren und sehen, was der sagt.

Trotz des Diktatfriedens vom 3. März setzen deutsche und österreichisch-ungarische Truppen den Interventionskrieg in Sowjetrussland fort. Große Teile der Ukraine, des Dongebietes, die Halbinsel Krim und Teile Transkaukasiens werden besetzt. Am 9. März landen britische Interventionstruppen in Murmansk.

Im Westen beginnt am 21. März eine deutsche Großoffensive zwischen Arras und La Fére, mit der die englischen von den französischen Truppen getrennt werden sollen. Trotz anfänglicher Erfolge gelingt es nicht, zum Bewegungskrieg überzugehen; die gewaltigen deutschen Verluste (240 000 Soldaten) können nicht mehr ergänzt werden.

Am 18. März beginnt die vierte Flandernschlacht, deutsche Truppen überschreiten die Yser.

Sie isst auch sehr schlecht. Ich bin ja soweit gesund, bis auf das Reißen, aber das nenne ich nicht Krankheit, weil ich das immer habe und es auch behalten werde.

Viele herzliche Grüße und tausend Küsse.
Könnte ich sie Dir doch heute geben.
Deine liebe Frau und Kinder

SCHÜTZE KARL FALKENHAIN AN DIE EHEFRAU

Geschrieben, den 24. 3. 1918

Meine vielgeliebte Frau, herzensgute Mutter
und liebe Kinder!
In Deinem letzten Brief schreibst Du mir, dass der Krieg noch drei Jahre dauern soll. Wir glauben das nicht und denken, dass er bald zu Ende geht, denn Unsere gehen jetzt im Westen mit Gewalt vor, und da glauben wir, dass die Mächtigeren gewinnen. Wenn das noch so lange dauern sollte, wie Du meinst, könnte man verzweifeln und wird man den Frieden nicht mehr erleben. Gott mag helfen, dass es jetzt zum Frieden kommt und wir bald zurückkehren können, damit man noch mal als Mensch leben kann. Jetzt lebt man wie ein wildes Tier, das in der Nacht keine Ruhe hat.
So geht es mir jetzt. Es ist gegen 1 Uhr, und ich muss wieder auf Posten. Ich denke, was Ihr wohl macht, ob Ihr schlaft, oder ob Du, meine liebe Minna, noch wach bist.

Ich wünsche Euch von ganzem Herzen
eine gute Nacht und gute Ruhe.
Beste Grüße und Küsse,
Dein lieber Mann, Euer lieber Vater

MINNA FALKENHAIN AN DEN EHEMANN

Naundorf, den 2. 4. 1918

Mein vielgeliebter Mann und herzenslieber Vater! In Deinem Brief, den Du uns zu Ostern geschrieben hast, schreibst Du, dass es nun bald zum Schluss kommt. Aber da wirst Du Dich gewaltig irren. Ich glaube nicht, dass es in diesem Jahr zum Frieden kommen wird. Denn dann könnten die großen Herrn nicht mehr ein solch schönes Leben führen, weil es noch zu viele Arme gibt. Das Leben, das die jetzt haben, ist doch herrlich, so etwas kriegen die nie wieder geboten. Pass mal auf, lieber Karl, im nächsten Jahr stehen wir noch immer auf demselben Fleck. Das, was die Blätter schreiben, ist doch nur Trost für das arme Volk, damit es ruhig bleibt im Land. Die Frauen sollen denken, bald sind unsere lieben Männer wieder zu Hause. Seit der Krieg andauert, trösten sie so das Volk. Ich sage das schon lange, und so ist es auch. Du aber sagtest immer, das geht nicht mehr so lange. Du hast es bei der Ernte im Herbst gesagt, und noch im nächsten Herbst aber wird Krieg sein.

Im April bringt die 2. deutsche Offensive zwischen Ypern und La Basseé erhebliche Geländegewinne, allerdings misslingt unter schweren Verlusten der Versuch, zur Kanalküste durchzubrechen. Auf den deutschen Linienschiffen »Westfalen« und »Posen« meutern Matrosen vor der finnischen Küste. Im Baltikum, in Belorussland und in der Ukraine protestieren deutsche Soldaten gegen die Weiterführung des Krieges.

Jetzt will ich Dir schreiben, wie wir Ostern verlebt haben. Wir haben gar nichts gemacht. Ich habe an den beiden Tagen nur so rumgeguckt und an Dich, lieber Vater, gedacht. Minna hat sich mit den Kindern auf der Wiese belustigt. Es war schön warm, und heute wird es auch so werden. Die alte Ziege hat zwei kleine Zickel gebracht, aber das eine ist schon am nächsten Tag gestorben. Ich habe daran aber keine Schuld, war den ganzen Tag im Stall. Die andere, die weiße Ziege hat auch zwei Stück, aber die sind auf dem Posten. Die kleine Blaue hat ein strammes Böckchen, das gesund und munter ist. Nun warten wir nur noch auf Dich, dass wir

schlachten können und Du Dein Lieblingsfleisch essen kannst, auf welches Du schon so lange verzichten musst. Auch das Holz wartet auf Dich, damit Du es klein machst.
Und wie wird es mit dem Acker? Ich habe große Sorge, wo ich in diesem Jahr den Fuhrmann herkriegen soll. Der alte Braune der Vehsen ist auch so matt geworden, auf der Heidewiese ist er schon umgefallen. Viele Leute haben sie gebraucht, um ihn aufzuheben. Dann haben sie ihn nach Hause gebracht, und am Karfreitag hat ihn der Rossschlächter aus Torgau geholt. Nun haben sie nur noch den alten Fuchs. Wenn sie keinen wieder dazukriegen, wird das nichts mehr. Aber Pferde sind so knapp wie die Leute, und so viel Geld wollen sie auch nicht ausgeben. Ein paar Tausend Mark für ein Pferd, nein. Der Vehse ist aber ganz froh, dass er eins los ist, weil er denkt, er braucht nun nichts mehr zu machen. Über den könnte man sich nur noch ärgern.

Sei recht herzlich gegrüßt
und geküsst von Deiner alten faulen lieben Frau.
Auf Wiedersehen.

MINNA FALKENHAIN AN DEN EHEMANN

Naundorf, den 8. 6. 1918

In der ersten Juni-Hälfte erfolgen zwischen Soissons und Reims die 3. und zwischen Montdidier und Noyon die 4. deutsche Offensive im Westen. Sie scheitern nach geringem Geländegewinn.

Mein vielgeliebter Mann und herzenslieber Vater! Du schreibst, wie Du darüber denkst, ob wir Minna wegbringen sollen. Ich kann Dir dazu heute nichts weiter schreiben, weil wir noch nicht wieder beim Doktor in Dessau waren. Der Doktor hält keine Sprechstunde ab, wir müssen also warten, bis er wieder welche macht. Wenn es irgendwie geht, lasse ich Minna nicht fort, denn die friert schon zu Hause, obwohl sie warm angezogen ist. Wir haben hier jetzt richtiges Herbstwetter. Heute wird Minna 10 Uhr geimpft. Ich muss aber erst sehen, wie sie gelaunt ist und jemanden an ihren Arm lässt. Von Bachmanns ist der Älteste gefallen. Der war im Alter von unserem Erich. Nun kannst Du Dir denken, wie es um Deutschland bestellt ist. Jetzt nehmen sie uns auch die Sachen von den Männern, die im Felde stehen. Wenn Ihr wieder zurückkehrt, sollt Ihr wohl nackt laufen. Das habt Ihr auch verdient nach so langer Dienstzeit. Und hauptsächlich denen nehmen sie es, die gefallen sind. Ich habe gesagt: Und wenn sie mich einsperren, von mir gibt es nichts. Habe ich nicht schon genug an Leben und Blut gegeben? Wenn sie keine Leute mehr einkleiden können, dann müssen sie eben mit ihrem verfluchten Krieg aufhören. Von mir gibt es nichts. Das geht nun Jahr um Jahr und nimmt kein Ende. Die machen sich mit uns einen Jeck und ein Vergnügen. Sie suchen bei den Leuten in den Häusern und schnüffeln überall herum. Wenn es schon so um Deutschland bestellt ist, bricht es bald zusammen, sagt jeder. Es ist nichts mehr da. Jeder hat Furcht, doch an Frieden ist nicht zu denken, wie Du immer schreibst.

Wenn ich Dir so etwas schreibe, sagst Du immer, ich denke mir das nur aus. Nein, das weiß jeder hier. Nun werde ich aufhören, weil ich meinen Arm wegen dem Reißen nicht mehr spüre.

Viele herzliche Grüße und Küsse
von Deiner treu liebenden Frau und Kinder.
Leb wohl, auf Wiedersehn.

MINNA FALKENHAIN AN DEN EHEMANN

Naundorf, den 21. 6. 1918

Deutsche Truppen besetzen Tiflis (Tbilissi).

Mein vielgeliebter Mann und herzenslieber Vater!
Als ich gestern diesen Brief schreiben wollte, kam mir die Frau Dörre aus Annaburg auf den Hals. Die Menschen sind einfach zu hungrig und quälen einen so wie die Zigeuner. Das war schon das zweite Mal in dieser Woche, dass sie kam. Ihr Mann ist 14 Tage da, und sie haben nichts zu fressen. Dabei kommen die Männer alle Vierteljahr nach Hause, das wissen die doch und könnten was zurücklegen. Oder der Mann sollte dort bleiben, wo er sein Essen hat, da muss er nicht nach Hause kommen. Ich habe schon zu Minna gesagt, die Leute stört nicht mal das Betteln.
Mein liebes Herzchen, ärgere Dich darüber nicht und denke nicht, dass auch Du nicht nach Hause kommen sollst. Du weißt doch, wenn Du bei uns bist, habe ich alles, was Du brauchst. Du musst nicht hungern.
Deine Briefe haben wir erhalten, auch den ersten aus Jamow. Das gefällt mir nicht, dass Du wieder so weit nach Russland hineingekommen bist. Das ist nicht gut, das ist bestimmt deshalb so, weil die Russen Sibirien den Krieg erklärt haben, da werdet ihr wohl wieder mit hinmüssen und helfen. Die Russen

erzählen hier, dass sie auch wieder im August gegen Deutschland gehen, weil Deutschland keinen Gefangenenaustausch macht. Da weiß man nicht, was man davon halten soll. Ob das wirklich jemals aufhören wird? Das scheint immer so weiterzugehen.

Sonst gesund, bloß zu viel Schmerzen,
kaum noch zum Aushalten.
Viele herzliche Grüße und Küsse
von Deiner treu liebenden Frau und Kinder.
Lebe wohl.

Mein liebes Herz, eben erhalte ich Deinen lieben Brief vom 16. und sehe, dass Du mich trösten willst. Die Russen gehen wieder los, sie rücken sachte vor. Dass sie Euch nach Westen schaffen, ist auch nicht ausgeschlossen, die scheren sich viel drum, ob Ihr alt seid oder nicht. Hauptsache ist, die Menschen kommen von der Welt.

Die 40 Mark habe ich auch eben erhalten. Jetzt hast Du doch wieder kein Geld, wenn es was zu kaufen gibt. Du sollst Dir doch was kaufen und nicht hungern in der kurzen Zeit, wo wir noch leben. Wenn ich Dir was schicken soll, dann schreibe es mir. Jede Woche aber steht in den Blättern, wie sie auf der Post in Deutschland stehlen. Das ist zu schlimm, die Welt wird immer schlechter.

Gruß
Deine Frau

MINNA FALKENHAIN AN DEN EHEMANN

Naundorf, den 2. 7. 1918

In Spa konferiert Kaiser Wilhelm II. mit der Reichsregierung und der Obersten Heeresleitung über die weitere Politik gegenüber Sowjetrussland und den anderen kriegführenden Parteien.

Mein heißgeliebter guter Mann und lieber Vater!
Dein letzter Brief war volle 8 Tage unterwegs. Ich dachte schon, Du würdest mit nach dem Westen gekommen sein, weil wieder so viele von Russland weggekommen sind.

Mein liebes Herz, ich wollte Dich nicht so lange warten lassen, aber ich kam wirklich nicht eher zum Schreiben wegen der Arbeit. Heute regnet es, deshalb können wir nicht auf die Heidewiese, um Futter zu machen. Ich bin so müde und könnte gleich einschlafen. In der Nacht aber kann ich schlecht schlafen wegen der Schmerzen. Ich bekomme jetzt die volle Unterstützung weiter, und für Minna haben sie mir per Post 20 Mark geschickt. Aber ob ich das in jedem Monat erhalte, muss ich erst noch sehen. Mit dem Geld kann ich schon was ausrichten. Ich habe in diesem Jahr schon eine Fuhre Kohlen gekriegt auf die neue Karte, da habe ich 47,35 Mark bezahlt. Morgen will ich nach Torgau und die Zinsen schicken, das sind auch wieder 22,31 Mark. So hat man immer Geldausgaben.

Zum Doktor nach Dessau müssen wir auch wieder fahren, das kostet uns auch wieder an die 20 Mark. Aber, mein liebes Herz, nicht deswegen solltest Du mit dem Geld sorgfältig umgehen. Ich schreibe es Dir nur, damit Du siehst, wie ich mich um alles sorgen muss, damit ich zurechtkomme. Kaufe ruhig alles, was Du zu kaufen kriegst, hungere nicht, denn bei Euch wird wohl das Brot auch so knapp sein wie bei uns. In der Woche kriegen wir nur noch 3 Pfund, und manchmal haben die Bäcker nicht mal Mehl zum Backen. Die Not ist groß. Wer zur rechten Zeit kommt, hat Glück, wer zu spät kommt, kriegt nichts mehr. Minna fühlt sich wohl, sie isst aber zu wenig und trinkt keine Milch.

Viele herzliche Grüße und Küsse
von Deiner lieben Frau und Kinder

SCHÜTZE KARL FALKENHAIN AN DIE EHEFRAU

Geschrieben, den 14. 7. 1918

Meine vielgeliebte Frau
und herzensgute Mutter und liebe Kinder!
Wie Du schreibst, wollen sie von unseren Sachen die Hälfte haben. Du hast es doch bisher immer geschafft, dass die Schufte nichts bekommen haben. Ich denke, Dir wird es auch diesmal gelingen. Du wirst doch nicht so dumm sein und den Lumpen etwas geben, damit der Krieg verlängert wird. Das lesen wir doch schon lange in der Zeitung, dass sie Sachen in Beschlag nehmen wollen, aber bei uns werden sie kein Glück haben und nichts bekommen.
Auch lese ich, dass unsere Tochter weg soll. Ich denke, es ist besser, wenn sie daheim bleibt. Wenn sie immer ihre Milch trinkt und alles macht, was man ihr sagt, wird sie schon wieder gesund werden.

Besten Gruß und Küsse
Dein lieber Mann,
Euer lieber Vater

Die letzte deutsche Offensive an der Marne und beiderseits von Reims bricht nach schweren Verlusten am 17. Juli zusammen, Reims bleibt französisch. Die Krise des Westheers verstärkt sich. Deutschland steht am Rand des militärischen Zusammenbruchs.

Am 13. Juli wird die 12. Kriegskreditvorlage in Höhe von 15 Milliarden Mark vom Reichstag bewilligt.

MINNA FALKENHAIN AN DEN EHEMANN

Naundorf, den 2. 8. 1918

Das deutsche Heer muss im Westen zur Defensive übergehen, nachdem die strategische Gegenoffensive der Alliierten die endgültige militärische Wende im Verlauf des Krieges gebracht hat.

Mein herzenslieber Mann und lieber Vater!
Die Ernte ist erst zur Hälfte im Hause, der Roggen steht noch zu mähen und der Hafer. Das Getreide haben sie auch schon abgenommen, dabei haben wir schon das Korn liefern müssen, den Sack zu 32 Mark. Die Preise werden immer höher, damit die Leute alles abgeben. Mit dem Geld locken sie ja mächtig. In Annaburg haben sich jetzt 50 Zigeuner eingemietet. Die gehen tagsüber auf Raub aus, und in der Nacht tun sie tüchtig mausen. Ob es aber nur die Zigeuner sind, die stehlen, weiß man auch nicht genau. Aber die müssen natürlich alles sein. In der Kolonie bei Liebmanns haben sie ein Schwein gemaust, und im Dorf bei Vogels neben Vehsens haben sie ein einjähriges Schwein und zwei Gänse geklaut. Da kriegt man vielleicht Angst. Und wenn man alles zugeschlossen hat, gehen sie durch die Schlösser.

Viele herzliche Grüße und Küsse
von Deiner treu liebenden Frau
und Kinder.
Leb wohl.

SCHÜTZE KARL FALKENHAIN AN DIE EHEFRAU

Geschrieben, den 21. 8. 1918

Meine vielgeliebte Frau
und herzensliebe Mutter und liebe Kinder!
Mein Befinden ist gut, ich bin gesund. Ich muss nicht mehr Wache am Bahnhof, sondern am Schlachthof stehen. Wir sind 4 Männer und stehn bloß von abends 8 Uhr bis morgens 6 Uhr. Ich bin Wachhabender und muss nicht mit raus. Hier ist es ganz gut, es gibt öfter mal ein Stück Wurst. Auch gibt es gute Kartoffeln hier, die werden am Morgen mitgenommen, damit wir tagsüber was zu essen haben. Denn mit der Kost, die wir jetzt haben, ist nichts mehr los. Da muss man zusehn, wo man bleibt.

Besten Gruß und tausend Küsse
Dein lieber Mann,
Euer lieber Vater

Am 8. August stoßen englische und französische Truppen vor. Nur mit großer Mühe kann der Zusammenbruch der deutschen Front verhindert werden. Daraufhin berät am 14. und 15. August die politische und militärische Führung Deutschlands und Österreich-Ungarns in Spa. Die militärische Katastrophe wird nicht erkannt. Hindenburg erklärt seine Überzeugung, man werde in Frankreich bleiben und den Frieden diktieren können.

Am 4. August landen britische Truppen in Poti und am 15. August US-amerikanische in Wladiwostok.

SCHÜTZE KARL FALKENHAIN AN DIE EHEFRAU

Geschrieben, den 16. 9. 1918

Meine vielgeliebte Frau, herzensliebe Mutter
und liebe Kinder!
Ich will Euch mitteilen, dass mein Befinden noch gut ist und hoffe dasselbe auch von Euch. Du, mein liebes Herz und gute Mutter, wirst wohl bei dieser Witterung viel Schmerzen haben. Das alte Reißen wird Dich beim Grumtmachen sicher sehr plagen, und bei unserer Tochter wird es auch noch beim Alten sein. Ich glaube, dass sie immer noch zu leicht ist und nicht zugenommen hat an Gewicht, deshalb hat sich auch ihre Gesundheit noch nicht verbessert. Ihr

schreibt zwar, dass sie jetzt Milch trinkt, aber dann hätte sie auch zunehmen müssen.
Seit Tagen stürmt und regnet es bei uns, es ist kalt. Wenn es bei Euch in der lieben Heimat auch so sein sollte, dann nehme ich an, dass Ihr das Grumt noch nicht zu Hause habt.

Besten Gruß und tausend Küsse,
Dein lieber Mann, Euer lieber Vater,
lebt wohl.

Meine Lieben, der 16. September ist ein schwarzer Tag. Vor vier Jahren habe ich Euch und die Heimat verlassen müssen und bin seitdem in der weiten Welt. Muss einsam und verlassen von meinen Lieben leben. Keiner hätte damals geglaubt, dass der verfluchte elende Krieg so lange dauern würde, und keiner weiß heute, wie lange der Schwindel noch gehen soll und wann wir wieder in Liebe und Frieden zusammen leben können. Gott soll helfen, dass es bald zum Schluss kommt und das Morden endlich aufhört. Das wünscht von ganzem Herzen Dein lieber Mann, Euer lieber Vater, und dass ich und unser lieber Sohn zusammen in die liebe Heimat zurückkehren können.

Nach der allgemeinen Offensive der Alliierten im Westen sieht sich die OHL am 29. September gezwungen, die Regierung aufzufordern, sofort Friedensverhandlungen aufzunehmen. Nicht zuletzt unter dem Druck der Volkserhebung, die am 9. November in Berlin zum Sturz der Monarchie führt, erfolgt am 11. November in Compiègne die Unterzeichnung des Waffenstillstandes. Deutschland muss die besetzten Gebiete einschließlich Elsaß-Lothringen kurzfristig räumen. Die im Osten stehenden Truppen sollen erst nach besonderer Aufforderung der Alliierten zurückgezogen werden.

MINNA FALKENHAIN AN DEN EHEMANN

Naundorf, den 27. 9. 1918

Mein vielgeliebter Mann und herzenslieber Vater! Gestern hatte ich oft den Schluckauf, und ich sagte, heute ist was mit unserem lieben Vater. Entweder hat er von uns einen Brief erhalten, oder er hat was vom Urlaub erfahren. Nun bin ich ordentlich neugierig, bis ich von Dir erfahre, was los war. Oder war es ganz was anderes – musst Du nach Frankreich? Da brauchen sie nämlich jetzt ganz viele Leute. Alle Tage kommen Nachrichten, dass wieder so viele gefallen sind. Wie ich hörte, soll auch einer von den Kübsches dort gefallen sein. Und der Grunert Kurt aus Annaburg, der schon so lange dabei ist und mir von unserem lieben Sohn Erich soviel erzählt hat, ist jetzt auch gefallen. Die haben die Nachricht am Dienstag erhalten. So hört man überall, dass sie fallen, in den Blättern steht alles voll.

Nächste Woche wollen wir Kartoffeln ausmachen, ich habe Donnerstag gedacht. Ich hatte damit gerechnet, dass Du kommst, jetzt muss ich mich allein plagen, denn ich habe keine Hilfe. Wenn ich dran denke, könnte ich platzen vor Ärger über meine Dummheit, die ich begangen habe. Wenn ich jetzt aushacke, habe ich wieder kein Stroh zum Vergraben. Da weiß ich wieder nicht, wie ich es machen soll.

Sonst gesund ohne die vielen Schmerzen.
Viele herzliche Grüße und Küsse
von Deiner lieben Frau und Kinder

Während des Krieges wurden weltweit ungefähr 65 000 000 Menschen mobilisiert. Etwa 10 000 000 wurden getötet, mehr als 20 000 000 verwundet, mindestens 5 000 000 zu Krüppeln geschossen. Weitere 5 000 000 Menschen etwa blieben vermisst. Millionen Kinder, Frauen und Männer gingen an Hunger und Seuchen zugrunde. In Deutschland starben von 1 000 Menschen 28 unmittelbar an den Folgen des Krieges.

»Den nicht heimgekehrten Helden des Weltkrieges 1914–18 zum bleibenden Gedächtnis.
Die Gemeinde Naundorf«
(Inschrift auf dem im Ort stehenden Denkmal)

Gräfe, Paul 6. 10. 14
Däumichen, Hermann 11. 10. 14
Schüler, Moritz 26. 10. 14
Kuckhaupt, Jakob 28. 10. 14
Gassmann, Paul 9. 11. 14
Kühnost, Wilhelm 12. 11. 14
Fritzsche, Karl 22. 1. 15
Born, Wilhelm 2. 3.v15
Barth, Ostwald 8. 3. 15
Donath, Erich 28. 3. 15
Richter, Hermann 7. 4. 15
Liess, Wilhelm 14. 7. 15
Seidel, Ostwald 26. 7. 15
Vetter, Otto 30. 7. 15
Hebold, Hermann verm. 19. 8. 15
Bernhardt, Paul 25. 8. 15
Krüger, Ernst 25. 9. 15
Winkler, Hermann 27. 9. 15
Knöfel, Willi 4. 10. 15
Grossmann, Ernst 23. 10.v15
Ulrich, Wilhelm verm. 1.6.16
Hebold, Otto 8. 7. 16
Hanke, Hermann verm. 17 .7. 16
Lehmann, Paul 25. 9. 16
Hanisch, Ewald 25. 9. 16
März, Paul 7. 10. 16
Däumichen, Wilhelm verm. 7. 10. 16
Seidel, Eduard 8. 11. 16
März, Karl 20. 11. 16
Tilliger, Kurt 11. 12. 16
Däumichen, Hermann 4. 1. 17

Teilemann, Oswald 7. 1. 17
Schmager, Otto 29. 4. 17
Däumich, Otto 3. 8. 17
Theilemann, Otto 20. 8. 17
Böhme, Wilhelm 28. 3. 18
Pankrath, Oswald 9. 4. 18
Hannemann, Paul 4. 5. 18
Liess, Ernst 8. 5. 18
Bachmann, Oswald 12. 6. 18
Kübsch, Wilhelm 18.6.18
Wille, Ernst 19. 9. 18
Mahlo, Karl 11. 10. 18
Ilsch, Robert 15. 10. 18
Zwiebel, Willi 17. 10. 18
Fritzsche, Otto 28. 10. 18
Seidel, Paul 8. 11. 18
Däumich, Wilhelm 12. 11. 18

Minna Donath, spätere Falkenhain, Anfang des Jahrhunderts

Minna Falkenhain mit Tochter Minna vor dem Haus in Naundorf, um 1910

Postkarte von Naundorf 1915

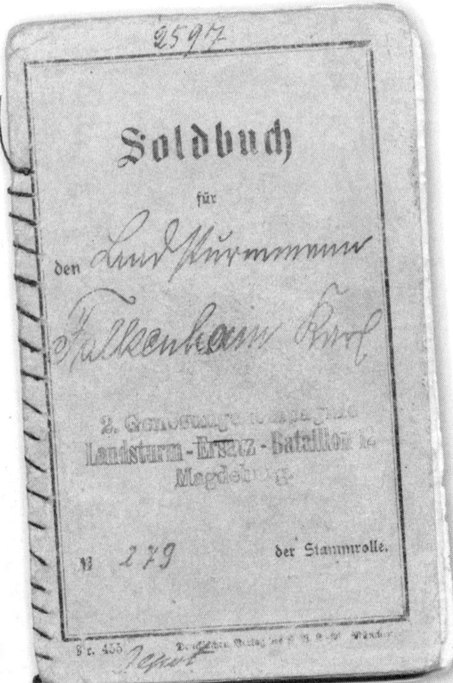

Soldbuch von Karl Falkenhain aus dem Ersten Weltkrieg

Postkarte aus dem Ersten Weltkrieg

Erich Donath (links) als Maurerlehrling in Berlin, um 1910

Jäger Erich Donath, 1914 in Naumburg

Jäger Erich Donath (rechts außen) in Naumburg, 1914

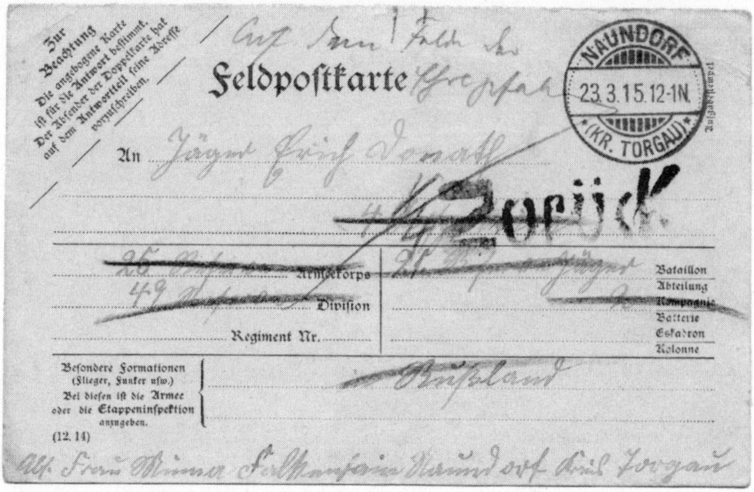

Feldpostkarte Jäger Erich Donath mit der Aufschrift »Auf dem Feld der Ehre gefallen«, 23. März 1915

Soldatengrab Erich Donaths bei Bolimow, 30. April 1915

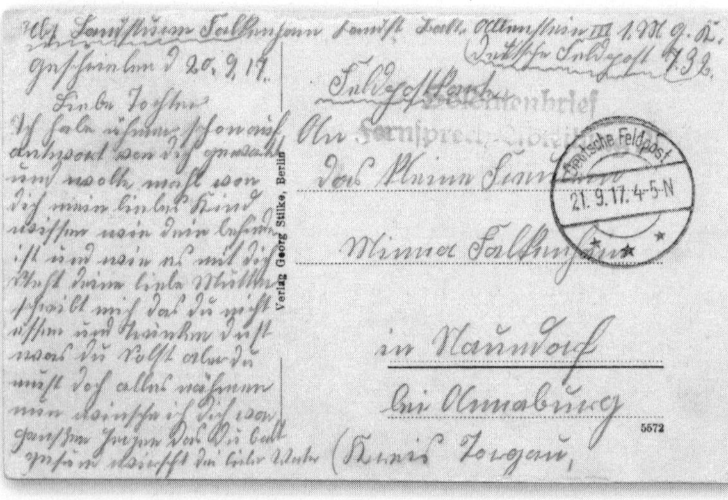

Postkarte von Karl Falkenhain an die Tochter Minna von der Ostfront, 21. September 1917

Minna und Karl Falkenhain mit Tochter Minna, Anfang der zwanziger Jahre vor dem Haus in Naundorf

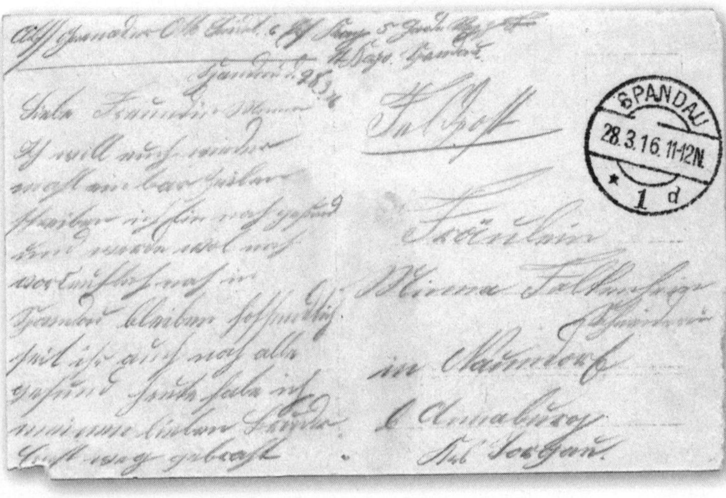

Postkarte eines Freundes der Familie an Fräulein Minna, 28. März 1916

Hochzeitsbild Minna und Otto Gasse vor dem Haus in Naundorf, 18. November 1928

Minna Falkenhain mit Enkelin Margot Gasse, 1934 vor dem Haus in Naundorf

Minna und Otto Gasse in Naundorf, Mitte der dreißiger Jahre

Margot Gasse, um 1936

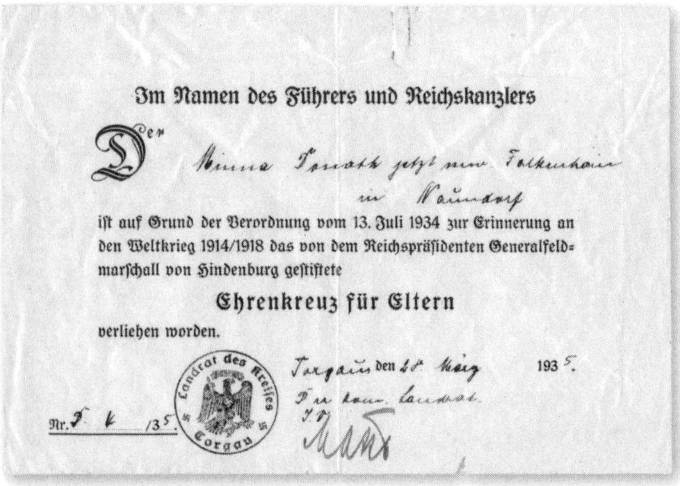

Im Namen des Führers und Reichskanzlers

Der Minna Tonatk jetzt verw. Falkenhain in Naundorf

ist auf Grund der Verordnung vom 13. Juli 1934 zur Erinnerung an den Weltkrieg 1914/1918 das von dem Reichspräsidenten Generalfeldmarschall von Hindenburg gestiftete

Ehrenkreuz für Eltern

verliehen worden.

Torgau, den 28. März 1935.

Der kom. Landrat I.V.

Nr. 5. 4. 135.

Landrat des Kreises Torgau

Verleihungsurkunde und »Ehrenkreuz für Eltern« an Minna Falkenhain, 28. März 1935

SOLDAT OTTO GASSE AN DIE EHEFRAU

Münster, 12. 1. 1941

Liebe Oma, Frau und Tochter!

Heute, Sonntag, den 12. 1., haben wir unsere Sachen eingepackt, da wir eingekleidet sind. Wann die Pakete abgeschickt werden, wissen wir noch nicht. Zwischen die Taschentücher habe ich ein paar Zeilen gelegt. Die mitgenommene Wurst und Butter ist noch nicht alle. Heute habe ich das erste Kommissbrot gegessen. Unserem Korporalschaftsführer habe ich ein Stück Butter und eine Wurst abgegeben. Der hat sich sehr bedankt. Heute Nachmittag musste ich auf sein Zimmer kommen, er hatte folgenden Wunsch: Seine Frau würde sich freuen, wenn sie mal ein Paket vom Lande bekommt, und zwar mit ein paar Würsten und einem Stück Butter. Ihr sollt das Paket an seine Frau schicken und mir schreiben, was es kostet. Der Korporalschaftsführer will nämlich seiner Frau ein Geschenk machen. Die Adresse lautet:

Frau Hertha Gerlach
Regis-Breitingen i/Sa.
Bez. Leipzig
Haselbacher Str. 3

Nun seht zu, was sich machen lässt. Ich brauche nichts, höchstens ein paar Eier. Und der Batteriechef hätte gern eine Gans. Mir geht es sehr gut. Wir haben nachmittag gesungen beim Putzen. Schreibt bitte, wie es zu Hause geht.

Auf gesundes Wiedersehn.
Es grüßt Otto

Margot soll einmal eine Karte schreiben, damit ich sehe, dass sie gesund ist.

Mit dem Überfall Hitlerdeutschlands auf Polen am 1. September 1939 beginnt 25 Jahre nach den ersten Schüssen des Ersten Weltkrieges nunmehr der Zweite. Otto Gasse wird im 40. Lebensjahr – wie bis Herbst 1944 bei dieser Altersgruppe üblich – zum Ersatzheer eingezogen und damit weitgehend von der Sorge befreit, an die Front zur kämpfenden Truppe versetzt zu werden. Nach der Okkupation Polens, Dänemarks, Norwegens, der Benelux-Staaten und Frankreichs sowie nach der Eröffnung des Luft-und Seekrieges gegen Großbritannien konzentriert sich die Naziführung nunmehr auf die Vorbereitung des Krieges gegen die Sowjetunion. Der Befehl dazu ist bereits am 31. Juli 1940 erteilt worden. Am 18. Dezember 1940 ergeht die OKW-Weisung Nr. 21 »Fall Barbarossa«.

SOLDAT OTTO GASSE AN DIE EHEFRAU

Münster, 12. 1. 1941

Am 9. Januar erklärt Hitler laut Kriegstagebuch des Oberkommandos der Wehrmacht (OKW) vor den Befehlshabern: Der russische Riesenraum berge unermessliche Reichtümer. Deutschland müsse ihn wirtschaftlich und politisch beherrschen, jedoch nicht angliedern. Damit verfüge es über alle Möglichkeiten, in Zukunft auch den Kampf gegen die Kontinente zu führen und könne dann von niemandem mehr geschlagen werden.

Am 31. Januar ergeht die Aufmarschanweisung des Oberkommandos des Heeres (OKH) zum Überfall auf die Sowjetunion.

Meine Lieben!
Oma, Minna und Margotchen!
Sende meine Sachen. Hoffentlich kommt das Paket gut zu Hause an. Wenn ich nach Hause komme – natürlich wenn der Krieg zu Ende ist – kann ich Euch viel erzählen. Aber Vorsicht, wenn Ihr schreibt.
Ich habe eine schöne Bahnfahrt gemacht, die ich ohne meine Einberufung nicht hätte machen können. Es war eine herrliche Fahrt. Auch das Soldatenleben ist schön, wenn es auch straff hergeht. Wir haben sehr strenge, aber auch sehr gute Vorgesetzte. Wir sind sechs Mann in unserer Stube. Einer aus Mahdel, zwei Leipziger, einer aus Schildau, einer aus Mönchenhöfe bei Schweinitz. Alle anderen Kameraden sind aus der Wittenberger, Schweinitzer, Torgauer und Leipziger Umgebung. Das Essen ist sehr gut. Das Wetter ist sehr schön, ein gesundes Klima.

Mit Grüßen und Küssen verbleibt Otto.
Für Margot extra Küsse

SOLDAT OTTO GASSE AN DIE EHEFRAU

Münster, den 4. 2. 1941

Meine liebe Frau, Margot und Oma!
Du willst nicht glauben, dass es mir bei den Soldaten sehr gut gefällt? Ihr solltet mich mal sehen: Ich blühe wie eine Rose. Der Dienst ist nicht so anstrengend wie die Arbeit zu Hause. Und am schlechtesten begreife ich auch nicht. Dann haben wir eine gute Stube – alles mit Dampfheizung.

Wenn die Sonne durchs Fenster scheint, könnte man meinen, es sei Frühling. Das Klima ist hier ganz anders und viel gesünder als bei uns im Torgauer Kreis. Es war bis jetzt wie im März, seit Sonntag sprieselt es mit Schnee. Ohne Handschuhe kann man keinen Dienst machen.
Der Korridor ist auch geheizt, so dass wir früh mit entblößtem Oberkörper waschen gehen können. Jeden Sonnabend duschen wir. Aber mit ganz kaltem Wasser. Es ist ja so gesund.
Heute habe ich einen Schulkameraden aus Grabo in der Kantine beim Essen getroffen. Auch Kralisch von Purzien, Meißner Wilhelm von Gerbisbach, Schmidt R. von Hohndorf, Freiwald von Hohndorf – also vier Bekannte. Wie lange wir noch zusammen sind, wissen wir nicht. Schreibt nicht, so lange ich keine neue Feldpostnummer geschickt habe.
Wir waren schon zweimal im Kino. Am Sonntag hatte die ganze Batterie Ausgang mit den Korporalschaftsführern. Wir waren in einem Nachbardorf, sechs Kilometer von unserer Kaserne, von halb zwei bis acht Uhr. Das ist hier eine schöne Gegend. Hügeliges Gelände. Die westfälischen Gehöfte liegen sehr vereinzelt. Aber schmucke Häuser. Jedes Gehöft und Ackerland sind mit einer lebenden Buchenhecke umgeben. Alle Einwohner sind katholisch.
Ich will nun schließen, ich habe noch Flurdienst. Bleibt alle hübsch gesund, bis wir uns wiedersehn. Mit vielen Grüßen und Küssen – Margot bekommt davon fünf alleine – verbleibt

Euer Mann und Vater

Habt Ihr noch Geld zu Hause? Wir können uns kaufen, was wir wollen, ohne Karten.

Am 12. Februar erreicht Generalleutnant Rommel Tripolis und wird zum Befehlshaber der deutschen Truppen in Nordafrika ernannt. Er soll den erfolglosen Bündnispartner Italien unterstützen und einen britischen Vorstoß auf Tripolis verhindern.

SOLDAT OTTO GASSE AN DIE EHEFRAU

Geschrieben, den 1. 3. 41

Am 26. Februar erklärt Hitler, beim kommenden Krieg sei entscheidend, »zunächst schnell die bolschewistischen Führer zu erledigen.« Den am 23. August 1939 geschlossenen Hitler-Stalin-Pakt verstand Hitler als befristetes taktisches Manöver für den Polenfeldzug.

Hitler erteilt am 3. März Befehl an das OKW, die ihm vorgelegten »Richtlinien auf Sondergebieten zur Weisung Nr. 21« neu zu fassen. Es gehe um einen Kampf zweier Weltanschauungen, so dass ein militärischer Sieg nicht genüge: »Die jüdisch-bolschewistische Intelligenz ... muss beseitigt werden.« Danach seien Staatsgebilde aufzubauen, »die von uns abhängen«.

Liebe Frau!

Am Freitag, dem 28. 2., hatten wir vormittags Besichtigung. Weil es gut geklappt hat, bekamen wir nachmittags dienstfrei. Am 1. 3., zum Tag der Luftwaffe, hatten wir nachmittags auch dienstfrei. Und auch Sonntagnachmittag, wenn wir frei haben, wird gevespert. Wer nichts aus einem Paket nehmen kann, guckt zu. Darum nochmals Dank fürs Paket. Ich habe noch vier Eier. Sie schmecken sehr gut. Es war richtig, dass Du sie gekocht hast, sie kamen alle angedrückt an. Mit dem Stück Butter kann ich mich lange behelfen.

Nochmals zu der Fettbüchse. Ich habe in der Kaserne keine empfangen, aber unterschrieben, dass ich eine bekommen habe. Als ich sie vermisste, habe ich es sofort gemeldet, aber in der Kammer wurde keine rausgerückt. Ihr werdet denken, bestimmt haben sie mir die geklaut. Aber Ihr habt ja keine Ahnung, wie schnell es beim Sachenempfang zugeht. Der Korporalschaftsführer sagte, ich solle mir eine in der Stadt kaufen. Wir hatten bis jetzt nur einmal Ausgang, und ich hatte keine Gelegenheit, mir eine zu kaufen.

Liebe Frau, Du willst wissen, wo ich mich befinde? Es ist streng verboten, davon zu sprechen oder zu schreiben. Ich grüße Dich aus Duisburg. Hoffentlich macht mir dieses Wort keine Unannehmlichkeiten, schweig darüber.

Der Korporalschaftsführer hat mir erzählt, dass Du ein Paket nach Breitingen geschickt hast, es sei gut angekommen. Er ließ sich Deine Adresse geben, um sich bei Dir zu bedanken. Er wollte es bezahlen, aber Du hattest doch geschrieben, Du wolltest es der

Frau schenken. Kannst Du Dich erinnern: Auf der Postkarte an Dich hatte ich geschrieben: »An die genannte Frau braucht Ihr bloß einmal etwas zu schicken«. Wegen dieses Satzes musste ich in die Schreibstube kommen und die Sache klären. Es wird alles kontrolliert.

Am 5. März funkt Richard Sorge aus Tokio erstmals seine Warnung vor einem Überfall Deutschlands auf die Sowjetunion.

Deine Beunruhigung wegen der Versorgung durch meine Arbeitsstelle ist unbegründet. Ich war doch nicht Maurerpolier wie Gregors Richard und bekomme deshalb weniger. Ich bin auch nicht verärgert, dass ich Soldat geworden bin, sondern stolz, dass ich ein Ehrenkleid tragen darf. Dein lieber Vater und auch Dein lieber Bruder Erich haben das Ehrenkleid getragen. Denn nicht jeder kann Soldat werden.

Am 7. März landen britische Hilfstruppen in Griechenland.

Die italienische Großoffensive in Albanien am 9. März gerät zum Desaster.

Ich stehe häufig Posten. Wir sind fünfzehn Mann, jeder zwei Stunden. Diese Nacht wurde ich vom Leutnant kontrolliert. Weil ich die Meldung gut gemacht habe, bekam ich ein Lob. Zum Tag der Luftwaffe wurden Prämien verteilt. Ich bekam eine Tube Zahnpasta und eine Tube Rasiercreme.

Was macht Vehsens Mutter? Sprecht Ihr wieder miteinander? Sie sagt doch bestimmt, es sei gut, dass der freche Gasse fort ist?

Es grüßt Euch Euer Vater und Mann.

Grüßt Oma

SOLDAT OTTO GASSE AN DIE EHEFRAU

Geschrieben, den 10. 3. 1941

Am 16./17. Mai 1940 hatte die britische Luftwaffe mit Angriffen auf das Ruhrgebiet ihren strategischen Luftkrieg mit Deutschland eröffnet.

Liebe Frau – Margot u. Oma!
Ihr könnt Euch nicht vorstellen, wie es ist, wenn die Post verteilt wird und für unsereinen ist nichts dabei. Jeden Mittag wird unsere Post geholt und verteilt. Abends wird geschrieben. Da stehen die Tische zusammen, die sind rundherum besetzt, alle schreiben an ihre liebe Frau. Wer viel schreibt, erhält viel Post. Ich schreibe nicht viel, erhalte wenig Post. Habe am Sonntag nach Grabo und nach Jessen geschrieben, auch Böttchers habe ich eine Karte geschrieben.
Wir haben dieser Tage ein Viertelpfund Kaffeebohnen bekommen. Ich habe sie wieder verkauft an einen Kameraden, erhielt eine Mark und fünfzig dafür. Ihr beide trinkt doch keinen Bohnenkaffee. Ich werde wohl doch bei den Soldaten bleiben bis der Krieg vorbei ist, dann gibt es wieder alles zu kaufen. Hätte selber nicht gedacht, dass sie mich so lange beim Militär behalten. Oma hat schon richtig prophezeit. Aber seid beruhigt, so ein Leben ist mir noch nie geboten worden, es ist bestimmt zum Aushalten. Frühmorgens werden wir um sieben geweckt, und stört uns der Tommy in der Nacht (am Tage kommt er ja nicht), schlafen wir bis um neun Uhr. Von zwölf bis zwei Uhr ist Mittagspause, und um fünf Uhr ist Feierabend.
Heute war so ein schönes Wetter, dass wir im Freien Unterricht hatten. Hatten vor einigen Tagen auch Kinovorstellung von der Gaufilmstelle in unserer Stellung. Am Freitag hatte ich den ersten Ausgang. Wie ich gestern schon schrieb, kann ich morgen, den 11. 3., wieder ausgehen. Ich werde mir was ansehen, denn ich bin auch noch nie fortgekommen. Am

10.3. nachmittags waren alle Kameraden im Operetten-Theater. Zwölf Mann hatten Strafwache, da war ich auch dabei. Mein Kochgeschirr war nicht einwandfrei sauber, andere hatten sich schlecht rasiert. Ich musste zwei Stunden Wache stehen – das war die ganze Arbeit. War nicht ärgerlich darüber, denn unterwegs kostet's immer Geld. Nun könnt Ihr Euch vorstellen, wie wir die Tage verbringen. Ich habe früher nicht viel gearbeitet, und wenn ich nach Hause komme, habe ich das Arbeiten ganz verlernt. Es ist gut, dass Du meinen Brief mit dem Geld erhalten hast, da bin ich ein wenig ruhiger. In der Kaserne hatten sie einem Kameraden aus meiner Stube vierzig Mark aus dem Schrank geklaut. Alle wurden verhört, Schränke und Betten durchstöbert. Sie haben aber nichts gefunden. Wir waren ganz sprachlos. Ich trage mein Geld im Portemonaie und im Brustbeutel bei mir. Einem anderen haben sie ein halbes Pfund Kaffee geklaut. Er hatte es schon eingepackt, um es zur Post zu bringen. Dann war es verschwunden. Ich werde öfter im Brief etwas beilegen, wenn ich was übrig habe.
Vielen Dank für die Fettbüchse. Die ist prima. Hat sie den Weltkrieg mitgemacht, so macht sie den jetzigen Befreiungskrieg erst recht mit. Bis jetzt hatte ich Fett oder Butter und Wurst immer im Kochgeschirrdeckel. Ein Soldat hat immer Hunger, er kann immer essen – wie kommt das? Ich kann aber nur schlecht beißen, habe wieder einen Zahn abgebrochen. Solange ich keine Schmerzen habe, geht es.
Heute ist heller Himmel, vielleicht kommt der Tommy. Wir sind immer ärgerlich, wenn er nicht kommt, wir wollen doch einen abschießen. Unsere Waffe sieht so aus wie die auf dem beigelegten Bild.
Auf ein gesundes Wiedersehen freut sich

Euer Mann und Vater

Besprechung bei Propagandaminister Goebbels am 6. Mai 1940: »Herr Fritzsche (Leiter der Presseabteilung im Propagandaministerium – F. S.) soll nochmals die Presse anweisen (und eine gleiche Anweisung hat an die Partei und ihre Redner zu ergehen), dass jegliche Erörterung und Präzisierung unserer Kriegsziele zu unterbleiben hat. Der Minister betont die Notwendigkeit, derartige Ziele möglichst vage hinzustellen. Die deutschen Kriegsziele könnten demgemäß stets nur in die Worte gefasst werden: ›Gerechter und dauerhafter Friede und Lebensraum für das deutsche Volk.‹« Soldat Gasse verwendet das Wort »Befreiungskrieg«.

SOLDAT OTTO GASSE AN DIE EHEFRAU

Geschrieben, den 16. 3. 1941

Am 16. 3. verfügt Hitler einen Erlass zur Errichtung von Krieger-Friedhöfen in Städten und Gemeinden des Deutschen Reiches.

Meine Liebsten!
Wieder ist eine Woche um, es ist Sonntag Nachmittag, und die Zeit erlaubt es, an Euch einen Brief zu schreiben. Dieser Brief soll der letzte aus der alten Stellung sein. Meine Adresse bleibt dieselbe. Im nächsten Brief schreibe ich Euch, wo ich mich befinde.
Mit einem Freund war ich beim letzten Ausgang noch einmal in Duisburg. Wir waren von zwei bis vier Uhr im Kino, dann waren wir bis halb sechs im Fischhaus und haben je zwei Portionen Fisch mit Kartoffelsalat gegessen. Eine Portion und ein Glas Bier kosteten fünfundachtzig Pfennig. Von sechs bis acht Uhr waren wir wieder im Kino. Natürlich in einem anderen. Wir zahlen halbe Preise. Sperrsitz fünfzig Pfennig. Erst wollten wir uns eine Operette ansehen, aber die begann zehn nach sieben und endete kurz vor neun. Das wurde uns zu spät. Wir hätten es zwar bis vierundzwanzig Uhr in unsere Stellung geschafft, aber keiner weiß, wann der Tommy kommt. Bei Fliegeralarm ruhen sofort alle Straßenbahnen, und wir müssen zu Fuß in unsere Stellung. Wir zwei wurden von unseren Kameraden ausgelacht, weil sie kein Kino besuchen. Sie gehen auf den Strich und amüsieren sich mit Frauen und Mädchen. Meine liebe Frau, auf mich kannst Du Dich verlassen. Ich fasse kein anderes Weib an, obwohl Du schon schlechte Gedanken über mich geäußert hast. Meine kleine Margot ist bei mir, und das tue ich meines Kindes wegen nicht.
Ich weiß, dass ich zu Hause eine treu liebende Frau und eine herzliebende Tochter besitze. Wenn ich des Nachts auf Posten stehe, denke ich immer an

Euch. Ich bin nun einmal Soldat, um Euch, meine Lieben, beschützen zu helfen.
Seit ich in Stellung bin, konnte ich mich nie ausziehen. Seit dem 17. 2. schlafe ich immer in der Kleidung. Wir hatten am Freitagnachmittag Kino in unserer Stellung von drei bis fünf Uhr. Da sind wir sicher, dass uns keiner stört. Aber von halb zehn an können wir in jeder Minute mit dem Tommy rechnen.
Meine Lieben, als ich noch zu Hause war, habe ich das Schauspiel nur von weitem gesehen. Und jetzt stehe ich dicht dabei. Wenn in Wittenberg die Artilleriegeschütze schossen, haben die Fenster und Türen bei uns gezittert. Nun, ihr müsstet einmal daneben stehen. Bei uns heißt es beim Abschuss: Augen zu und den Mund auf. In den Ohren haben wir Schalldämpfer, damit das Trommelfell nicht platzt. Die Augen werden geschlossen. Ist das Geschoss aus dem Lauf, werden die Augen wieder geöffnet, denn im Dunkeln können wir doch nicht arbeiten.
Am Donnerstag in der Nacht habe ich einmal gesehen, wie schwer es ist, ein Flugzeug abzuschießen, obwohl sie es im Scheinwerferlicht hatten.
Für Margot lege ich ein paar Bilder bei, lasst sie einmal suchen, ob sie mich kennt. Im Hintergrund unser Anton, so heißt das Geschütz.
Die ganze Batterie macht bald Stellungswechsel. Alle sind verärgert, weil wir diese schöne Stellung verlassen müssen. Der Wachtmeister sagte einmal bei der Dienstausgabe, die Landwirte können erst nächsten Monat auf Urlaub fahren. Ich habe es bei den Soldaten nicht schlecht, aber wenn es hieße, Gasse, Sie können nach Hause fahren, würde ich ohne Verpflegung abrücken.

Nun will ich schließen. Gruß an Oma.
Mit vielen Grüßen und Küssen verbleibt
Dein treuer Mann und Vater

Ende 1940 hatte die Royal Air Force (RAF) mit großangelegten Flächenangriffen auf deutsche Städte begonnen. Angriffe bei Tag waren wegen der deutschen Flugabwehr sehr verlustreich. Das RAF Bomber Command startete die Flächenangriffe vor allem nachts und warf zu einem hohen Prozentsatz brandsetzende Bomben ab, die in den Wohnvierteln verheerende Schäden verursachten.

SOLDAT OTTO GASSE AN DIE EHEFRAU

Geschrieben, den 30. 3. 1941

In einer Ansprache an die Befehlshaber der Wehrmacht am 30. März proklamiert Hitler den »Vernichtungskampf« gegen die Sowjetunion.

Im Frühjahr 1941 erfolgen Ausbau und Koordinierung zahlreicher KPD- und Widerstandsorganisationen; im Rhein-Ruhr-Gebiet geschieht dies durch den Beauftragten des ZK der KPD Seng.

Liebe Frau, Margotchen und Oma!
Das ist das zweite Schreiben aus der neuen Stellung. Am Tage des Eintreffens erhielt ich Dein Päckchen mit der Bratwurst, Fußlappen und Zwirn. Ich wurde dadurch etwas heiter gestimmt, denn unsere alte Stellung war besser.
Nun wollt Ihr sicher wissen, wo ich mich befinde. Die beiden größten Städte in der Nähe sind Düsseldorf und Köln, über den Rhein setzen wir mit der Fähre. Wir liegen 1 Kilometer vom Rhein. Anderthalb Kilometer von uns auf dieser Seite liegt die Kleinstadt Zons. Die Gegend ist wie bei uns. Ich sah von weitem einige ihre Äcker bestellen. Sah aus wie Hafer, was sie säten. An einem Abend sah ich einen Bauern Dünger aufs Korn streuen. Da denke ich immer an zu Hause, denn dort muss die Arbeit auch gemacht werden.
Böttcher Paul schrieb mir eine Karte. Das Gesuch sei abgelehnt, es soll später noch einmal eingereicht werden. Sollte ich erst im April Urlaub bekommen, wäre ich nicht böse darüber und Ihr gewiss auch nicht. Oder sollte ich so lange warten müssen, bis der Krieg ein Ende hat? Dann wollen wir beten, dass er nicht mehr lange dauert. Ich möchte lieber alle Tage arbeiten, als so rumsitzen. Am 28. hat uns der Tommy wieder einmal besucht, und wir haben ihn anständig begrüßt.
Du, mein Minnichen, schreibst von Ungeziefer. Keine Sorge. Wehe dem, der ein schmutziges Hemd anhat. Unsere Wäsche wird jede Woche abgegeben, und wir erhalten dafür saubere. Ich habe drei Hemden und drei Unterhosen, drei Paar Strümpfe und einen Pullover, zwei Handtücher! Strümpfe und

Taschentücher wasche ich mir selber. Bei der Dienstausgabe musste jeder den linken Stiefel ausziehen. Da konntest Du Strümpfe sehen! Solche wie bei mir zu Hause – der Hacken bis zu den Waden gerissen. Der Wachtmeister hat ganz schön getobt: Wer solle das wieder ganz machen! Wegen der Fußlappen sind meine Strümpfe noch ganz.
Mit dem Zwirn habe ich meinen Übermantel um 20 cm umgeschlagen, der war so lang, dass er aufschleppte. Auch die Knöpfe habe ich festgemacht. Den Mantel brauche ich beim Wache stehn. Insgesamt besitze ich zwei Mäntel.
Heute gehe ich wieder auf Posten, und morgen habe ich mit meinem Kameraden Zollfrank Ausgang bis 10 Uhr. Wohin uns der Weg führt, wissen wir noch nicht. Bin schon zweimal mit dem Auto über den Rhein gefahren. Am 28ten waren wir vierzig Mann baden. Mussten eine Tour 6 km laufen bis zu einer chemischen Fabrik. Es war ein Brausebad, wie wir es in der Kaserne hatten. Das Baden war schön, das Marschieren nicht. Es wurde immer wieder befohlen: Ein Lied! Wir alle haben so geschwitzt, dass der Buckel dampfte. Wir sind das Arbeiten und das Laufen nicht mehr gewöhnt, oder wir sind schon zu alt.

Viele herzliche Grüße und Küsse
von Eurem Mann und Vater

Hat Margotchen ihr Paket erhalten? Du hast nichts geschrieben.

Der Oberbefehlshabern des Ostheeres von Brauchitsch erklärt am 27. März, alle Soldaten müssten sich klar sein, »dass der Kampf von Rasse zu Rasse geführt wird, und mit nötiger Schärfe vorgehen«.

SOLDAT OTTO GASSE AN DIE EHEFRAU

Freitag den 4. 4. 1941

Am 6. April greift Deutschland Jugoslawien und Griechenland an. Die Invasion der Wehrmacht wird von italienischen und ungarischen Truppen unterstützt. Der Balkanfeldzug soll verhindern, dass Großbritannien oder die Sowjetunion in der Mittelmeerregion Fuß fassen und von dort aus den Angriff auf die Sowjetunion bedrohen könnte.

Mein liebes Minnichen, Margotchen u. Oma!
Momentan ist Urlaubssperre, aber ich würde mich so freuen, wenn ich einmal nach Hause fahren könnte. Noch mehr, wenn ich für immer entlassen würde. Damit will ich nicht gesagt haben, dass ich das Soldatenleben satt habe, eine solche Zeit wird mir nie wieder geboten. Doch ich weiß, mein liebes Minnichen, was es für Arbeiten im Frühjahr zu Hause gibt. Wäre ich in Torgau, könnte ich manchen Tag nach Hause kommen, hier aber bin ich so weit weg, dass wir uns nur brieflich verständigen können. Hatte wieder einen ganzen Tag Urlaub (von früh 8 Uhr bis nachts 1 Uhr). Mal angenommen, ich wäre in Torgau, könnte ich schon 9 Uhr, spätestens ½ 10 Uhr zu Hause sein.
Ich war mit Kamerad Zollfrank in Zons. Vielleicht hast Du die Ansichtskarte von dort schon erhalten. Ich wollte eigentlich nach Düsseldorf fahren, aber mein Kamerad hatte dafür kein Ohr. Da wir zusammenhalten, blieb ich bei ihm. Es kamen noch drei Kameraden aus der Batterie hinzu, so waren wir fünf. Ganz dicht bei Zons fließt der Rhein vorbei. Wir wanderten auf dem Rheindamm und bewunderten die tolle Schifffahrt. Es ist mehr Leben auf dem Rhein als auf der Elbe. Dann kamen wir zum Fährhaus, wo ich die Karte an Dich schrieb. Der Wirt hat uns allerlei Erlebnisse von Krieg und Frieden erzählt, und vom Fenster aus konnten wir den Rhein überblicken.
Es war ein herrliches Bild. Draußen war das Wetter rau und kalt, drinnen saßen wir gemütlich. Der Soldat hat immer Hunger, so wurde erst einmal gefrühstückt. Wir bekommen eher was ohne Marken

als ein Zivilist. Wir ließen es uns beim Bier gut schmecken. Jeder zahlte 36 Pf. Nun kam der Mittag heran. Da wurden erst zwei gekochte Eier, Kartoffelsalat und eine saure Gurke gegessen für 60 Pf. Nach dem Essen haben wir uns die Stadt angesehen. Sie ist ganz altertümlich und mit einer starken Mauer umgeben. Auf einer Länge von ungefähr 30 Meter ist noch ein Burggraben zu sehen. Es sind noch Spuren von früher vorhanden, wo Pferde die Schiffe auf dem Rhein zogen. Auch einen Gutshof haben wir besichtigt. Wir haben verschiedene Läden nach Zigaretten abgeklappert, bis wir in einer Kneipe landeten. Für 1,20 Mark aßen wir Kartoffelsalat und grünen Salat. Um 10 Uhr machten wir uns heim. Eine halbe Stunde später hatten wir unsere Stellung erreicht. Da habe ich noch mein Mittagbrot von der Batterie gegessen. Es gab Salzkartoffeln, zwei Würstchen und Sauerkohl. Mein liebes Frauchen, beim nächsten Mal mehr.

Sei nun herzlich gegrüßt und vielmals geküsst
von Deinem lieben Mann

SOLDAT OTTO GASSE AN DIE EHEFRAU

Freitag Abend, den 4. 4. 1941,
z. Zt. 7 – 8 Uhr

Mein liebes Minnichen – Margotchen u. Mutter! Euer Päckchen habe ich heute, den 4., nachmittags um 6 Uhr erhalten. Vielen Dank für den Schinken, Wurst, und vor allem danke ich meinem kleinen Margotchen für ihren beigelegten Zucker. Die kleine Margot soll doch ihren Zucker selber essen, für uns Soldaten wird ja gesorgt. Wir erhalten jeden Abend einen Leckerbissen zum Abendbrot. Einmal eine Apfelsine, manchmal zwei Apfelsinen, einmal eine Rolle Drops oder ein Päckchen Backobst, dann wieder mal eine Zitrone. Und so geht es abwechselnd. Aber was ich von zu Hause bekomme, schmeckt viel besser.

In den Brief habe ich neben der Ansichtskarte zehn Mark beigelegt. Dieses Geld bekommt natürlich mein Margotchen. Sie soll sich was vom Osterhasen kaufen. Hast Du, mein Frauchen, schon alles Geld bekommen, was ich beigelegt habe? Einmal 40 – 2 – 5 – 10 und die letzten 10 Mark, zusammen 67 Mark? Schreibe, ob es stimmt. Ich will nur wissen, ob Du es erhalten hast. Wir dürfen nicht mehr als 20 Mark im Brustbeutel tragen.

Noch eins muss ich Dir schreiben. Diese Nacht hatte ich einen wunderschönen Traum, nämlich, ich war bei Dir zu Hause. Ich hoffe wieder auf einen solchen schönen Traum. Ich war ärgerlich, als ich geweckt wurde und merkte, es war nur ein Traum. Wir werden jetzt seit dem 1. 4. um sechs Uhr geweckt.

Vor ein paar Tagen hatten wir noch sehr raues Wetter hier, heute aber war Frühlingswetter. Seit dem 26.3. trage ich nur noch Unterhose und Drillichzeug. Vordem hatte ich noch den blauen Fliegeranzug drunter.

Hier sind die Bauern tüchtig bei der Feldarbeit. Fahren alle einspännig mit einem zweirädrigen Wagen. Vierrädrige Wagen mit zwei Pferden sind eine Seltenheit. Hoffentlich ist bald mit dem Tommy Schluss, damit ich wieder Liese und Lotte anspannen kann. Ich mache jetzt am Tage wie in der Kaserne Infanteriedienst. Heute haben wir mit dem Karabiner am Anschlagtisch scharf geschossen. Ich habe 14 Ringe mit drei Schuss von 100 mtr. Entfernung geschossen. Dagegen hatte ich in der

Kaserne bei derselben Übung 2 mal die Scheibe nicht getroffen und einmal die Scheibe getroffen ohne einen Ring. (Dieses nebenbei, vielleicht interessiert Euch das nicht.)
In der Hoffnung, dass wir uns gesund und munter wiedersehn, will ich diesen Brief schließen. Es ist zehn Uhr, da erwarten wir immer den Tommy. In der Zwischenzeit muss ich noch in die Küche zum Kartoffelschälen. Von jedem Geschütz 3 Mann. (Wir sind 4 Geschütze.)

Es grüßt und küsst Euch alle drei
Euer Mann und Vater.
Viele Küsse für mein Margotchen extra.

SOLDAT OTTO GASSE AN DIE EHEFRAU

Geschrieben, den 26. 4. 1941,
Nachmittag. v. 7–8 Uhr

Liebe Frau, Margotchen u. Oma!
Durch diesen Brief sage ich Euch daheim meinen allerbesten Dank für das Paket, das ich heute Mittag mit großer Freude erhielt. Die drei Eier, Butter und Wurst sind gut angekommen. Der letzte Kuchen schmeckte besser als der aus dem ersten Kuchenpaket. Ein Stück Kuchen kostet bei uns in der Kantine 45 Pf. Habe heute ein Päckchen mit Apfelsinen eingepackt, lege ein Paar Hosenträger bei. Die hatte ich in der ersten Stellung für mich gekauft, damit ich Ersatz habe. Erhielten jetzt in der Batterie aber neue. Dazu lege ich eine Badehose für mich. Habe diese in meinem Bett in der neuen Stellung gefunden. Kann sie zu Hause bestimmt gebrauchen. Hier baden wir Soldaten alle ohne Badehose. Waren heute zum Sonnabend alle wieder

Am 17. April kapituliert die jugoslawische Armee, am 21. April die griechische. Am 22. April protestiert die Sowjetunion in einer Verbalnote gegen die sich häufenden Spionageflüge der deutschen Luftwaffe über sowjetischem Territorium.

Rudolf Heß, Stellvertreter Hitlers in der NSDAP, fliegt am 10. Mai nach England. Die Hintergründe der Mission werden nie geklärt.

zum Baden. Ein prima warmes Bad in der Dormagener Schule.
Von Sonntag Mittag bis Montag 12 Uhr habe ich wieder Urlaub und fahre nach Düsseldorf, um mir den Zoo anzusehen. Wir bekommen nur noch aller zwei Wochen Tagesurlaub, seit es wieder Heimaturlaub gibt. Heimaturlauber bekommen vierzehn Tage und zwei Reisetage. Ich wünschte, dass ich auch bald an der Reihe wäre. Egal wann, Arbeit gibt es immer zu Hause.
Wir erhalten täglich eine Zigarre und vier Zigaretten, auch neues Sportzeug haben wir erhalten. Wir laufen rum beim Sport wie die Achtzehnjährigen.
Seit einigen Tagen haben wir richtige Schneeluft, musste die Fliegerhosen drunterziehn, um keinen Schnupfen zu kriegen.
Gefallen Dir, liebe Frau, meine Briefe, oder willst Du noch mehr wissen? Alles darf ich aber nicht schreiben. Was ich tue und wo ich mich befinde, weißt Du. Aber Du darfst das keinem erzählen, das ist verboten wegen der Spionage. Es soll keiner wissen, wo die Batterien stehen. Lasst Euch die Apfelsinen gut schmecken.

Auf ein baldiges gesundes Wiedersehen hofft
Dein lieber Mann.

Das Portemonnaie mit den 15 Mark habe ich beim Patrouille gehn gefunden, aber leer.
Was sagt nun Oma, dass ich fort bin? Sie sagte doch immer: »Wenn sie ihn doch bloß holen würden!« Mir gefällt's gut.

SOLDAT OTTO GASSE AN DIE EHEFRAU

Geschrieben, den 30. 5. 1941

Mein liebes Frauchen – Margotchen und Oma!
Will Euch, meinen Lieben, ein paar kurze Zeilen schreiben. Vor allem an Euch alle herzliche Pfingstgrüße. Wollte schon Ostern bei Euch sein, nun ist bereits Pfingsten, und ich bin nicht da. Wie lange nur muss ich noch auf Urlaub warten?

Ich schrieb nicht eher, um Euch mitteilen zu können, was der Arzt über mein Befinden sagt. Musste am 29. noch einmal zur Untersuchung. Der Fuß ist wieder gesund. Der Arzt sagt, Plattfüße habe ich auch. Bekam Einlagen. Er hat das Herz untersucht, weil ich solche blauen Lippen habe. Ich sagte ihm auch, dass ich Magenbeschwerden hätte. Er schaute in meinen Mund und sagte: Haben Sie schon einen Antrag auf Zahnersatz gestellt? Sie gehen Nachmittag zum Zahnarzt und holen einen Kostenanschlag.

Am Nachmittag ging ich zum Zahnarzt. Der sagte, ich hätte ein richtiges Hasengebiss, weil die Oberzähne beim Mund zumachen die Unterzähne bedecken. Er schrieb eine Begründung. Sie lautet: »Gasse ist nicht fähig, Soldatenkost aufzunehmen, gefährdet dadurch Gesundheit und Dienstfähigkeit. Durch die Unterzähne wird das Obergaumenfleisch verletzt.«

Es fehlen bei mir 9 Zähne, 2 müssen plombiert werden. Der Kostenanschlag lautet sechsundfünfzig Mark.

Am nächsten Tag trug ich den Kostenanschlag zum Unterarzt. Er fragte mich, wo ich die Zähne verloren hätte. Ich sagte: durch Erkältung. Sobald ich kalte Füße bekäme, hätte ich lose und schmerzhafte Zähne.

Deutsche Truppen besetzen die von britischen Streitkräften verteidigte griechische Insel Kreta. Diese erste große Luftlandeaktion der deutschen Wehrmacht endet trotz ihres Erfolges mit schweren Verlusten (6580 Tote und Verwundete), so dass solche Großunternehmen nie wieder von der Hitlerwehrmacht praktiziert werden. Ebenfalls eingestellt werden die Fahrten von Überwasserkriegsschiffen im mittleren Atlantik, nachdem am 27. Mai das neu in Dienst gestellte Riesenschlachtschiff »Bismarck« (41700 ts) nach einer Kaperfahrt im Atlantik von britischen Fliegern versenkt worden ist.

Vom Fußdienst bin ich gänzlich befreit. Seit ich nämlich Fußschmerzen habe, brauche ich keine Wache zu schieben. Bin seit dem 27. 5. in der Küche tätig. Butter oder Wurst braucht Ihr nicht zu schicken. Wenn es Euch, meine Lieben, keine Umstände macht, schickt ein Päckchen mit Kuchen. Könnte ja wieder ein paar Mark beilegen, will aber erst abwarten, was kommt. Seit der letzten Ansichtskarte, die ich Euch schickte, hatte ich keinen Urlaub mehr. Verzichte auch auf den Urlaub, will weiter nichts als nach Hause. War im Traum wieder einmal bei Euch, meine Lieben.

Auf ein baldiges gesundes Wiedersehen
und mit vielen Grüßen und Küssen grüßt Euch
Euer immer treu liebender Mann und Vater.
Gruß an Oma!

SOLDAT OTTO GASSE AN DIE EHEFRAU

Pfingsten, den 1. 6. 1941

Göring gibt als Beauftragter für den Vierjahresplan die »Grüne Mappe« mit Anweisungen zur wirtschaftlichen Ausplünderung der Sowjetunion heraus. Es ist unter anderem vorgesehen, aus den besetzten Gebieten der UdSSR so viele Lebensmittel zu rauben, dass ein Großteil der Bevölkerung verhungert.

Mein liebes Frauchen und Margotchen!
Es ist viel Arbeit in der Küche, und ich komme erst spät in die Unterkunft zurück. Wie lange ich in der Küche bleibe, weiß ich noch nicht. Aber mir gefällt es gut. Ich müsste die Speisen bloß besser beißen und verdauen können. Heute zum 1. Feiertag war ich von halb acht bis vier Uhr beschäftigt. Du, liebe Hausfrau, weißt am besten, was es für Arbeit in der Küche gibt.
Heute gab es früh Kaffee, zum Mittagessen Salzkartoffeln mit Kotelett, grünen Salat und zur Nachspeise Pudding. Nach dem Mittagessen haben wir gleich abgewaschen und Kakao gekocht. Um drei Uhr wurde Abendbrot ausgegeben, danach der

Kakaokessel saubergemacht. Nun habe ich bis morgen früh frei.
Jeder bekam zwei Flaschen Bier. Wir konnten frohe Pfingsten verleben. Ich schreibe heute auch noch an Kamerad Böttger. Er schickte mir eine Karte. Ich wunderte mich zunächst, woher er meine Adresse hatte, erinnerte mich dann aber, dass wir, als wir uns in der Kaserne trennten, die Heimatadressen ausgetauscht haben. Schöner wäre es natürlich, wenn wir uns alle, die wir in der Kaserne in einer Stube zusammenlagen, einmal sehen würden.
Heute ist bei uns schönes Wetter, dagegen hat es Freitag die ganze Nacht und den ganzen Tag geregnet. Ich freue mich, dass das Korn zu Hause gut steht. Hoffentlich bin ich zur Erntezeit zu Hause. Es wird schon alles werden, nur den Mut nicht sinken lassen. Auf der Wiese ist es immer spät gewachsen. Wie ich lese, willst Du, liebe Frau, aus Vehsens Garten Gras holen. Ich habe auch immer schöne Fuhren mit Betty geholt. Wird er mich noch kennen? Ein kleines Kälbchen habt Ihr auch im Stall? Ist das kleine Färschen schon gewachsen? Mein kleines Margotchen geht gern zur Schule, das freut mich sehr. Und sie kommt auch mit den anderen Kindern mit. Ich habe solche Sehnsucht nach ihr. Es wird wieder die Zeit kommen, wo ich wieder bei Euch bin. Aber wann?
Am 2. Feiertag ist für mich Urlaub eingereicht worden für zwölf Stunden, und am 4. Juni 24 Stunden. Da werde ich mich nach einem Koffer umsehen.

Seid vielmals herzlich gegrüßt und geküsst
von Eurem immer treu liebenden Mann und
Vater.
Gruß an Oma!

Der OKW-Plan für Propaganda-Maßnahmen tritt in Kraft. Zwölf PK-Kompanien des Heeres, vier der Luftwaffe und zwei PK-Einheiten der Marine sowie sechs SS-Kriegsberichter-Züge sind einsatzbereit für den Überfall auf die Sowjetunion.

Am 6. Juni ergeht die OKW-Richtlinie, die als »Kommissar-Befehl« bekannt wird. »Politische Kommissare aller Art« seien von der kämpfenden Truppe »grundsätzlich sofort mit der Waffe zu erledigen«.

SOLDAT OTTO GASSE AN DIE EHEFRAU

Sonnabend Nachmittag, 28. 6. 1941

Am 15. Juni funkt Richard Sorge aus Tokio nach Moskau: »Der Krieg wird am 22. Juni beginnen.«

Am 22. Juni fallen 190 Divisionen Deutschlands und seiner Verbündeten mit über 3 700 Panzern, 4 900 Flugzeugen und 50 000 Geschützen in die Sowjetunion ein. Aufgrund der militärisch-politischen Fehleinschätzung Stalins gerät die Sowjetunion in eine schwierige Situation.

Liebe Frau, Margotchen u. Mutter!
Am Donnerstag habe ich eine Karte von meinem 12-Stunden-Urlaub geschrieben. Das Lokal, in dem ich war, hieß »Fährhaus Hahn«. Auf der Karte ist die Fähre nach Zons zu sehen. An Seilen festgemachte Fähren wie bei uns auf der Elbe gibt es hier auf dem Rhein nicht. Personen, Autos und Fuhrwerke werden mit einer größeren Fähre, die von Motorkraft getrieben wird, übergesetzt.
Zons ist nicht größer als unsere Naundorfer Kolonie, hat aber 15 Gastwirtschaften und ist auf Fremdenverkehr eingestellt. Ihr könnt Euch keinen Begriff machen, was hier für ein Leben herrscht. Jeden Sonntag ist soviel Betrieb wie in Annaburg beim Schulfest. Und die Weiber kommen bis in unsere Stellung. Wenn der Krieg vorbei ist, wird es manchen Ehekrach geben. An einem Sonntag, als ich auf Urlaub war, soll es ganz schlimm gewesen sein. Seitdem dürfen die Zivilisten wohl noch durch die Stellung gehen, aber sie dürfen nicht stehenbleiben oder sich hinlegen.
Meine liebe Frau, ich denke nur an Dich und an meine kleine Margot. Ich hätte gern eine Fotografie von Dir. Wie ist es mit dem Hochzeitsbild? Haben wir davon nur eins?
Eines Abends wurde ich in die Schreibstube gerufen. Ich wurde gefragt: Gasse, Sie sind doch Landwirt. Können Sie mit Pferden umgehen?
Ich sagte: Jawohl.
Dann gehen Sie morgen früh nach Z. und holen von dem Bauern, der immer die Abfälle aus der Stellung holt, Pferd und Wagen. Sie fahren mit dem Kantinenwirt nach D. in die Brauerei und holen Bier.

Meine Lieben, da könnt Ihr Euch denken, dass man mir keine größere Freude hätte machen können. Jetzt fahre ich Tag für Tag mit Pferd und Wagen in die Brauerei und hole Bier für die Batterie. Es dauert immer einen halben Tag.

Italien (22. Juni), die Slowakei (24. Juni), Finnland (26. Juni), Ungarn (27. Juni) erklären der Sowjetunion den Krieg.

Eines Morgens, als ich das Pferd abholen wollte, war das eine in der Schmiede, mit dem anderen wollte der Bauer Futter holen. Da bin ich mit in den Klee gefahren. Kannst Du auch hauen, fragte der Bauer. Ich werde es mal versuchen, antwortete ich. Dann habe ich gemäht, und der Bauer hat aufgeladen, und schnell hatten wir das Fuder voll. Zu Hause sagte der 78-jährige Max, der Junge kann arbeiten. Er hat es in der Schreibstube gemeldet und gebeten, dass ich ihm helfe, wenn er Arbeit hat. Einmal war ich schon einen halben Tag bei ihm und habe Kartoffeln gesackt. Beim Heumachen soll ich auch helfen, aber momentan ist kein Heuwetter hier. Habt Ihr Euer Heu schon zu Hause? Wenn ich ausgehe, soll ich immer zum Essen hinkommen, hat der Bauer gesagt. Aber das ist alles nichts – mein einziger Wunsch ist es, nach Hause zu kommen. Die Postsperre soll aufgehoben sein. So werde ich von Dir, meine geliebte Frau, bald wieder Nachricht erhalten.

Churchill verkündet am 22. Juni, dass Großbritannien im Kampf gegen Deutschland auf der Seite der Sowjetunion stünde, Roosevelt sichert am 24. Juni die Unterstützung der USA zu.

Nun noch viele Grüße und Küsse an Euch
alle für Dich, liebes Frauchen,
an mein liebes Margotchen und an Muttern
von Eurem Euch liebenden Mann,
Vater und Sohn

SOLDAT OTTO GASSE AN DIE EHEFRAU

Sonntag, den 29. 6. 1941

Vom 22. Juni bis Mitte Juli führen die Truppen der ersten strategischen Staffel der sowjetischen Streitkräfte angespannte Verteidigungsgefechte gegen die angreifenden deutschen, rumänischen, ungarischen, slowakischen und finnischen Armeen. Der Chef des Generalstabs des Heeres, Generaloberst Franz Haider, notiert am 29. Juli in sein Tagebuch: »Nachrichten aus der Front bestätigen überall, dass der Russe bis zum letzten Mann kämpft.« Eine sechstägige Panzerschlacht im Raum Luzk-Brody-Rowno, die größte in der Anfangsperiode des Krieges, endet mit der Niederlage der sowjetischen Streitkräfte.

Meine liebe Frau und Margotchen!
Wir wollen die Daumen drücken, dass ich Ernteurlaub bekomme. Ich arbeite viel lieber bei Euch zu Hause als bei Fremden. Aber eine Bitte: Erzählt niemanden das, was ich Euch schreibe! Es ist alles streng verboten. Vielleicht habt Ihr am heutigen Sonntag die vielen Sondermeldungen im Radio gehört. Auch der Russe wird seine Dresche kriegen.
An Schlaf fehlt es mir nicht, kaum dass ich mich gelegt habe, schnarche ich schon. Von meinem Zahnersatz habe ich noch nichts gehört, am Bein habe ich nichts wieder verspürt.
Heute war ich in B. Dort spielte die N. S. Gem. »Kraft durch Freude«, da habe ich Willy Kralisch getroffen. Er war ebenfalls noch nicht auf Urlaub. In seiner Batterie ist noch ein Naundorfer, der Müller Karl. Wir beide gingen mit dem Gedanken an den Ernteurlaub auseinander.
Mir geht es sehr gut. Wenn der Krieg vorbei ist, werde ich noch oft an die schöne gute Zeit denken. Mir fehlt hier nichts weiter, nur Ihr beide natürlich. Aber was einen Anfang hat, wird auch ein Ende haben. Hoffen wir, dass das Letztere bald kommt. Aber nochmals: Vorsicht beim Gespräch.

Mit vielen Grüßen und Küssen
verbleibt Euer Euch immer liebender Mann,
Vater u. Sohn

Wenn es möglich ist, lege doch wieder ein paar Fußlappen bei. Sie schonen die Strümpfe, und ich brauche weniger zu stopfen. Und einen Stern weißen und einen Stern schwarzen Zwirn.

SOLDAT OTTO GASSE AN DIE EHEFRAU

Freitag Abend, den 17. 10. 1941

Meine Lieben!
Liebes Frauchen, Margotchen u. Muttchen!
Heute erhielt ich mit viel Freude Eure beiden Briefe. Zum Ersten danke ich der lieben Margot für ihren Brief. Ich wünsche mir auch wie sie, dass wir im nächsten Jahr zusammen und in bester Gesundheit unsere Geburtstage verleben können. Freue mich auch über ihre schöne Schrift und hoffe, dass sie weiter fleißig lernt.
Nun, liebe Frau, danke ich Dir für Deinen Brief. Ich verspreche Dir, beim nächsten Urlaub noch später fortzufahren. Wenn ich um 18 Uhr in Leipzig wegfahre, bin ich um 4 Uhr in Köln. So brauche ich nur eine halbe Stunde auf dem Bahnhof zu warten. Die drei Stunden, die ich im Soldatenheim zubrachte, kann ich auch zu Hause bleiben.
Es ist jetzt immer regnerisch und kalt. Haben Wintersachen erhalten. Heute war ich beim Zahnarzt und trage zum ersten Mal mein Gebiss. Kann damit schlecht sprechen und beißen. Hoffentlich verliert sich das noch.
Wir haben jetzt jede Nacht Dienst. Gleich in der ersten Nacht nach dem Urlaub war Alarm. Sonst ist alles noch beim Alten und weiter nichts Neues.
Weil der Brief nicht richtig klebt, stecke ich ihn in ein Kuvert. Wollte ihn am Sonnabend früh abschicken, jetzt geht er am Sonntag ab. Habe 50 Feldpostbriefe gekauft, haben wenig Klebstoff. Wenn diese Briefe geschrieben sind, wird wohl der Krieg aus sein.

Nochmals viele Grüße und Küsse
von Otto

Von den 170 sowjetischen Divisionen, die zu Beginn des Krieges im Kampf stehen, werden in den ersten Wochen 28 vollständig vernichtet, 70 zur Hälfte. Bis Mitte Juli verliert das Heer 92 000 Mann und die Hälfte der Panzer. Die Verluste auf Seiten der Angreifer betragen bis Ende Juli über 213 000 Mann an Toten, Verwundeten und Vermissten.

VATER GASSE AN DEN SOHN OTTO

Grabo, den 25. 10. 1941

Am 12. August erfolgt der erste Tagesangriff britischer Bomber auf das Ruhrgebiet.

Am 2. Oktober beginnt die deutsche Großoffensive auf Moskau, die Hitler in einem Tagesbefehl als »Beginn der letzten großen Entscheidungsschlacht dieses Jahres« bezeichnet.

Lieber Otto!
Deinen Brief erhalten nach Deinem Urlaub. Ich hätte es gern gesehen, wenn Du nach Grabo gekommen wärst mit Margot, aber ich denke mir, dass es für Dich viel Arbeit zu Hause gegeben hat. Wir haben die Kartoffeln raus und die Saat eingebracht. Die Kartoffelernte war nicht gut dieses Jahr. Gustav war auch gerade auf Urlaub, als Du hier warst. Der hatte 14 Tage. Er ist von Leipzig nach Berlin-Niederschöneweide gekommen. Gustav war gerade da, als der alte Wilhelm Schulze am 16. 10. 41 beerdigt wurde. So ist nun der Hof elternlos. Reinhold ist bei den Soldaten, und Wilhelm muss das väterliche Haus verlassen am 1. 11. 41, wohin, ist noch nicht raus. Lieber Otto, so geht es nun den Bauernjungen, die Geld haben und keine Heimat.
Ich möchte Dir einen Vorschlag machen. Behalte den Brief, bis ich die Augen zumache, es kann mal plötzlich kommen. Ich werde Dir tausend Mark von meinem Sparkassenbuch zukommen lassen. Wenn die Erna ihre 500 Mark zur Löschung bringt, bekomme ich von Gustav noch tausend Mark. Die sollen sich Erna und Gustav teilen nach meinem Tod, und Du sollst von meinem Buch gleich tausend Mark haben. Der Rest ist für meine Beerdigung, das Übrige sollen die Jungens von Werner Herfurd erben, jedoch erst dann, wenn sie das 30. Lebensjahr hinter sich haben, denn wenn die beiden das gleich bekommen, wissen sie es nicht zu schätzen, weil sie nicht wissen, wie schwer Geld zu verdienen ist. Ich habe sie großgezogen und hatte die Absicht, für die beiden zu sorgen, denn von Schöneichs können sie nichts bekommen. Der alte

Jahn sorgt auch nicht für seine Kinder, die müssen ja die alten Schulden bezahlen, die dieser gemacht hat mit großem Mund und nichts dahinter. Der alte Jahn hat heute noch 5 000 Mark Schulden, so dass seine Kinder nicht die Wirtschaft übernehmen können. Zu Gerhards Einsegnung war er hier. Er hat Gerhard 20 Mark versprochen, die hat er heute noch nicht. Für die forschen Weiber und sein Vergnügen hat er Geld, aber für seine Kindeskinder hat er nichts übrig.

Lieber Otto, wenn Du schreibst, so teile mir mit, wie Du darüber denkst. Erna braucht von meinem Schreiben nichts zu wissen, adressiere an mich. Erna möchte alleine alles behalten. Ich hatte nur einmal bei Martha in Jessen angedeutet, dass Du von mir alles mal erben solltest, da war alles finster. Martha sagte, das gibt es nicht, das lässt sie nicht zu. Ich habe darauf geantwortet, ich verfüge über mein und sie über ihr Vermögen, ob sie nicht genug von der schuldenfreien Wirtschaft hat und von den 500 Mark, die Gustav bekommt? Über die anderen will ich nicht schreiben. Ich lasse mich nicht bevormunden.

Hoffentlich ist der Krieg bald zu Ende, dass wir uns einmal förmlich aussprechen können. Ich bitte Dich, vorläufig zu schweigen und mir Deine Meinung zu schreiben – aber nur mir. Ich bin jetzt beim Sauerkrauteinmachen. Erna wird auch auf Deinen Brief antworten, und den Jungens habe ich gesagt, sie sollen auch mal an Dich schreiben. Aber sie haben nur Zeit fürs Kartenspielen bei Pannicke. Ich freue mich, dass Gerhard bei der Bahn gut einschlägt, der lernt gut wie in der Schule. Was macht Margot?

Lieber Otto, ich spare so durchschnittlich 350 Mark pro Jahr. Solltest Du zu Weihnachten mal auf Ur-

Seit dem 14. Oktober erfolgen Deportationen jüdischer Bürger in die Vernichtungslager gemäß der am 31. Juli an Heydrich ergangenen Weisung, die jüdische Bevölkerung in den besetzten Ländern auszurotten. (Am 20. Januar 1942 wird die »Wannseekonferenz« die »Endlösung der Judenfrage« und damit die Ermordung von 11 Millionen Menschen beschlossen.) Seit September 1941 müssen Juden den gelben Davidstern tragen.

laub kommen, bring Margot wieder mit nach Grabo, die Fahrt lohnt sich. Nun bitte ich Dich um Deine Meinung, auch hoffe ich, dass Dich dieser Brief gesund erreicht. Hoffentlich ist bald Schluss mit Russland, und im Frühjahr bekommt der Engländer seine Rechnung bezahlt. Eher ist er nicht zufrieden und wird keine Ruhe in Deutschland. Die Hauptsache ist, dass Ihr alle gesund nach Hause kommt. In Grabo sind bis jetzt 2 gefallen – Herbert Springer und Siegfried Möbius. Hoffentlich sind es die letzten. Bitte bald Antwort.

Es grüßt vielmals Dein Vater

SOLDAT OTTO GASSE AN DIE EHEFRAU

Donnerstag den 30. 10. 1941

Meine Liebsten!
Liebes Frauchen – Margotchen u. Muttchen!
Endlich, nach langer Zeit, komme ich dazu, an Euch zu schreiben. Wir waren doch jetzt ein ganzes Dutzend Männer in der Unterkunft, und alle hatten vor ihrer Abfahrt viel zu schreiben. Heute sind sie abgereist, fünf Mann von unserer Batterie sind zurückgeblieben. Ich hatte ein paar Tage vier Pferde. Mein bestes Pferd haben wir abgeben müssen. Nun habe ich noch drei in Pflege. Den Schläger habe ich noch, die anderen zwei sind aus Russland gekommen. So was Stinkiges, Dreckiges und Mageres von Pferden habe ich noch nie gesehen. Die armen Tiere haben im Kriege viel aushalten müssen. Mein Bestreben ist es, aus ihnen wieder ansehnliche Tiere zu machen. Habe noch alle Tage zu fahren. Einen Tag bin ich mit einem Fußkranken zum Lazarett, musste dort viereinhalb Stunden warten. Mein Pferd konnte

ich dort in den Stall bringen. Wir zwei bekamen sehr gutes Mittagessen. Es gab Salzkartoffeln, Schweinebauch und Sauerkraut. Es schmeckte wie zu Hause. Hatte ja großen Hunger. Hinterher bekamen wir noch jeder zehn Äpfel. Nach dem Essen konnte ich mich im Tagesraum aufhalten. Dort stand ein Klavier. Der Sanitäter sagte: »An diesem Klavier kannst Du Dich beschäftigen, bis ich dich rufe.« Und, meine Liebe, bis vier Uhr spielte ich Klavier. Schade, dass ich wieder fortmusste.
Also, meine Lieben, ist das Soldatenleben nicht fein? Solch schöne Zeit bekomme ich nie wieder.
Wenn Du, liebe Frau, an mich schreibst, benutze künftig diese Adresse: An Herrn Otto Gasse bei Ortsbauernführer Stelzmann in Zons a. Rh. bei Neuß. Bei diesem Ortsbauernführer komme ich jeden Tag vorbei, auch fahre ich zu diesem die Küchenabfälle. Du musst aber eine Marke draufkleben. Auch ein Paket kannst Du an diese Adresse schicken, das kann auch schwerer sein.
Wir fünf Mann sind jetzt für uns allein. Bekommen unsere Verpflegung von der neuen Batterie, doch beim Dienst haben wir nichts mit ihr zu tun. Nur dass ich auch für diese Batterie anspanne. Wir fünf sind: der Fußkranke, mit dem ich im Lazarett war, einer aus der Bekleidungskammer, zwei Schneider und ich als Kutscher.
Meine liebe Frau, Du weißt nun Bescheid. Unsere Batterie will am vierzehnten November wieder zurück sein. Dann kannst Du wieder »Soldat« auf den Brief schreiben. Sonst bin ich noch gesund, dasselbe hoffe ich von Euch.

Viele tausend Küsse an meine liebe kleine Margot.
Es grüßt und küsst Dich vielmals
Dein Dich vielliebender Mann

Die Verordnung über das »Eiserne Sparen« wird in Deutschland erlassen. Um den Geldüberhang abzubauen, werden künftig 10 Prozent des Lohns »einbehalten«. In der illegalen »Süddeutschen Volksstimme« (Nr. 12/1941) heißt es dazu: »Eine neue, fast unglaubliche ökonomische Ausblutung der Massen Deutschlands ... Auf 20 Millionen Lohn- und Gehaltsempfänger berechnet ... erpresst Hitler also annähernd 6 Mrd. Mark aufs Neue aus dem Volke – nur durch das ›Sparkonto‹. Das ist soviel, wie der gesamte Reichsetat 1932 ausmachte.

SOLDAT OTTO GASSE AN DIE EHEFRAU

Sonntag Abend, den 2. 11. 1941

Die deutsche Offensive auf Moskau bleibt auf der Linie Kalinin–Tula stecken, Beginn einer Süd-Offensive vor Rostow.
In einem Geheimbericht des Sicherheitsdienstes (SD) von September heißt es: »Verwöhnt durch den schnellen Verlauf der bisherigen Feldzüge, die in Soldatenbriefen im Vergleich zu dem gegenwärtigen harten Ringen im Osten als ›KdF-Fahrten‹ bezeichnet werden, und unter dem Einfluss der im Laufe der Kriegsjahre stärker in Erscheinung tretenden Verknappungserscheinungen in der Versorgungslage, verfolgen viele Volksgenossen den ihrer Ansicht nach schon zu lange dauernden Feldzug im Osten mit Unbehagen.«

Meine Liebsten!
Lieb Frauchen – Margotchen u. Muttchen!
Hier ging alles drunter und drüber. Am Tage, als unsere Batterie abrückte, morgens um acht Uhr, musste ich mit meinen vier Kameraden eine Baracke neben der Küche beziehen. Aber wir konnten dort keine Nacht schlafen. Nachmittags um vier Uhr kam die Aushilfsbatterie. Die Fahrzeuge, mit denen sie kam, brachte unsere Batterie fort. Als unsere Batterie fort war, hieß es, wir hätten binnen zehn Minuten die Baracke zu räumen, weil sie dort ihre Kantine einrichten wollten. Ich spannte meinen Schwarzen vor den Wagen und lud Betten und all unsere Sachen auf. Wir liegen jetzt in der Bekleidungskammer. Für mich ist das besser, denn ich liege gleich neben meinen Pferden.
Meine Kameraden verleben jetzt in den zwei Wochen einen prima Tag, nur ich habe mit meinen Pferden zu tun. Aber ich habe es so gewollt. Mit den beiden Russen habe ich einen schlechten Fang gemacht. Einer zieht gar nicht, und der andere bleibt stehen, wenn er seinen Klaps kriegt. Da muss die Peitsche viel tun, wie es bei den Russen üblich ist.
Heute ist nun Sonntag, da habe ich bis halb acht Uhr geschlafen. Dann kamen meine Pferde dran, danach ich. Weil das eine nicht angespannt wird, bekommt es dicke Beine. Deshalb habe ich es heute Vormittag gesattelt und eine Stunde ausgeritten. An der Seite hatte ich das Reitpferd, das ja auch nicht mehr bewegt wird, seit der Leutnant fort ist. Dabei wäre mir fast ein Unglück geschehen. Der alte Schwarze, auf dem ich ritt, stolperte und fiel

auf die Knie. Ich natürlich rechts herunter. Mit dem linken Fuß war ich schnell aus dem Steigbügel, aber mit dem rechten blieb ich hängen. Mit dem linken Fuß und der linken Hand stemmte ich mich in den Dreck, die rechte hielt der Fuchs. Zum Glück gingen die Pferde keinen Schritt weiter. Sonst wäre es passiert.
Nachmittag waren wir drei in Dormagen zum Kino.

Seid nun vielmals herzlich gegrüßt und geküsst
von Eurem Euch vielliebenden Mann,
Vater und Sohn.
Grüße an Muttern

Adr. Herrn O. Gasse b. Ortsbauernführer Stelzmann, Zons a. Rh.

MINNA GASSE AN DEN EHEMANN

Naundorf, den 16. 11. 1941

Lieber Mann und Vater!
Ich habe Dir am vorigen Dienstag ein Päckchen an die Adresse des Ortsbauernführers geschickt, Du wirst es wohl erhalten haben. Ich habe auch den Brief Deines Vaters erhalten, den Du mir zum Lesen mitgeschickt hast. Nun soll ich Dir meine Meinung schreiben. Wenn ich Dir einen Rat geben soll: Schere Dich nicht um den Brief und beantworte ihn gar nicht. Oder schreibe höchstens, es habe Zeit bis nach dem Krieg. Mit den tausend Mark in seinem Sparkassenbuch brauchst Du nicht zu rechnen. Denkst Du denn, er hat eines? Damit will er Dich bloß fangen, damit sollst Du Dich lossagen. Lieber Otto, Du weißt doch, was er mit Eurer Mutter gemacht hat. Die hat er doch auch um ihr Geld

Erneute Offensive der Heeresgruppe Mitte am 17. November mit 51 Divisionen Richtung Moskau, am 3. Dezember wird der letzte Durchbruchsversuch im Zentrum (Naro-Fominsk) scheitern.

Am 6. November kündigt Stalin in einer Ansprache an die gesamte sowjetische Bevölkerung den baldigen Sieg über Deutschland an.

betrogen und Euch dadurch um Euer Mutterteil gebracht. Er schreibt, er spart jetzt noch jährlich 350 Mark. Wo nimmt er die denn her? Wenn Du, lieber Otto, nun trotzdem einen Brief an ihn schreiben willst, bitte ich Dich: Lass Dich nicht fangen. Er schreibt doch, Erna will Dir nichts geben, und warum sollst Du es löschen lassen, dass sie Dir nichts zu geben braucht? Du weißt doch gar nicht, ob etwas geschrieben steht, Du hast doch nichts in den Händen.

Lieber Mann, hier habe ich Dir etwas geschrieben, wie Du ihm schreiben könntest: »Du hast mir früher immer tausendfünfhundert Mark versprochen und gesagt, die soll mir Gustav geben. Dann hast Du mir erzählt, Erna soll mir fünfhundert Mark geben. Ich weiß aber bis heute noch nichts Genaues. Nun schreibst Du, ich soll aus Deinem Buch tausend Mark kriegen. Du überlegst Dir das immer anders. Wenn Du mir etwas geben wolltest, hättest Du mir es schon lange geben können. Den anderen hast Du es auch schon lange gegeben. Aber ich sehe, dass ich nichts kriegen soll; bevor ich kein Geld in den Händen habe, glaube ich nicht, dass ich etwas bekomme.«

Lieber Otto, nun mach, wie Du willst. Besser ist, Du schreibst gar nichts an ihn. Wie oft hat er Dir schon geschrieben, Du sollst mal zu ihm hinkommen, und wenn Du dann dort warst, war gar nichts. Ob es was mit Deinem Heimaturlaub wird? Wir würden uns sehr freuen. Was Du Margot zu Weihnachten kaufen sollst, weiß ich auch nicht, es gibt doch nichts. Sie wünscht sich einen Fingerring. Wenn Du einen kaufen willst, darfst Du ihn aber nicht zu klein kaufen.

Viele herzliche Grüße und Küsse
von Deiner lieben Frau, Margot und Mutter

SCHWIEGERMUTTER MINNA FALKENHAIN AN OTTO GASSE

Naundorf, den 16. 11. 1941

Am 17. November startet die Rote Armee eine erfolgreiche Gegenoffensive bei Rostow.

Lieber Sohn Otto!
Wie ich von Deiner Frau erfahren habe, hat Dein Vater an Dich einen Brief geschrieben. Soviel ich weiß, hast Du doch bis jetzt noch keine Mark erhalten und besitzt auch kein Schriftstück darüber, dass Du fünfhundert Mark kriegen sollst. Lieber Otto, sei auf der Hut. Dein Vater hat zeitlebens nichts anderes gemacht als gelogen. Sein erstes Wort war, wenn er zu uns kam: Mein Otto kriegt von mir fünfzehnhundert Mark. Das ging wie vom Blatt gelesen. Er kam jede Woche, um uns zu belügen. Das musst Du doch zugeben.
Lieber Otto, Dein Vater hat doch heute bloß noch das liebe Leben. Trotzdem schreibt er, er habe ein Sparkassenbuch mit über 1000 Mark. Wo mag er das nur herhaben? Das wird er wohl geträumt haben, denn Dein Vater lügt, wenn er nur das Maul aufmacht. Lieber Otto, lass Dich nicht noch mal so von dem belügen. Sei froh, dass wir Dich aufgenommen haben. Und alles soll gut sein, wenn Du aus dem bösen Krieg heimkehrst, alles soll gut und vergessen sein.
Lieber Otto, befolge meinen und Deiner lieben Frau ihren Rat, und lass Dich nicht von dem Alten fangen mit seinen Lügen, warte ruhig ab bis nach seinem Tode. Wenn er Dir was hat überschreiben lassen und Du hast es erhalten, dann ist für die Löschung alle Tage Zeit. In dem Brief an Dich standen nämlich nur lauter Lügen. Du, lieber Otto, kannst doch nicht mehr zu Deinem Alten halten, sondern nur zu Deiner Familie, denke an Dein liebes Kind, das betet alle Tage, damit sein lieber Vater nach

Die am 5. Dezember in der Schlacht vor Moskau begonnene Gegenoffensive der Roten Armee führt zur ersten entscheidenden Niederlage Deutschlands. Die deutschen Truppen, stellenweise bis auf 25 bis 40 Kilometer an die sowjetische Hauptstadt herangekommen, werden auf die Ausgangsstellungen vom Oktober zurückgedrängt. Die Verluste der Heeresgruppe Mitte betragen vom 1. Januar bis 30. März 1942 über 333 000 Mann. Damit ist der Barbarossaplan endgültig gescheitert.

Hause kommt. Es freut sich so auf Weihnachten, weil, wie Du schreibst, dann der Vater kommen wird. Wir würden uns alle sehr freuen.
Lieber Otto, lass Dich nicht noch mal von Deinem Alten belügen und schreibe nicht soviel an den, und befolge das, was Dir Deine liebe Frau schreibt. Ihr müsst noch sehr lange zusammenleben und zusammenhalten. Ich habe meine längste Zeit hinter mir, ich warte auch nur darauf, dass der böse Krieg aufhört. Ich hätte schon lange eine Änderung vorgenommen, aber weil Du nicht zu Hause bist, lässt sich das jetzt schlecht machen. Also, lieber Otto, lies meinen Brief zweimal durch, damit Du alles verstehst, und lass Dich nicht noch mal von Deinem Alten belügen und betrügen, denn der versucht es jetzt mit Briefen an Dich. Und schreibe ihm nicht so viel, denn mit Deinem Brief kann er aufs Gericht gehen, und dann bist Du der Dumme, und sie lachen Dich alle aus, weil er Dich wieder gefangen hat. Du kannst weiter nichts schreiben auf seinen Brief, als dass alles noch Zeit hat. Erst willst Du etwas erhalten. Der hat seinen Brief mit lauter List geschrieben, das ist ein ganzer Schurke. Du wirst sagen: Was geht das die Alte an? Ich will nur sorgen, dass Ihr noch lange in Frieden weiterlebt.

Es grüßt Dich
Deine liebe Schwiegermutter

ORTSGRUPPE NAUNDORF DER NSDAP AN OTTO GASSE

Naundorf, im Dezember 1941

Liebe Kameraden im grauen Rock!
Es ist nun wieder Weihnachten geworden, die 3. Kriegsweihnacht! Wer hätte das geglaubt, als Ihr 1939 auszogt? So mancher von Euch ist schon von Anfang an dabei, und noch ist nicht abzusehen, wie lange dieser von unsern Feinden entfachte Krieg dauern wird. Unsere Gedanken, unser ganzes Fühlen und Sinnen ist in diesen Stunden bei Euch, wo Ihr auch sein mögt, ob in den weiten Ebenen des Ostens, im hohen Norden, im Westen und Süden. Wir wissen, was Ihr für uns geleistet und geopfert habt und noch leisten und opfern werdet und danken Euch das aus dankerfülltem Herzen.
In Ehrfurcht gedachten wir hier in der Heimat am 9. November in Müllers Saal der Kameraden, die ihr Herzblut opferten. Sie sollen uns unvergessen sein.

In Erinnerung an den gescheiterten Münchner Putschversuch am 9. November 1923, dem »Marsch zur Feldherrnhalle«, der damals sechzehn Nazis das Leben kostete, wird alljährlich zum Jahrestag ein Gedenkritual zelebriert.

Das alte Jahr brachte uns hier in der Heimat mancherlei Sorgen. Das Wetter meinte es nicht immer gut mit uns, und so musste manche Arbeit auf dem Felde doppelt gemacht werden, aber geschafft haben wir alles. Die neue Saat ist in der Erde, damit uns im neuen Jahre das tägliche Brot wieder heranwachsen kann.
– Die Sammlungen zum Winterhilfswerk sind wieder in vollem Gang. Wir freuen uns immer, wenn wieder eine schöne Summe zusammengekommen ist. Im vergangenen WHW wurden in der Ortsgruppe rund 11 000 RM durch Listensammlungen und Abzeichenverkauf zusammengebracht. Wir wollen das Ergebnis steigern, um dem Engländer zu zeigen, dass er uns hier in der Heimat nicht

Im Winter 1933/34 wurde erstmals die Sammelaktion der NSDAP unter der demagogischen Parole »Kampf gegen Hunger und Kälte« durchgeführt. Im Rahmen des Winterhilfswerk erfolgt auch jeden 1. Sonntag des Monats das gemeinschaftliche Eintopfessen für 50 Pfennig. Der dadurch angeblich gesparte Betrag soll abgeführt werden.

kleinkriegt. Bei Euch schafft er's ja sowieso nicht! Eure Gedanken werden an den Weihnachtstagen bei Euren Lieben im Elternhause, bei Frau und Kind sein. Unsere Kinder freuen sich wie immer auf den Weihnachtsmann und haben keine Ahnung von dem, was uns Erwachsene bewegt. Wir wollen uns ihres Glückes freuen und einmal zurück an unsere eigene frohe Kindheit denken. Kamerad, weißt Du noch, wie es damals war? –

Jetzt ist nun eben Krieg, und wir müssen alles männlich ertragen. Wir wissen, Ihr werdet Weihnachten feiern, wie es nur eben möglich ist.

So wünschen wir Euch denn eine frohe Soldatenweihnacht und viel Soldatenglück im neuen Jahre!

Die Ortsgruppe Naundorf der NSDAP
gez. Fritz Krüger

SOLDAT OTTO GASSE AN DIE EHEFRAU

Geschrieben, den 25. 12. 1941

Meine Lieben alle.

Liebes Frauchen – Margotchen u. Muttchen!

Jedes Weihnachtsfest, so lange ich in Naundorf war, konnten wir zusammen feiern. Diese Kriegsweihnacht ist die erste, die wir nicht gemeinsam verbringen. Bin immer bei Euch, aber nur in Gedanken. Hoffe, dass dies die erste und letzte Kriegsweihnacht für uns alle ist.

Vor dem Fest war meine Arbeit wie immer: Bier holen, Wäsche fortbringen und Pferdefutter holen. Diesmal haben wir das Pferdefutter mit dem LKW geholt. Für mich ist das eine große Hilfe. Brauche nicht so lange auf dem Pferdewagen zu frieren, denn ich bin jedes Mal einen ganzen Tag unterwegs. Am Heiligabend war ich um drei Uhr nachmittags fertig. Um dreiviertel sechs war Antreten der gesamten Batterie. Ein großer Reisighaufen, der von der Batterie zusammengetragen worden war, wurde angezündet. Es war Sonnenwendfeier. Dann wurden einige Gefreite zu Obergefreiten und einige Kameraden zu Gefreiten befördert. Mit dem Lied »Flamme empor« war die Feier beendet. Dann wurde gleich wieder in der Kantine zur Weihnachtsbescherung angetreten. Da hatte jeder einen großen Pappendeckel in Form eines Tortentellers, darauf eine Serviette und viele Geschenke: eine große Mappe mit Schreibpapier, Kuverts und Karten, eine Briefmappe, ein Taschenmesser, ein Päckchen Keks, 6 Rollen Drops, 6 Äpfel, 1 Fl. Apfelwein und zwei Tüten Weihnachtsgebäck. Dieses waren meine Weihnachtsgeschenke. Bei der Beförderung war ich noch nicht bei.

Jeder bekam fast dasselbe. Nur anstelle des Taschenmessers bekamen einige Mundharmonikas oder Etuis mit einer kleinen Schere, Zahnstocher und Fingernagelfeile. Andere erhielten einen Füllfederhalter oder ein Zigarettenetui usw. Jeder war ganz zufriedengestellt. Da der Chef auf Urlaub war, hielt der Herr Leutnant eine Ansprache. Er betonte darin, jeder von uns solle in die Lichter am Baum sehen und an die Lieben daheim denken. Es waren zwei Bäume aufgestellt. Da waren meine Gedanken ganz bei Euch. Dann konnte jeder sein Geschenk nehmen und in seinen Bunker tragen. Anschließend ging es wieder in die Kantine, und dann kam der gemütliche Teil. Unsere Batteriemusik spielte flotte Märsche und fröhliche Lieder. Und mit einigen Vorträgen ging der Abend zu Ende. Ich selbst ging halb 12 zu Bett.

Nun der 1. Feiertag. Vormittags hatte ich Arbeit im

Nach der Niederlage vor Moskau gibt es in der Wehrmacht die zweite Führungskrise. Hitler enthebt den Oberbefehlshaber des Heeres, Generalfeldmarschall von Brauchitsch, sowie 35 Generäle ihrer Posten und übernimmt selbst den Oberbefehl über das Heer. Weil die deutsche Führung nicht mit einem Winterfeldzug gerechnet und deshalb keine Winterkleidung bereitgestellt hat, fallen viele deutsche Soldaten Erfrierungen zum Opfer. Am 20. Dezember eröffnet Goebbels daher eine Sammelaktion von Wintersachen für die Wehrmacht.

Stall. Nachmittags musste ich schon einmal aufhören mit Schreiben, weil ich das Pferd für den Wachtmeister satteln musste. Dreiviertel 7 musste ich mit dem Wachtmeister zur Benrather Fähre fahren. Da war der 1. Feiertag rum.
Den Karton schicke ich nach den Feiertagen, da waren schon die Mäuse drin. Liebe Frau, für Dich ist auch was drin. Wie ich zu dem Kauf kam, erzähle ich mündlich. Mein Brief ist voll. Sobald es die Zeit erlaubt, kommt der nächste Brief dran.

Nochmals viele Grüße und Küsse
von Eurem Euch liebenden Mann und Vater

Hoffentlich hast Du die zwanzig Mark erhalten im vorigen Brief.

GEFREITER OTTO GASSE AN DIE EHEFRAU

Freitag Abend, den 30. 1. 1942

Das Scheitern des Blitzkrieges gegen die Sowjetunion bewirkt eine tiefgreifende innere Krise des Naziregimes. Am 25. Januar fordert Hitler in einem Geheimerlass die radikale Umstellung der deutschen Wirtschaft und Verwaltung »auf die neuen Kriegserfordernisse« für den »nunmehr erforderlichen totalen Einsatz«.

Meine Lieben!
Gestern war ich wieder einmal in Düsseldorf in der Reitzensteinkaserne, um ein paar Pferde zu holen. Bin aber gleich abgeblitzt und konnte mit der Bahn zurück nach Dormagen fahren. Als ich in der Stellung ankam, fragte der Spieß neugierig, wo ich die Pferde hätte. Gut, sagte der Spieß, dann fahren wir morgen beide mit dem Personenkraftwagen nach Düsseldorf und versuchen es noch einmal. Nach einer Stunde kam er wieder. Morgen könnten wir nicht fahren, weil der Kommandeur in die Stellung käme, sagte er.
Und heute kam der Kommandeur, um die Beförderungen vorzunehmen. Kann Euch die freudige Mitteilung machen: Der Soldat Gasse wurde mit Wir-

kung vom 30.1. zum Gefreiten befördert. Ich habe mich im Stillen gefreut. ½ 12 Uhr war die Beförderung, und um 14 Uhr mussten wir uns mit dem Winkel am Arm und zwei Schwingen am Kragen beim Chef vorstellen. Der Schneider hatte heute keine Mittagspause.

Viele herzliche Grüße und Küsse
von Eurem Euch vielliebenden Vater
und Sohn

Seit Monatsbeginn müssen in der Rüstungsindustrie und im Bergbau zusätzliche Sonntags-Schichten geleistet werden.

Am 1. Januar unterzeichnen 26 Staaten der Antihitlerkoalition eine Deklaration über Ziele und Grundsätze ihres gemeinsamen Kampfes gegen die faschistischen Aggressoren. Die Staaten verpflichten sich, mit ihren Bündnispartnern bis zum Sieg über die Mitglieder des Dreimächtepaktes zusammenzuwirken und keinen separaten Waffenstillstand oder Frieden abzuschließen.

GEFREITER OTTO GASSE AN DIE EHEFRAU

Zonser Heide, den 17. 3. 42,
abends von 7–8 Uhr

Liebes Frauchen, Margotchen und Mutter!
Ihr werdet Euch vielleicht wundern, weshalb schon wieder ein Brief angerollt kommt. Das ist so beim Militär: essen (wer noch was hat), schreiben und schlafen. Dann gibt es noch den Ausgang. Darauf legen manche viel Wert. Ich nicht. Ich bin froh, wenn ich ruhig im Bunker sitzen kann.
In den letzten acht Tagen gab es viel Arbeit in der Stellung. Heute war nämlich Besichtigung durch den Major. Sie ist gut ausgefallen, und deshalb war nachmittags dienstfrei. Mir ist heute wie Sonntag. Nachdem ich meine Pferde besorgt habe, leiste ich meinem Kameraden Rudolf Gesellschaft. Rudolf sitzt am Tisch und schreibt schon den zweiten Brief. Ich sitze nun neben ihm. Keiner spricht ein Wort, jeder ist ins Schreiben vertieft. Große Regentropfen prasseln aufs Bunkerpappdach.
Nachmittags wurde ich zum Spieß gerufen, als ich gerade vom Essen kam (es gab einen Kloß Gehacktes, Pellkartoffeln und Mohrrüben mit Bohnen)

Am 14. März wird der Reichsminister für Bewaffnung und Munition, Speer, zum Rüstungsbevollmächtigten ernannt. Er leitet die totale Mobilisierung der gesamten deutschen Wirtschaft für den Krieg ein.

Zunehmende Luftangriffe zwingen die deutsche Bevölkerung nachts in die Luftschutzkeller. Von Frühjahr 1942 an wird eine Großstadt nach der anderen durch Flächenbombardement zerstört.

und mich schlafen legen wollte. Befehl ist Befehl, ich musste runter von meinem Strohsack. Bluse an, Mütze auf, rein in die Holzpantoffeln (der Spieß war in seinem Bunker. In die Schreibstube darf man nicht mit Holzlatschen.) Noch einen Blick in den zerbrochnen Spiegel und dann im Trab rüber. Ich dachte schon, ich kann auf Heimaturlaub, aber ich sollte mich getäuscht haben. Ich klopfte an die Bunkertür. Ja, hörte ich von drinnen brüllen. Ich machte die Tür auf und fing dann auch zu brüllen an: Gefreiter Gasse bittet eintreten zu dürfen. Ja, Gasse, komm mal rein.
Wieder eine anständige Ehrenbezeigung. Nun ging's los. (Ihr werdet neugierig sein, was ich verbrochen habe. Ich habe gerade mal Lust zum Schreiben und hole deshalb weit aus. Seid deshalb nicht böse und sagt nicht: Was der heute für einen Quatsch schreibt.) Gasse, Sie sollen zum Leutnant Bähre kommen und etwas für ihn zum Ortsbauernführer tragen. Vielleicht können Sie von dort auch ein Stück Kuchen erwirken. Aber ziehe Dir Stiefel und den Fliegeranzug an.
Wieder eine anständige Ehrenbezeigung und rückwärts zur Tür hinaus. Dann im Bunker lautlos gewaschen, Fingernägel saubergemacht und angezogen. Noch einmal Stiefel gebürstet und vor dem Spiegel die Haare gekämmt. Musste alles geräuschlos gehen, denn meine Kameraden lagen im tiefsten Schlaf. (Ich war auch müde, denn gestern hatte ich Wäsche nach Benrath gefahren. Wollte in Üdesheim über den Rhein mit der Fähre, aber sie war kaputt, deshalb musste ich in Neuß über die Rheinbrücke und kam erst ½ 11 Uhr in der Stellung an.) Nun aber weiter zum Herrn Leutnant. Mein lieber Gasse. (Welche Ehre!). Sie tragen mal diesen Blumentopf zum Ortsbauernführer, bestellen einen

recht schönen Gruß von mir, und wenn er fragt, weshalb ich nicht selber komme, so sagen Sie, ich käme gegen 16 Uhr.
Dann bin ich mit dem Blumentopf losgesaust, und als ich ihn vorschriftsmäßig ablieferte, bekam ich eine Mark Trinkgeld und zwei Zigarren. Wieder zurück und beim Spieß und beim Leutnant gemeldet. Vom Leutnant erhielt ich für meine Bemühung eine Schachtel Zigaretten (sehr anständig).
Zum Kaffee, meine Lieben, musste ich eine Honigbemme essen, der Kuchen war ausgefallen. Schicken braucht Ihr vorläufig nichts, von Erna ist ein Paket unterwegs. Man munkelt von Stellungswechsel. Am 24. liegen wir ein Jahr in der Heide.

Viele tausend Küsse an meine Margot.
Seid alle recht herzlichst gegrüßt und geküsst
von Eurem Euch liebenden Mann, Vater
und Sohn

Thüringens Nazigauleiter Sauckel wird zum Generalbevollmächtigten für den Arbeitseinsatz ernannt und beauftragt, den infolge von Masseneinberufungen zur Wehrmacht immer empfindlicher werdenden Arbeitskräftemangel in Deutschland durch Anwerbung und Verschleppung ausländischer Arbeiter auszugleichen.

GEFREITER OTTO GASSE AN DIE EHEFRAU

Düsseldorf-Freizeitheim, den 21. 3. 1942,
von 21–22 Uhr

Meine Lieben!
Bin heute wieder einmal nach langer Zeit zum Freizeitheim kommandiert. Das letzte Mal war ich im Januar hier. Wenn ich mich nicht in der Schreibstube gemeldet hätte, wäre ich auch diesmal nicht dazu gekommen. Meine Lieben, ich finde aber nichts Besonderes mehr am Urlaub im Freizeitheim. Das Essen ist nicht mehr so wie am Anfang. Wäre ich in meiner 24-stündigen Freiheit im Bunker geblieben, hätte ich mal richtig ausschlafen und mich satt essen können.

In einem Geheimbericht des SD vom 21. März 1942 heißt es: »Nach übereinstimmenden Meldungen aus allen Teilen des Reiches hat die Bekanntgabe der Herabsetzung der Lebensmittelzuteilungen große Enttäuschung ausgelöst und insbesondere in Arbeiterkreisen zu einer nicht unbeträchtlichen Beunruhigung geführt … Besonders hart würden die neuen Einschränkungen von den Hausfrauen empfunden, denen es infolge des Mangels an Kartoffeln und Gemüse nahezu unmöglich sei, ihre Familien ausreichend zu ernähren.«

Liebe Minna, Du wirst denken, er kann doch wieder mal in einem anständigen Bett schlafen. Ja, das stimmt schon, aber ich bin an meinen Strohsack schon so gewöhnt. Nun wird es ja mit Gewalt Frühling. Da brauche ich kein Federbett. Wenn ich erst wieder zu Hause bin, verschwindet auch meine Zudecke.

Heute früh habe ich 31 Zentner Briketts von D. geholt. Damit ich bis Mittag wieder zurück war, habe ich mir vom Spieß einen Mann mitgeben lassen. Und zwar gleich einen Ersatzmann (Kamerad Kaatz). Er hat den 14-tägigen Pferdepflegerkursus wie ich mitgemacht. Nun war es doch noch hoch Mittag geworden, als wir ausgespannt haben. Dann wurde gleich Mittag gegessen (Reis mit Kartoffelstückchen). Das Fleisch musste man mit der Brille suchen. Jetzt könnt Ihr Euch denken, was es alles noch für Arbeiten gibt, ehe der Soldat fertig ist zum Ausgang. Um 14.30 Uhr fährt der Omnibus von Zons nach Neuß (60 Pfennig). Von Neuß nach Düsseldorf mit der Straßenbahn (10 Pfennig). Um 4 Uhr war ich glücklich angemeldet. Dann bin ich zum Haarschneider gegangen (80 Pfennig). Hatte Glück – um dreiviertel fünf saß ich schon im Kino (65 Pfennig). Um 7 Uhr kam ich aus dem Kino und bin ins Heim zum Abendessen gegangen (zwei Scheibchen Rindfleisch mit Soße, Salzkartoffeln und Rotkraut). Dann, nach dem Abendessen, bin ich noch eine Stunde spazieren gegangen. Und zum Teufel, ich kam in diese Straße, wo mich zwei Weiber, die in ihren Haustüren standen, mit »Wie ist es denn, mein Liebling, kommst Du nicht mal mit?« anquatschten. Ich sagte, kommen Sie doch herüber! Sie aber wichen nicht von der Tür und warteten, bis ein anderer kam, der mehr Hitze hatte als ich. Somit war es fast dunkel geworden, ich ging in mein Hotel und schreibe an Euch, meine Lieben, diesen Brief.

In der Nacht vom 28. zum 29. März vernichtet der erste britische Luftangriff mit Phosphorbomben die Lübecker Innenstadt.

In diesem Zimmer, in dem ich sitze und schreibe, schlafen außer mir noch zwei Soldaten aus meiner Stellung. Einer ist aus der Geschützstellung, der andere von den Fernsprechern. Sie kommen nicht zum Schlafen, weil sie bei den Weibern sind. Hoffentlich kommt kein Alarm, dass ich durchschlafen kann.

Liebe Minna, Deinen Brief habe ich mit Freuden erhalten. Ebenso ein Paket von Erna (zwei runde Würste halb und halb und eine flache Schüsselform Sülze). Sobald es die Zeit erlaubt, schreibe ich wieder. Morgen ist wieder Varieté in unserer Kantine. Da muss Kaatz zum Bahnhof fahren. Bis 15 Uhr geht mein Urlaub. An Heimaturlaub ist noch nicht zu denken. Werde jetzt ins Bett gehen.

Tausend Küsse an mein Margotchen.
Viele Grüße und Küsse an Euch
von Eurem lieben Mann,
Vater und Sohn.

Gruß an Muttern. Habe gehört, dass die Jahrgänge von 1900 bis 1908 aus unserer Batterie versetzt werden. Mehr nach der Heimat zu. Vielleicht komme ich nach Leipzig oder Torgau.

GEFREITER OTTO GASSE AN DIE EHEFRAU

Essen-Überruhr, den 12. 4. 1942,
Nachmittag von 17–18 Uhr

Am 7. März tritt die Verordnung zum »Einsatz zusätzlicher Arbeitskräfte für die Ernährungssicherung des deutschen Volkes« in Kraft. Ortsbauernführer können von nun an Frauen, Greise und Jugendliche aus Landgemeinden und -städten zwangsverpflichten. In der Ernte 1942 werden etwa 800 000 derart Zwangsverpflichtete eingesetzt.

Meine Lieben!
Habe von Dir noch immer keine Nachricht, dass Du Heimaturlaub eingereicht hast. So sehen wir uns wohl erst zur Ernte wieder. Für das, was ich Margot mitbringen soll, brauche ich 25–30 Punkte, hatte ja keine Ahnung von der Kleiderkarte. Schreibe mir schnellstens darüber Bescheid. Dann muss ich eben statt des Regenschirms etwas anderes mitbringen.
In der Nacht vom 10. zum 11. April hatten wir den bisher stärksten Fliegerangriff. In unsere Stellung sind die ersten Bomben gefallen, zum Glück nur Brandbomben. Eine fiel in eine unbewohnte Baracke und konnte gelöscht werden. Auf 500 Meter Breite fielen etwa 30 Bomben. Ich saß in der Baracke am Tisch, ein anderer stand an der halbgeöffneten Tür. Plötzlich hörte ich es gewaltig rauschen. Ich sagte zu ihm: Hör mal, so ein Sturm. Er machte die Tür zu und sagte: Pass mal auf, was jetzt kommt. Als das Rauschen vorüber war, machte er die Tür wieder auf, und da sahen wir, wie eine Brandbombe nach der anderen in Flammen aufging. Bis auf zwei waren alle auf freies Feld gefallen. Die zweite durchschlug ein Hausdach und die Stubendecke und tötete einen siebenjährigen Jungen, der auf dem Sofa saß. Alle anderen waren in den Keller gegangen. Der Junge war geisteskrank. Trotzdem. Dieses unschuldige Kind musste durch die Engländerlumpen sein Leben lassen.
Drei Wochen sollen wir in dieser gefährlichen Ecke bleiben.

Mit vielen Grüßen und Küssen
verbleibt Euer Euch vielliebender Mann,
Vater und Sohn

GEFREITER OTTO GASSE AN DIE EHEFRAU

Essen, den 13. 4. 1942,
Montag Abend von ¼ 10 – ½ 11 Uhr

Meine Liebsten!
Heute erhielt ich mit viel Freude Deinen lieben Brief vom 10. April. Daraus ersehe ich, dass Ihr viel Arbeit daheim habt und Du noch kein Gesuch eingereicht hast. Bei jedem Brief, der von Dir kommt, erwarte ich sehnsüchtig die Mitteilung, »mein Gesuch ist für Dich unterwegs«. Es wird so kommen wie im letzten Jahr, dass ich nur zur Ernte komme. In der Nacht vom 12. zum 13. war bei uns wieder ein starker Angriff. Dicht hinter dem Gehöft, wo meine Pferde stehen, sausten die Brandbomben nieder. Die Stellung war wegen der Leuchtkugeln so hell, dass man Zeitung lesen konnte. Im vorigen Jahr wurde ein Haus in unserer Nähe von einer Bombe getroffen und brannte ab. Das gleiche Haus wurde in dieser Nacht wieder getroffen. Es war gerade fertig geworden zum Einzug.
Du befürchtest, mich könnten die Tommys mit Bordwaffen treffen, wenn ich unterwegs bin. Die Lumpen kommen nicht soweit herunter. Wird schon nichts passieren, ich sehe mich vor. Ein Soldat hat in unserer Stellung heute einen Blindgänger gefunden, ihn losgeschraubt und den Inhalt mit einem Streichholz angezündet. Das hat eine Stichflamme gegeben, die ihm Gesicht und Hände mit vielen Schmerzen verbrannte. Er musste ins Lazarett. Wir werden in diesem Frühjahr noch viel erleben. Deshalb wäre es ja nicht schlecht, wenn ich für 14 Tage nach Hause käme.

Es grüßt und küsst Euch vielmals
Euer Euch vielliebender Mann,
Vater und Sohn

Am 5. April ergeht die Weisung Nr. 41 des OKW, eine Sommeroffensive an der Ostfront vorzubereiten. Durch einen Vorstoß in Richtung der unteren Wolga und des Kaukasus sollen kriegswichtige Gebiete der Sowjetunion besetzt und wesentliche Teile der Roten Armee vernichtet werden. Am 6. April werden die Rationen für Fleisch, Fett, Brot und Zucker in Deutschland erneut gekürzt.

GEFREITER OTTO GASSE AN DIE EHEFRAU

Essen, den 17. 5. 1942,
Nachmittag von 17–18 Uhr

Zwischen dem 24. und 27. April wird die Rostocker Innenstadt durch britische Luftangriffe zerstört.

Am 26. April lässt Hitler sich zum »Obersten Gerichtsherrn« ausrufen und die Vollmacht erteilen, im Kampf gegen Deutsche, die sich »nicht bedingungslos« in den Dienst des Krieges stellen, mit allen ihm zweckmäßig erscheinenden Mitteln zu verfolgen. Von nun an veröffentlicht die Presse fast täglich »zur Abschreckung« Todesurteile gegen Antifaschisten. Damit soll der zunehmenden Kriegsmüdigkeit und Ernüchterung in weiten Kreisen der Bevölkerung entgegengewirkt werden.

Meine Lieben!
Kann Euch die freudige Mitteilung machen, dass ich rechtzeitig zum Dienst in meiner Stellung eingetroffen bin. Wie ich bereits auf einer Karte schrieb, fuhr ich 12 Uhr in Leipzig ab und über Kassel bis Hagen. Weil dieser Zug bis Köln ging, stieg ich in Hagen um in den Personenzug nach Langendreh. Musste dort wieder umsteigen nach Essen-Krey. Eigentlich wollte ich bis zum Hauptbahnhof fahren und von dort mit der Straßenbahn bis Steele. Doch der Zug fuhr nur bis Essen-Nord. In meinem Abteil waren aber einige Kameraden aus Essen, die auf Heimaturlaub fuhren und mir helfen wollten. Doch inzwischen war es nach 22 Uhr und dunkel, so dass wir auf den Bahnhöfen keine Schilder lesen konnten. Da wurden auch sie unsicher. Schließlich fragten wir den Zugführer, wann Essen-Nord käme. Noch drei Stationen, sagte er: Gelsenkirchen-Wattenscheid, Essen-Krey, Essen-Nord. Da stieg mir ein Licht auf: Wenn ich – wie ursprünglich ja auch gedacht – schon nach zwei Stationen aussteige, nämlich in Essen-Krey, habe ich es von dort näher zur Stellung als von Essen-Nord.
Zehn vor elf stieg ich aus, halb eins war ich in meinem Zimmer. Alle schliefen. Nur zwei Kameraden reckten verschlafen die Hälse, als ich das Licht anknipste. Sofort machte ich mich an die Arbeit: neue Sachen auf den Bügel, alte an. Mantel ausgerollt und aufgehängt. Betten bezogen mit der Schlafdecke und Kissen drauf. Im Essfach alles zurechtgestellt. Drillichzeug und Rasierkarton aus den Kof-

fer in den Schrank. Dabei aß ich noch zwei von Dir mitgegebene Butterwurststullen. Um 1 Uhr lag ich in meinem Militärbett und schlief bis zum Wecken 7.30 Uhr. Nach dem Frühstück meldete ich mich zurück, dann ging ich Wäsche tauschen. Von 10 bis 14 Uhr war ich wieder mit dem Pferd in der Brauerei. Wenn ich diesen Brief beendet habe, wird gegessen und das Pferd besorgt, und schon ist der erste Tag in der Stellung vergangen. Sonst ist hier alles beim Alten. Nur der Kraftfahrer ist weggekommen, dafür ist ein neuer Kamerad da, ein Schwab.

Viele Grüße und Küsse an mein Margotchen.
Es grüßt und küsst Euch alle Euer Euch
vielliebender Mann, Vater und Sohn

Freue mich schon wieder auf den nächsten Urlaub

Am 11. Mai setzt die Widerstandsgruppe von Herbert Baum die seit 8. März gezeigte Hetzausstellung »Das Sowjetparadies« im Berliner Lustgarten in Brand. 28 seiner Mitkämpfer werden 1942/43 hingerichtet, 50 weitere zu hohen Zuchthausstrafen verurteilt, andere im KZ ermordet.

MINNA GASSE AN DEN EHEMANN

Naundorf, den 20. 5. 1942

Lieber Mann und Vater!
Ich will Dir hierdurch meinen besten Dank sagen für die schöne Karte zum Muttertag. Die Karte, die ich heute beilege, soll eine Pfingstkarte sein. Wir bekommen hier nur noch solche, die zu jeder Gelegenheit verschickt werden können.
Hat es bei Euch schon mal geregnet? Hier ist es immer noch sehr trocken, es könnte wegen der Rüben ruhig mal regnen, die sind noch nicht weiter seit damals, als Du hier warst. Man kann noch nicht einmal feststellen, ob sie alle aufgegangen sind.
Margots Krankheit hat sich etwas gebessert. Die Augen sind nicht mehr so verschwollen, und die

Am 26. Mai unterzeichnen Großbritannien und die Sowjetunion einen förmlichen Bündnisvertrag, gültig bis zwanzig Jahre nach dem Ende des Krieges.

Rötung ist auch wieder weg. Nur wenn wir die Verdunklung am Fenster wegnehmen, kann sie nicht sehr gut sehen. Der Husten ist auch noch nicht weg.
Melzers Harry ist vorgestern beim Radio reparieren verunglückt. Es hat einen Knall gegeben, der bis in die Felder am Heidegraben zu hören war. Er war bewusstlos und hat am Kopf und Brust geblutet. Sie haben ihn nach Torgau ins Krankenhaus gebracht. Müllers Reinhold haben sie auch dorthin gebracht. Der ist nicht verunglückt, bloß krank.

Sei vielmals herzlich gegrüßt und
geküsst von Deiner lieben Frau,
Margot und Mutter

GEFREITER OTTO GASSE AN DIE EHEFRAU

Geschrieben, den 24.5.1942,
Nachmittag 15–16h

Beginn von Groß-Razzien auf entflohene Kriegsgefangene und Zwangsarbeiter unter Einsatz der Landwacht in Deutschland.

Liebe Frau, Margotchen und Mutter!
Es ist nun schon das zweite Pfingstfest, das ich bei den Soldaten verbringe. Werde ich beim nächsten zu Hause sein? Am Donnerstagnachmittag war ich in M., um Pferdefutter zu holen. Um 2 Uhr bin ich aus der Stellung gefahren und war ½ 5 Uhr da. Ich musste aber ohne Futter zurück, denn die bei der Futterausgabe machen ½ 4 Uhr Feierabend. Ohne Mantel habe ich auf dem Wagen so gefroren, dass ich streckenweise laufen musste. Da ich aber Futter brauchte, fuhr ich am nächsten Tag mit einem Kameraden vormittags 9 Uhr wieder los. Dieses Mal zog ich meinen Mantel an. Auf der Hinfahrt konnte ich ihn vertragen, aber auf der Rückfahrt war er mir zu warm. Unterwegs haben wir uns noch die

Haare schneiden lassen. Abends 8 Uhr waren wir wieder in der Stellung. Jede Stunde zählt und geht vom Kriege ab.
Für 15 Tage habe ich 45 kg Hafer, 70 kg Heu und 65 kg Stroh bekommen. Dafür brauchten wir anderthalb Tage. Wenn es im Zivilleben so herginge, kämen wir nicht weit.
Heute ist nun erster Pfingstfeiertag. Wir haben richtiges Aprilwetter. Die Batterie wurde heute nicht geweckt, ich musste aber doch zu meinen Schwarzen. Nach dem Essen habe ich bis drei Uhr geschlafen. Haben nun auch Bettwäsche bekommen, weißkariertes Zeug. In den Kopfkissenbezug habe ich mein Kissen von zu Hause gesteckt, in der Nacht kriechen wir in den Bettbezug, weil es befohlen ist. Wir wollten nämlich erst unsere Decken einnähen. Wir haben jetzt auch eine zweite Schlafdecke bekommen, denn in dem Leinenzeug ist es bei diesem Wetter sehr kühl. So warm wie in meinem Bett zu Hause liege ich hier nicht.
Heute ist einer von uns auf Urlaub gefahren. Vom Bauern hat er sich einen Koffer mit Kartoffeln geben lassen, damit er in den 14 Tagen daheim etwas zu essen hat. Meine Vorräte sind bis auf den Schinken aufgezehrt, von diesem habe ich nichts abgegeben. Macht Euch trotzdem keine Gedanken, ich komme durch. Wenn ich wieder in Zons bin, könnt Ihr ein Paket schicken.

Nun seid tausendmal herzlichst gegrüßt
und geküsst von Eurem Euch vielliebenden
Mann, Vater und Sohn.
Viele Grüße an Muttern

Habe wieder 50 Mark zusammen, werde sie schicken, wenn es mal passt.

GEFREITER HERBERT VOGEL AN OTTO GASSE

R., den 31. 5. 1942

Der erste britische 1 000-Bomber-Angriff in der Nacht zum 31. Mai zerstört innerhalb von anderthalb Stunden die Kölner Innenstadt. Jedes viermotorige Flugzeug klinkt 6000 bis 8000 Kilo Bomben aus. Die nächsten Massenangriffe treffen Essen, Bremen, Wilhelmshaven, Mainz, Kassel und Düsseldorf.

Lieber Otto!
Habe Deinen Brief vom 19. 5. 42 dankend erhalten. Es hat mich sehr gefreut, dass Du an mich gedacht hast. Weil ich lange nichts von Dir hörte, dachte ich, Du lebst nicht mehr. Aber Du bist ja nicht an der Front, da ist es ja nicht so schlimm.
Wie Du schreibst, warst Du im Urlaub und hast zu Hause meine Feldpostnummer erfragt. Ich möchte auch gern mal auf Urlaub fahren, denn es sind bald zwei Jahre, dass ich nicht zu Hause war. Es wird wohl so mancher in Naundorf vermisst werden, wenn der Krieg erst zu Ende ist. Wenn wir Glück haben, sehen wir uns wieder. Denn hier in Russland bist Du keine Minute sicher. So, nun will ich schließen.

Es grüßt Dich Herbert Vogel

GEFREITER OTTO GASSE AN DIE EHEFRAU

E., den 8. 6. 1942, abends

Meine Lieben!
Heute erhielt ich mit großer Freude Deinen lieben Brief vom 4. 6. und sehe, dass Du mein Geld erhalten hast. Ich spare eifrig, aber diesmal bekomme ich nicht wieder so schnell 50 Mark zusammen.
Die Nachricht, dass Margotchen wieder zur Schule geht, hat mich sehr erleichtert. Ich bin stolz auf meine kleine Magd, denn sie ist wohl eine kleine Magd, wenn sie alle Tage mit ihrer Kiepe Futter holt und für ihr Kälbchen sorgt. Wenn der Krieg vorbei ist und ich komme gesund nach Hause, wür-

de ich mich sehr freuen, wenn noch zwei Kühe im Stall wären.
Nun zum Urlaub, dem Schönsten vom ganzen Soldatenleben. Habe mich heute in der Schreibstube erkundigt. Kommt zur Ernte von Dir kein Gesuch, erhalte ich keinen. Wenn ich aber bei der Ernte in Naundorf gebraucht werden sollte, müsstest Du wieder zum Ortsbauernführer gehen. Ich denke doch, dass ich Mitte Juli für vierzehn Tage bei Euch sein kann – also einreichen. Es ist schade um Melzers Harry. Will jetzt schließen, habe heute Wache.

Es grüßt und küsst Euch alle Euer lieber Mann, Vater und Sohn.

Gruß an Muttern.

Sonst alles beim Alten.

SCHWESTER ERNA SPRINGER AN OTTO GASSE

Grabo, den 21. 6. 1942

Lieber Bruder Otto!
Heute, am Montagabend, komme ich endlich dazu, Deinen Brief zu beantworten. Am vergangenen Samstagabend kam Werner auf Wochenendurlaub, am Sonntagabend habe ich ihn zur Bahn gebracht. Ihm gefällt es sehr gut in Zöschen.
Diese Woche haben wir Heu gemacht in Schützberg. Gestern haben wir eine Fuhre eingefahren. Heute Vormittag habe ich Kartoffeln vorgehackt, Gerhard und Opa holten Gras. Am Nachmittag habe ich die Arbeitssachen gewaschen, nun ist es schon wieder Abend. So vergeht ein Tag nach dem anderen, und der Krieg nimmt kein Ende. Kommt der Tommy noch immer so fleißig zu Euch? Wir hören nichts mehr von ihm.

Am 28. Juni beginnt die deutsche Sommeroffensive im Süden der Ostfront. Das OKW verfügt mit 229 Divisionen über stärkere Kräfte als im Vorjahr und erzielt einen Erfolg in der Hauptstoßrichtung.

Mit der deutschen Eroberung der Insel Krim am 4. Juli findet die Schlacht um Sewastopol ihr Ende. Mehr als 10 000 sowjetische Soldaten fallen im Kampf, etwa 97 000 gehen in deutsche Gefangenschaft.

Jetzt sind wieder viele zur Wehrmacht eingezogen worden, und auf der Bahn rollt es Tag und Nacht: Autos, Wagen, Pferde und die schweren Panzer. Wo die das alles herholen?
Karl Jahn ist hier auf Urlaub. Er ist in Russland bei der Bahn. Der schildert, wie schön Russland ist. Und wir wissen nicht einmal, wie schön es in unserem Vaterland ist, weil wir von früh bis spät arbeiten müssen.

Auf ein gesundes Wiedersehen
Erna und Gerhard

MARGOT GASSE AN DEN VATER

Naundorf, den 13. 7. 1942

Lieber Vater!
Ich will nun auch wieder mal einen Brief schreiben. Deine liebe Karte, die Du in Muttern ihren Brief gelegt hast, habe ich erhalten. Lieber Vater, ich habe ein böses Auge, es ist dick und rot. Nun will ich Dir noch schreiben: Am Sonntag war ich mit in der Kirche bei der Hochzeit. Ich war auch schon mal mit Muttern im Kino. Die Woche war Kaspertheater hier. Da bin ich auch gewesen, aber allein. Ich freue mich schon auf Deinen nächsten Urlaub.

Viele herzliche Grüße und Küsse
von Deiner lieben Tochter Margot

Lieber Mann und Vater!
Heute hat nun Margot auch mal einen Brief geschrieben. Sie fühlt sich soweit gesund. Bloß das rechte Augenlid ist seit Tagen so dick. Ich denke aber, es wird wieder besser werden. Hoffentlich

kriegt sie nicht die alte gefährliche Krankheit, die Diphtherie, von der ich Dir schon schrieb. Am Freitag ist Sittens kleiner Junge von 2 ¾ Jahren schwerkrank geworden daran, da hat ihn der Doktor gleich selber mit seinem Auto nach Torgau ins Krankenhaus zur Operation geschafft. Am Sonnabendfrüh ist er schon gestorben. Es gibt keine Hilfe. Man hat richtig Angst. Hermine Däumichen, die Mutter der Englern, ist vorige Woche an Herzschlag gestorben.

In der Zeitung hat hier gestanden, dass es jetzt Zulassungsmarken gibt, auf die man in jedem Monat ein Päckchen zu 1 000 Gramm schicken kann. Sie werden bei der Truppe ausgegeben. Werdet Ihr dann auch welche bekommen?

Sei vielmals herzlich gegrüßt
und geküsst von Deiner lieben Frau,
Margot und Mutter

In Deutschland werden die Kartoffeln streng rationiert. Entsprechend einem Goebbels-Erlass über die Buchproduktion wird das Papierkontingent auf ein Drittel des Vorkriegsstandes gekürzt und nur noch die Produktion »kriegswichtiger« Bücher gestattet. (»Mein Kampf« erreicht 1943 eine Gesamtauflage von 9,84 Millionen.)

GEFREITER OTTO GASSE AN DIE EHEFRAU

Paderborn, den 29. 7. 1942

Meine Lieben!

Ich habe gleich in Paderborn eine Karte an meine Batterie geschrieben mit meiner neuen Adresse, damit sie mir Eure Post nachschicken, aber bis jetzt ist nichts gekommen, und ich halte es nicht mehr aus. Deshalb schreibe ich gleich selbst.

Ihr wollt wissen, wie es mir geht und was ich alle Tage mache. Hier liegen 17 Mann auf einer Stube. Alle bis auf zwei Mann sind heute ausgegangen, deshalb habe ich Platz am Tisch zum Schreiben. Wir liegen 10 Minuten von der Stadtmitte entfernt. Ich wollte auch ausgehen, um Margots

Im Verlauf der Sommeroffensive überschreitet die deutsche Wehrmacht am 21. Juli den Don, erobert am 23. Juli Rostow, nimmt am 4. August Stawropol, überschreitet am 9. August den Kuban.

Wunsch nach einem Regenschirm und Putzzeug zu erfüllen. Ich habe schon, ehe ich nach Paderborn kam, mehrmals gefragt, aber immer vergeblich. Dienstschluss war 5 Uhr, ehe ich fertig war mit Schuhe putzen, Waschen und Essen war es 6 Uhr, und da waren die Geschäfte schon geschlossen, also blieb ich da. Aber ich lasse nicht locker.
In drei Tagen ist der Lehrgang zu Ende, am Sonnabend, dem 1. August, sollen wir in Marsch gesetzt werden. Es waren für mich schöne Erholungstage. Auch war der Lehrgang lehrreicher als der damals in Düsseldorf. Allerdings gibt es hier weniger zu essen als in der Batterie.
Ich bin ja neugierig, ob ich gleich Heimaturlaub kriege, wenn ich in die Batterie komme. Ich möchte mich wieder einmal richtig satt essen. Aber daheim ist es ja auch schon knapp. Das trockne Kommissbrot schmeckt auch nur wie Weihnachtsstolle, wenn man sehr hungrig ist.
Jetzt werdet Ihr Euch bestimmt wundern, wenn ich schreibe, dass ich am Sonntagvormittag in der Kirche war. Für die Katholiken war ½ 10 Uhr Kirchgang angesetzt und für uns Evangelischen um 10 Uhr. Es war keine Pflicht, aber wir haben unseren guten Willen gezeigt. Wir waren sechs, die hingingen. Nach ganz langer Zeit habe ich wieder einmal Halleluja gesungen und natürlich auch gebetet, dass ich Heimaturlaub bekomme.
Nachmittags waren wir in Paderborn auf dem Rummelplatz, die sagen hier Kirmes dazu. Wir haben uns fotografieren lassen – ich lege die Karte bei.

Es grüßt und küsst Euch vielmals
Euer Euch immer liebender Mann,
Vater und Sohn

Habt Ihr zu Hause noch mein Gespann? Ich habe doch jetzt richtig fahren gelernt und würde zu Hause ganz gern weiter fahren. Erbitte baldige Antwort.

GEFREITER OTTO GASSE AN DIE EHEFRAU

Düsseldorf den 2. 8. 1942

Liebe Minna, Margotchen und Mutter!
An meiner Stelle kommt jetzt dieser Brief. Doch Kopf hoch. Woran lag es? Am 1. August war von 9 bis 10.15 Uhr in Paderborn unsere Prüfung. Diese haben ich und andere mit »Gut« bestanden. Vor dem Mittagessen erhielten wir unsere Löhnung, Fahrscheine und Marschbefehl. Viertel drei sind wir in Paderborn losgefahren, und abends 8 Uhr traf ich in Düsseldorf auf dem Hauptbahnhof ein. Ich bestieg eine Straßenbahn und stampfte an der Endhaltestelle im Schweiße meines Angesichts los, denn ich hatte den vollen Rucksack und den Koffer bei. Düsseldorf glich einer Wüste, denn in der Nacht zuvor hatte es einen Fliegerangriff gegeben. Um 9 Uhr war ich in der Stellung und meldete mich beim Spieß zurück. Musste ihm etwas vom Lehrgang erzählen. Danach fragte er, ob ich noch was auf dem Herzen habe. Ich erkundigte mich, wie es um meinen Ernteurlaub bestellt sei. Ja, sagte er, der Fessel, der jetzt das Pferd hat, habe schon lange sein Gesuch eingereicht. Einigen Sie sich mit ihm – wenn er zurücktritt, können Sie fahren. Ich konnte mich mit dem nicht einigen. Er sagt, er wäre der Erste, außerdem habe er 40 Morgen Land.
Mit einem Deiner Briefe bin ich dann zum Spieß gegangen, es war gerade beim Mittagessen.

In den Monaten August/September werden mehr als 600 Mitglieder der antifaschistischen Widerstandsorganisation von Harro Schulze-Boysen und Dr. Arvid Harnack verhaftet und in Geheimprozessen 55 Todesurteile verhängt.

Am 23. August werfen 1 000 Flugzeuge Brandbomben auf Stalingrad. Gleichzeitig dringen deutsche Panzer in die Außenbezirke ein.

Gefreiter Gasse bittet Herrn Hauptwachtmeister sprechen zu dürfen.
Jawohl.
Es handelt sich um den Ernteurlaub. Meine Frau schreibt, es ist keine Manneskraft im Ort zu bekommen.
Gasse, Sie können nicht eher fahren, bis der Fessel zurückkommt. Ich kann das Pferd in keine dritte Hand geben. Sobald der Fessel zurück ist, fahren Sie gleich.
Das ist aber zu spät! Dann bin ich wieder raus. Drei Uhr fuhr ich den Kaffee in die Stellung, da sah ich den Chef stehen. Gestern Abend war er noch nicht da. Ich meldete mich vom Lehrgang zurück.
Und jetzt wollen Sie auf Urlaub fahren, sagte er.
Jawohl, aber der Hauptwachtmeister hat abgesagt, ich soll warten, bis Fessel zurück ist.
Wird es dann nicht zu spät?
Jawohl.
Wen haben Sie denn alles zu Hause?
Frau und Schwiegermutter.
Keine Gefangenen?
Nein.
Na, wir werden sehen.
Meine Lieben, die Worte des Chefs gaben mir wieder Hoffnung auf ein Wiedersehen.

Es grüßt und küsst Euch vielmals
Euer Euch liebender Mann,
Vater und Sohn

Der Chef sagte noch, wenn ich in Russland wäre, wäre es für Euch noch viel schwerer.

MINNA GASSE AN DEN EHEMANN

Naundorf den 7. 8. 1942

Lieber Mann und Vater!
Deinen Brief habe ich erhalten, in dem Du mitteilst, Du kannst nicht auf Urlaub kommen. Ich habe mich darüber sehr geärgert, denn ich weiß nicht, wie ich in diesem Jahr die Ernte reinkriegen soll. Es ist schon so spät, da macht jeder seins. Hier ist kein Mann zu bekommen. Da muss eben dieses Jahr mein Getreide draußen bleiben. Ich kann es nicht allein mähen und einfahren. Du weißt, dass ich nicht so gesund bin wie andere, und Mutter hat schon jahrelang nicht bei der Ernte helfen können. Das musst Du doch auch wissen. Mit ihr wird es doch von Jahr zu Jahr schlechter. An manchen Tagen liegt sie mehr Stunden im Bett, als sie auf den Beinen ist.
Lieber Otto, Du hast mir im Frühjahr geschrieben, wenn ich kein Gesuch einreiche, bekommst Du keinen Urlaub. Nun habe ich doch diesmal mein Gesuch zeitig genug eingereicht, und das Wehrbezirkskommando hat es genehmigt. Wenn andere Kräfte im Dorf zur Verfügung stünden, hätte es der Ortsbauernführer erst gar nicht unterschrieben. Das wird alles schon hier sehr gründlich geprüft. Ich verstehe das nicht.
Du willst erst in 14 Tagen auf Urlaub kommen – das ist zu spät. Und wenn Du dann da bist, kriegst Du zur Herbstbestellung nicht schon wieder Urlaub, und ich stehe bei der Kartoffelernte allein da. Dann lasse ich eben den Acker brach liegen und schaffe das Vieh ab. Wer sagt denn, dass der, für den Du zurückgetreten bist, überhaupt Landwirtschaft hat? Und wenn er wirklich so eine große Wirtschaft hat, hat er auch Polen und Gefangene zur Arbeit,

Hitler erlässt den Befehl zur Vorbereitung einer Flak-Miliz aus Jugendlichen. Diese soll 120 000 Luftwaffen-Soldaten für den Einsatz an der Ostfront freisetzen.
Im Oktober beginnt das OKW mit »außerordentlichen Einziehungsmaßnahmen«.
Seit Mitte September verteidigt die Rote Armee Stalingrad.

Am 11. November marschieren deutsche Truppen in den unbesetzten Teil Frankreichs ein. Drei Tage vorher landen starke anglo-amerikanische Verbände in Nordafrika, nachdem am 3. November die zehntägige Schlacht von El Alamein mit einem Sieg der Briten über die deutsch-italienischen Truppen zu Ende gegangen ist.

vielleicht auch noch einen Vater, der ihm die Wirtschaft führt.
Lieber Otto, nun sieh zu, wie es wird. Da hat man nun Spannkühe im Stall und kann nicht raus. Die anderen in der Gegend haben alle Ernteurlaub.

Viele Grüße und Küsse
von Deiner lieben Frau,
Margot und Mutter

WEHRBEZIRKSKOMMANDO WITTENBERG AN MINNA GASSE

Lutherstadt-Wittenberg, den 28. September 1942

Das Urlaubsgesuch vom 15. 9. 42 ist befürwortend an die zuständige Einheit weitergegeben worden.

Hoffmann
Oberst und Kommandeur

MINNA GASSE AN DEN EHEMANN

Naundorf, den 18. 11. 1942

Am 19. November eröffnet die Rote Armee ihre Offensive an der Wolga, die zur Einkesselung von 22 Divisionen mit 330 000 Soldaten in Stalingrad führen wird.

Lieber Mann und Vater!
Besten Dank für die zwanzig Mark, die Du geschickt hast. Zu Deinem Vorschlag, alle Kühe bis auf eine zu verkaufen. Manchmal könnte einem ja auch wirklich die Lust vergehen, und wir haben hin und her überlegt, wie wir es machen sollen. Die alte Weiße werden wir ja verkaufen müssen, die trägt nicht. Die kleine Lotte gibt wenig Milch, aber sie steht. Wenn du so wie im letzten Jahr auf Urlaub kommst, könntest Du ja mit den beiden Alten noch mal pflügen, nach Weihnachten wollen wir sie ver-

kaufen. Zwei aber muss ich schon wegen dem Acker halten. Oder ich muss auch den Acker verpachten.

Heute vor 14 Jahren war unsere Hochzeit.
Sei vielmals herzlich gegrüßt und geküsst
von Deiner lieben Frau,
Margot und Mutter

GEFREITER OTTO GASSE AN DIE EHEFRAU

Düsseldorf, den 21. 11. 1942

Liebe Frau, Margotchen und Mutter!
Werde Deinen Brief gleich heute Abend beantworten, denn morgen früh habe ich Arbeit, und am Nachmittag soll das Fronttheater in der Stellung sein. Da werde ich, wenn nichts dazwischenkommt, wohl hingehen.
Wie ich Deinem Brief entnehme, hat es mit dem Geld geklappt. Ich würde ja viel lieber etwas dafür kaufen, was ich Euch mitbringen kann, aber es ist ja nichts zu bekommen. Wenn einmal etwas im Schaufenster ausgestellt ist, steht eine Tafel bei mit der Aufschrift: »Nur für Fliegerbeschädigte«.
Mit den Kühen mache, was Du willst. Du hast die Arbeit und die Sorgen mit ihnen. Ich trage die Verantwortung hier für meine Pferde, besonders mit dem blinden Schimmel hab ich meine Probleme. Vormittags habe ich ihn angespannt. Der Stabswachtmeister kontrollierte mein Gespann und sagte: Wenn Sie den Blinden allein anspannen und es passiert was, dann bezahlen Sie ihn! Ich werde mich danach richten. Jetzt habe ich einen Zweispänner bekommen, so kann ich zwei Pferde einspannen. Ich gehe mit Lust und Liebe zu meinen

Am 17. November erteilt Hitler Weisung: »Folgender Führerbefehl ist allen in Stalingrad eingesetzten Kommandeuren bis zum Reg.-Kdr. einschließlich bekannt zu geben: Die Schwierigkeiten des Kampfes um Stalingrad und die gesunkenen Gefechtsstärken sind mir bekannt. Die Schwierigkeiten für den Russen sind jetzt aber bei dem Eisgang auf der Wolga noch größer. Wenn wir die Zeitspanne ausnützen, sparen wir uns später viel Blut. Ich erwarte deshalb, dass die Führung nochmals mit aller wiederholt bewiesenen Energie und die Truppe nochmals mit dem oft gezeigten Schneid alles einsetzen, um wenigstens bei der Geschützfabrik und beim Metallurgischen Werk bis zur Wolga durchzustoßen und diese Stadtteile zu nehmen …«

Am 24. November abends funkt der Oberbefehlshaber der 6. Armee, Generaloberst Paulus: »Mein Führer! Seit Eingang Ihres Funkspruchs vom 22. 11. abends hat sich die Entwicklung der Dinge überstürzt. Die Schließung des Kessels ist im Südwesten und Westen nicht geglückt. Bevorstehende Feindeinbrüche zeichnen sich hier ab … Die Armee geht in kürzester Zeit der Vernichtung entgegen, wenn nicht unter Zusammenfassen aller Kräfte der von Süden und Westen angreifende Feind vernichtend geschlagen wird. Hierzu ist sofortige Herausnahme aller Divisionen aus Stalingrad und starker Kräfte aus der Nordfront erforderlich … Bitte auf Grund der Lage nochmals um Handlungsfreiheit! Heil mein Führer! Paulus«

Pferden, es sind brave Kerle. Nur das Wetter ist saumäßig. Meine Pferdedecken werden gar nicht mehr trocken. So wie heute habe ich in diesem Jahr noch nie gefroren. Jetzt sitze ich mit dem Buckel in der Nähe des eisernen Ofens. In meinem Bauch rumort es schon den ganzen Tag. Beim Frühstück gab mir einer ein Stück Leberwurst. Ich hatte schon Honig auf mein Margarinebrot geschmiert und dachte mir, ein guter Magen muss alles vertragen. Also habe ich noch die Wurst draufgepackt. Das war vielleicht nicht gut. Nachdem es mir warm wurde, konnte ich wenigstens einen Pup lassen.
Wann es wieder Urlaub gibt, ist mir nicht bekannt. War am 20.11. wieder zur Untersuchung. Der Fessel ist nach Leipzig versetzt worden, sein Vater und sein einziger Sohn sind gefallen. Ich könnte mich auch versetzen lassen, wenn ich einen Grund angeben würde.
Liebe Frau, sei nicht traurig, weil ich nicht an unseren Hochzeitstag gedacht habe, das bist Du ja von mir gewohnt. Wie schnell sind doch die vierzehn Jahre vergangen. Und in unseren besten Jahren kommt der Krieg dazwischen. Hoffen wir auf einen baldigen Frieden.

Viele Grüße und Küsse an Euch alle,
meine Lieben, von Eurem Euch liebenden Mann,
Vater und Sohn

MINNA GASSE AN DEN EHEMANN

Naundorf, den 3. 12. 1942

Am 6. Dezember wendet sich das ZK der KPD mit einem Friedensmanifest an das deutsche Volk und an die deutsche Wehrmacht, in dem als einziger Ausweg aus der Situation der Sturz des faschistischen Regimes aus eigener Kraft genannt wird. Das soll die Chance zu einem ehrenvollen Frieden eröffnen. Das 10-Punkte-Aktionsprogramm bietet eine echte nationale Alternative.

Lieber Mann und Vater!
Heute erhielt ich nach einigem Warten Deinen lieben Brief vom 28. 11., und ich bin froh, dass Du das Paket erhalten hast, bevor das Fleisch verdorben war. Am Sonnabend, dem 28. 11., habe ich ein Päckchen mit den letzten Zulassungsmarken geschickt, ich kann also nicht eher wieder etwas schicken, bevor Du nicht neue Marken bekommen hast.
Wie Du siehst, habe ich wieder einen gebrauchten Umschlag genommen, ich kriege zu Hause keine Umschläge mehr, nur noch Feldpostbriefe.
Heute endlich ist der Mist gefahren worden. Springer hat es doch noch gemacht. Als ich bei anderen fragte, sagten alle, Springer habe schon oft bei mir gefahren, der soll es auch weiter machen. Nun liegt der Mist draußen auf dem Felde. Wer weiß, wann er untergepflügt wird. Es ist eben Krieg, da muss man sich das bieten lassen.
Die eine Sorge bin ich los, schon kommt die nächste. Seit voriger Woche hat Margot im Ellbogen Ausschlag, kleine Pickel, die aufgehen und nässen. Am Montag habe ich sie aus der Schule genommen, weil sie den Arm nicht mehr krumm machen konnte. Jetzt bekommt sie den Ausschlag auch noch im Gesicht und an den Fingern. Bei Margot, Du weißt es, heilt alles so langsam. Ich muss abwarten und beobachten, was weiter wird. Ich vermute, sie hat es sich von Schüllers geholt, deren Mädchen haben auch Ausschlag im Gesicht.

Nun sei vielmals recht herzlich gegrüßt
und geküsst von Deiner lieben Frau,
Margot und Mutter

Wir hoffen auf einen baldigen Urlaub für Dich. Wann der Krieg alle ist, wissen wir auch nicht. Da wird wohl noch eine geraume Zeit vergehn.

GEFREITER OTTO GASSE AN DIE EHEFRAU

D., den 11. 12. 1942

Am 7. Dezember werden mehr als 700 jugendliche »Edelweißpiraten« im Rheinland verhaftet, weil sie gegen die HJ opponierten.

Meine Lieben!
Ich wäre zu Weihnachten gern in Eurer Nähe, aber ich glaube nicht, dass ich von unserer Batterie fortkomme. Nun dürft Ihr nicht gleich denken, ich will nicht. Ich war sehr für die Wirtschaft und auch mit meiner Arbeit zufrieden. Es ging doch alles rund, bis ich eingezogen wurde, da war alles vorbei. Es werden Jahre vergehen, bis ich nach Hause komme und die Wirtschaft wieder soweit gebracht habe, wie ich sie einst hatte. Liebe Frau, wir wollen aber den Mut nicht sinken lassen. Erst muss einmal der Krieg vorüber sein, und ich komme gesund nach Hause. Das ist die Hauptsache.
Trotzdem, ich muss es immer wieder sagen, sind für mich die Kriegsjahre Erholungsjahre. Ich habe einen guten Posten. Zwar bekomme ich auch Befehle, aber ich bin doch mein eigner Herr. Die Ruhe, das gute Essen, dazu die vielen Pakete von Euch – das macht mich kräftig und dick. An Appetit und Schlaf fehlt es mir nicht, und abends mache ich mir immer einen Tiegel Bratkartoffeln extra.
Ich muss ja oft die Pferde wechseln, doch mit einem Unglück rechne ich nicht. Und wenn, so kann man ihm ohnehin nicht entgehen. Stellmacher Mitsch, Ihr wisst ja, hat sich auch wegen der Pferde sein Bein gebrochen.
Eben erhielt ich von Elfriede einen Brief. Ihr

Freund war auf Urlaub, da haben sie sich verlobt. Auf der Karte stand: Elfriede Gasse und Richard Bielmann, Unteroffizier, grüßen als Verlobte. Jessen/Schillerslage bei Hannover, 2.12.1942.
Da kann man mal sehen, wie die Jahre vergehen. Bald wird die Zeit kommen, dass auch unsere Margot so weit ist. Was macht ihre Krankheit? Ich wünsche ihr gute Besserung. Sie ist meine Zukunft.

Viele tausend Grüße und Küsse an Euch alle
von Eurem Euch vielliebenden Mann,
Vater und Sohn

SCHWESTER ERNA SPRINGER AN OTTO GASSE

Grabo, Sonntag Abend, den 13.12.1942

Lieber Bruder Otto!
Heute komme ich endlich dazu, Dir ein paar Zeilen zu schreiben. Oder bist Du mir recht böse, dass ich mich so lange nicht gemeldet habe? Die Arbeit will kein Ende nehmen. Heute früh habe ich Brot gebacken, am Nachmittag war ich in Rade bei Fraums. Sie hatten mir einen Zentner Weizen versprochen, als ich mir die Zuckerrüben holte. Aber es war diesmal eine Niete. Am Dienstag war ich in Herzberg beim Landrat, die Unterstützung von Werner wird immer wieder abgelehnt. Jetzt werde ich sehen, was kommt.
Lieber Bruder, Werner war vom 9.4. bis 25. September im Reichsarbeitsdienst. Am 15. Oktober ist er nach Weißenfels einberufen worden. Am 1. November war ich dort, die Freude war groß. Am 11. November war Gerhard noch mal bei Werner, und am 13. November sind sie nach Frankreich gekommen, in die Nähe von Reims. Jetzt ist er wieder weiter,

Am 5. Dezember hat der Reichsführer SS, Himmler, einen sogenannten Kriegsfahndungserlass verfügt. In den einzelnen Wehrkreisen sollen Fahndungstrupps gebildet werden, die Jagd machen sollen auf geflohene Zwangsarbeiter und Kriegsgefangene. Inzwischen flüchten monatlich etwa 20 000 Personen. Die Tendenz ist steigend.

Ein Rundschreiben Bormanns, des Leiters der Parteikanzlei, vom 18. Dezember registriert allgemeine Stimmungsverschlechterung bei der Bevölkerung. Die Parteistellen werden aufgefordert, jeden Zweifel am Sieg »mit massiven Mitteln zum Schweigen« zu bringen.

nach Südfrankreich ans Mittelmeer. Wenn der Krieg nicht bald ein Ende hat, ist Gerhard im Sommer beim RAD fällig. Jetzt sind die Kinder groß und doch keine Hilfe.
Uns geht es gesundheitlich gut, was wir auch von Dir hoffen. Ist zu Hause noch alles auf dem Posten? Bald ist wieder Weihnachten, und der Krieg geht weiter.

Auf ein gesundes Wiedersehen
Deine Schwester Erna und Gerhard

MINNA GASSE AN DEN EHEMANN

Naundorf, den 20. 12. 1942

Am oberen Don durchbricht die Rote Armee die deutschen Verteidigungsstellen und wirft die Wehrmachtseinheiten um mehrere hundert Kilometer zurück.

Lieber Mann und Vater!
Wir alle wünschen Dir ein frohes und gesundes Weihnachtsfest. Wir haben uns auch Gesundheit gewünscht, mehr konnte der Weihnachtsmann nicht bringen, es war nichts zu bekommen. Margot hofft ja auch, Weihnachten aufstehen zu können, aber ob es bis dahin etwas wird, weiß ich nicht. Die Drüsenschwellung ist noch nicht zurückgegangen. Bis Donnerstag hat sie gewürgt und geweint, da haben wir den Arzt gerufen. Sie fürchtete sich wegen des Schneidens, weil es doch wieder am Hals war. Dr. Weppner darf nicht mehr nach Naundorf kommen, weil jetzt jeder Arzt seinen Bezirk hat, deshalb mussten wir diesmal Dr. Schliep holen.
Gestern hat uns die weiße Kuh verlassen. Ich wollte sie bis Weihnachten eigentlich behalten, weil ich dachte, wenn Du auf Urlaub kommst, könntest Du sie mit der Kleinen zusammenspannen, weil sie besser geht als die Schwarze. Weil Du aber im letz-

ten Brief geschrieben hast, Du kriegst keinen Urlaub, habe ich sie eben verkauft. Ich kann so und so nicht anspannen.
Erich Richter ist jetzt Posten bei den Franzosen in Naundorf. Ahde und Vogel sind in Wittenberg und jeden Sonntag zu Hause. Enigks Fritz ist am 8.12. auch eingezogen worden, die haben dafür gleich einen Polen bekommen.

Viele herzliche Grüße und Küsse
von Deiner lieben Frau, Margot und Mutter

GEFREITER HERBERT UHLIG AN OTTO GASSE

29.12.1942

Lieber Otto!
Als Du gestern so schnell auf Urlaub fuhrst, habe ich es nicht mehr geschafft, Dich um etwas zu bitten. Wie Du weißt, fahre ich am 3. Januar in Heimaturlaub nach Leipzig. Ich hätte nun gerne etwas zu knabbern, wenn ich zu Hause bin, denn Dir ist sicher bekannt, dass es in Leipzig ganz besonders knapp ist.
Könntest Du Deine Frau und Mutter nicht mal darum bitten, ob sie mir nicht ein Huhn ablassen könnten, ich würde es gut bezahlen. Zu Hause feiere ich nämlich Weihnachten und Neujahr zusammen. Meine Frau hat noch den Weihnachtsbaum im Keller und macht Bescherung, sobald ich daheim bin. Nun fehlt uns noch ein richtiger Feiertagsbraten.
Wenn es also möglich ist, dann wäre ich Dir und Deiner Familie sehr verbunden. Ich will alles auch gut bezahlen. Vielleicht kann ich Dir und Deinen Lieben auch einmal einen Gefallen tun. Wenn Du

In Berlin beraten Propagandaminister Goebbels und der Leiter der Parteikanzlei, Bormann, über gesteigerte Kriegsanstrengungen der Heimatfront.

Die Zahl der Sondergerichte im Reich hat sich auf 74 erhöht.

Am 31. Dezember wird unter Goebbels ein interministerieller Ausschuss gegen Luftkriegsschäden gebildet, der über motorisierte Hilfszüge zur Versorgung und für Notreparaturen, Lazarett-Züge und Warenlager verfügen soll.

ein Huhn oder etwas Ähnliches hast, so sende es bitte an meine Frau

Frau Marte Uhlig
Leipzig o 5
Lüderitzstraße 43

Das Geld sendet Dir meine Frau, oder ich sende es umgehend an Deine Angehörigen per Post. Vom 3. bis 18. Januar befinde ich mich also im Urlaub in Leipzig. Sende bitte das Paket als Express, da geht es schneller. Alle Portoauslagen bekommst Du natürlich zurückvergütet.

Dir und Deiner Familie
wünsche ich zum Jahreswechsel
die herzlichsten Glückwünsche.
Mit Grüßen Dein Kamerad Herbert

SCHWAGER WERNER SPRINGER AN SEINE EHEFRAU ERNA, OTTO GASSES SCHWESTER

Im Westen, 30. 12. 1942

Liebe Mutter und Gerhard!
Heute komme ich endlich dazu, Euch ein paar Zeilen zu schreiben. Ich will es Euch gern glauben, dass Ihr auf Post gewartet habt. Aber, liebe Mutter, ich hatte keine Zeit zum Schreiben. Wir sind am 18. 12. von Mally le Camp abgefahren in den schönen Süden. Die Fahrt im Güterwagen hat zwei Tage gedauert. Am Fuß der Pyrenäen wurden wir ausgeladen, dann sind wir noch 60 Kilometer marschiert. Dabei holte ich mir zwei schöne Blasen. Aber die sind schon wieder weg. Dann lagen wir drei Tage im Cambo le Beies, sechs Kilometer von der spanischen Grenze. Die »Affen« waren auf den Wagen geblieben, so fiel das Schreiben ins Wasser. Zwei-

tens hatten wir weder Tisch noch Stuhl, nur einen Ballen feuchtes Stroh. Jetzt stecken wir schon wieder an der Mittelmeerküste zwischen Marseille und Toulouse. Die Quartiere sind hier auch nicht besser – kein Tisch und kein Stuhl. Aber, liebe Mutter, das macht nichts, es geht ja vielen Kameraden so. Immer nur den Kopf hoch.
Deine Pakete habe ich erhalten. Nun will ich schließen, denn mir tut der Arm weh, weil ich auf der Decke im Stroh liege und schreibe.

Es grüßt Euch Euer Werner

Am 10. Januar greifen sieben sowjetische Armeen mit 1 000 000 Soldaten in einer groß angelegten Gegenoffensive die deutschen Truppen in Stalingrad an.

Am 13. Januar unterzeichnet Hitler einen Geheimerlass, in dem es heißt, dass der »totale Krieg« Aufgaben stellt, deren Lösung von kriegsentscheidender Bedeutung ist. Ein Dreimännerausschuss – der Chef des OKW, Keitel, der Chef der Reichskanzlei, Lammers, und der Chef der Parteikanzlei, Bormann – erhält Sondervollmachten zur Durchführung der »Totalen Mobilisierung«. Um die schweren Verluste an der Ostfront auszugleichen, müssen 1,2 Millionen Männer einberufen und ihre Arbeitsplätze mit Frauen besetzt werden. Alle nichtkriegswichtigen Betriebe schließen.

SCHWESTER ERNA SPRINGER AN OTTO GASSE

Grabo, den 19. 1. 1943

Lieber Bruder Otto!
Vielen Dank für die schönen Weihnachts- und Neujahrsgrüße. Wie hast Du Weihnachten und Neujahr verlebt? Doch hoffentlich besser als ich. Ich hatte von Werner vom 30. 11. bis 6. 1. keine Post. Da kannst Du Dir ja meine Weihnachten und Neujahr vorstellen. Er ist in Frankreich am Mittelmeer. Was macht Deine Familie zu Hause? Ist alles auf dem Posten?
Am Sonnabend und Sonntag war der Tommy wieder hier, seit langer Zeit. Bei Euch wird er wohl häufiger erscheinen. Hans Frauendorf und Heini Pannicke sind zum RAD eingezogen, sie sind Jahrgang 1925. Dann wird auch Gerhard vom Jahrgang 1926 bald dran sein. Bei Martin Grahl und Gundula Behmann war am Sonntag Kriegstrauung. Wir sind alle noch gesund und munter, was wir auch von Dir, lieber Bruder, hoffen.

Es grüßt Dich vielmals
Deine Schwester Erna und Gerhard

GEFREITER OTTO GASSE AN DIE EHEFRAU

D., den 28. 1. 1943

Am 27. Januar tritt die »Verordnung über die Meldung von Männern und Frauen für Aufgaben der Reichsverteidigung« in Kraft. Nichtberufstätige Männer zwischen 16 und 65 Jahren sowie Frauen von 17 bis 45 Jahren (sofern sie kein schulpflichtiges Kind oder zwei oder mehr Kinder unter 14 Jahren haben) müssen sich nach Aufruf beim zuständigen Arbeitsamt melden. Die Anordnung zeitigt kein erhebliches Ergebnis.

Meine Lieben alle!
Gestern schon wollte ich mich für das Paket bedanken, aber der Tommy hatte es auf uns abgesehen. Kann Euch aber mitteilen, dass ich und die gesamte Batterie mit dem Schrecken davongekommen sind. Einige Baracken sind wie Kartenhäuser zusammengeknickt, unsere war auch dabei. Alles andere mündlich. Die Hauptsache: Ich lebe noch! Jetzt sitzen wir alle in einer anderen Baracke und sind beim Schreiben. Ob wir fertig schreiben können, wissen wir nicht, der Tommy kann wieder kommen. Auch wollen wir einmal richtig ausschlafen.
Vielen Dank für das Stück Butter, die große geräucherte Blutwurst und die zwei kleinen runden Würste. Ein kleines Stück Leberwurst konnte ich davon essen, alles andere hat der Wind fortgeblasen. War alles im Koffer. Na, ich werde es verschmerzen. Ich lebe ja noch.
Sollte ich nicht wiederkommen, so schütte ich Euch mein Herz vorher aus. Ich trage noch ein Geheimnis mit mir. In meinen jungen Jahren ging es mir wie Herings Bernhard, ich litt an der gleichen Krankheit, das Bettnässen. Meine Eltern taten nicht das Geringste dagegen. Nach meiner Schulentlassung kümmerte ich mich selbst um ein Gegenmittel, was nicht ganz nutzlos war. Ich war ja immer bei fremden Leuten. Aber keiner hat etwas gemerkt oder erfahren. In der Nacht vom 23. zum 24.1. wiederholte sich das Leiden. Und zwar wie immer im Traum. Aber wieder wollte es der liebe Gott, dass es keiner der zehn Männer, die in der Baracke schlafen, merkte. Wenn nur einer etwas

gesehen hätte, wäre ich als Bettnässer dagestanden und hätte mich schämen müssen. Wie es zuging, kann ich nur mündlich erzählen, es wird zuviel zum Schreiben.

Jetzt glaube ich, alles gebeichtet zu haben. Ich hoffe aber, dass Ihr es mir nicht vorwerft, wenn ich wieder nach Hause komme.

Mit vielen Grüßen und Küssen
auf ein gesundes Wiedersehen verbleibt
Euer lieber Mann, Vater und Sohn

Das Reichssicherheits-Hauptamt (RSHA) verlangt von den Abwehr-Beauftragten in den Betrieben verstärkte Spitzelwerbung zur »Bekämpfung der Staatsfeinde«.

In Stalingrad kapitulieren die letzten noch kämpfenden Verbände der 6. Armee. Von 330 000 Mann kommen 90 000 in Kriegsgefangenschaft. Viele sterben durch Hunger und Epidemien. Diese bisher schwerste deutsche Niederlage bringt die grundlegende Wende des Zweiten Weltkrieges.

MINNA GASSE AN DEN EHEMANN

Naundorf, den 2. 2. 1943

Lieber Mann und Vater!

Wie ich aus Deinem Schreiben sehe, ist es wieder böse zugegangen bei Euch. Wenn es doch immer so abginge, dass ihr mit dem Leben davonkommt. In Russland ist es ja noch schlimmer. Wenn Du nur nicht dahin musst!

Nach Deinem Brief war doch noch ein Angriff bei Euch, wir haben es im Radio gehört. Ich habe in dieser Nacht auch von Dir geträumt, das ist immer so, wenn Du in Gefahr bist. Dann warte ich auf den Wehrmachtsbericht und die Nachricht: Wieder Angriffe auf Westdeutschland.

Du schreibst von Deinem Fehler. Da gib nur acht, dass es nicht öfter vorkommt, sonst musst Du Dich doch schämen. Das liegt an der Blase, Du darfst nicht kalt trinken. Vielleicht kannst Du Dir auch mal was aus einer Apotheke holen, wenn es sich wiederholen sollte.

Ich habe mich sehr geärgert, dass ich Dir kein Päckchen mehr geschickt habe. Ich wollte am Montag

Ein Bericht des SD registriert die »allgemeine Auffassung« der Bevölkerung, Stalingrad sei der »Wendepunkt des Krieges« bzw. der »Anfang vom Ende«.

Am 15. Februar beginnt man mit der Einziehung von 42 000 Oberschülern der Jahrgänge 1926/27 zur Heimat-Flak.

eins einpacken, aber am Sonntag sagten sie im Radio: »Es dürfen bis zum 21. März keine Feldpostpäckchen geschickt werden. Auch mit Zulassungsmarken werden sie nicht befördert.« Wenn ich das gewusst hätte, hätte ich vorher eins geschickt. Sei mir bitte nicht böse.
Habt Ihr auch Urlaubssperre, oder ist das nur im Osten? Müller Paul ist jetzt hier auf Urlaub, er war auch nach der Ernte hier. Und Ernst Thieme hat auch Kriegstrauung gehabt mit einer Fremden, die soll von dort sein, wo er im Arbeitsdienst gewesen ist. Der ist auf Urlaub hier und war auch schon in der Ernte da.
Ich will nun schließen, es hat eben zehn geschlagen. Es sind auch schon wieder drei Flieger vorbeigeflogen, was für welche, weiß ich nicht. Ich will hoffen und wünschen, dass wir alle gesund bleiben, Du so gut wie wir.

Sei vielmals herzlich
gegrüßt und geküsst von Deiner lieben Frau,
Margot und Mutter

GEFREITER OTTO GASSE AN DIE EHEFRAU

D., den 14. 2. 1943

Meine Lieben!
Wieder ist ein Sonntagnachmittag heran, und ich spreche mit Euch durch diesen Brief. Am vorigen Sonntag hatte ich zwölf Stunden Ausgang. Da war großer Andrang vor den Kinos. Wegen dem Verlust der 6. Armee waren doch alle Veranstaltungen an den Tagen zuvor verboten gewesen. Das wurde von den Einwohnern von D. am Sonntag, dem 7.2., alles nachgeholt.

Jetzt sitze ich nach dem Mittagessen ganz allein in unserer alten wiederhergestellten Baracke am Tisch und schreibe. Abends ist das fast unmöglich. Wann nur werden die Einflüge endlich nachlassen? Ich freue mich schon sehr auf den nächsten Urlaub. Wie ich hörte, sind alle, die etwas Landwirtschaft haben, um vier Wochen zurückgestellt worden. Sie befürchten wohl, wenn sie uns jetzt fahren ließen, dass wir dann zur Frühjahrsbestellung mit Arbeitsgesuchen schon wieder fahren würden. Na, ich rechne auf März.
Morgen bekommen wir Verstärkung durch die Hitlerjugend. Mein Auge ist wieder besser, bin heute schon ohne Binde Bier holen gefahren. Muss am Dienstag aber noch einmal zum Arzt, der wird mich dienstfähig schreiben. Er dürfte auch wissen, dass ich weiter gearbeitet habe.
Ich schrieb damals von dem Obergefr. Haugk. Er ist nicht mehr bei uns, wurde versetzt. Auch mein Kamerad Pferd, die alte gute Lani, muss ich abgeben. Ihr wisst ja, wenn man sich an ein Tier gewöhnt hat, gibt man es ungern ab. Den Fuchs soll ich auch abgeben. Darüber bin ich nicht traurig. Der kostet die Abteilung alle Tage acht Mark, weil er ein Privatpferd ist. Was aus dem wird, weiß ich nicht. Vielleicht bekomme ich wieder so einen dreckig-verhungerten Gaul.
Der letzte Bombenangriff hat bei Stelzmanns zwar kein Menschenleben gekostet, aber ein paar fette Schweine sind draufgegangen. Eine Brandbombe hat einer Kuh das Rückgrat durchschlagen und zweien das Euter unterm Bauch verbrannt. Ich weiß auch nicht alles, aber der Kantinenwirt kommt oft nach Zons, und der hat davon erzählt.
Emma ihren Brief lege ich bei und einige Bilder, die sind bei unserer Weihnachtsfeier gemacht worden.

*Am 18. Februar verkündet Goebbels im Berliner Sportpalast den totalen Krieg und »drakonische Strafen« für alle, die nicht vorbehaltlos und willenlos dem Führer folgen.
Am gleichen Tag fallen in München Hans und Sophie Scholl, Prof. Kurt Huber und Christoph Probst bei einer Flugblattaktion der Gestapo in die Hände.*

Es sind für Euch alles unbekannte Gesichter, bis auf eins. Für mich sind es alles bekannte Kameraden.

Viele tausend Grüße und Küsse
an Euch von Eurem liebenden Mann,
Vater und Sohn.
Gruß an Mutter

MARGOT GASSE AN DEN VATER

Naundorf, 14. 2. 1943

Am 22. Februar werden Sophie und Hans Scholl sowie Christoph Probst als Mitglieder der Widerstandsgruppe »Weiße Rose« hingerichtet.

Am 27. Februar protestieren Frauen in der Berliner Rosenstraße gegen die Deportation von Juden.

Lieber Vater!
Nun will ich Dir heute auch wieder mal einen Brief schreiben. Lieber Vater, wir haben jetzt unsere Zeugnisse bekommen, da habe ich ja nun keins von den Besten gehabt. In den meisten Fächern gab es »Befriedigend« und zweimal »Ausreichend«. »Gut« habe ich nur in Betragen und Fleiß. Ich gebe mir doch keine Mühe.
Lieber Vater, ich bin auch schon wieder zwei Tage krank gewesen, morgen will ich wieder in die Schule gehen. Komme bald nach Hause.

Viele herzliche Grüße und Küsse
von Deiner lieben Tochter Margot

Lieber Mann und Vater!
Ich schreibe gleich auf Margots Brief weiter. Was ist mit Deinem Auge, ist es schon wieder besser? Sieh Dich vor, dass Du nicht so viel Zugluft kriegst, die Augen sind doch die hauptsächlichsten Organe. Auch Margot war, wie Du inzwischen weißt, wieder mal krank. Sie hatte starken Husten und klagte über Hals- und Brustschmerzen. Der Husten ist zwar noch nicht weg, sie will aber

trotzdem morgen wieder in die Schule gehen, sie verpasst ja sonst soviel.
Lieber Otto, Du schreibst davon, dass ihr von dort wegkommen werdet. Hoffentlich nicht nach Russland! Denn da ist es sicher noch viel schlechter als bei Euch. In Stalingrad sind viele aus der hiesigen Gegend, keiner aber weiß, ob sie verwundet oder gefallen sind. Wittens Großer und einer von Kaisers aus der Kolonie sind auch dort. Die Eltern haben aber noch keinen Bescheid.

Sei vielmals herzlich gegrüßt und geküsst
von Deiner lieben Frau,
Margot und Mutter

Die Gestapo weist an, dass Funktionäre der KPD und der SPD, die sich in Strafvollzugsanstalten der Justiz befinden, in Konzentrationslager zu überführen sind.

GEFREITER OTTO GASSE AN DIE EHEFRAU

Geschrieben, den 30. 3. 1943

Meine Lieben!
Es geht alles vorüber, es geht alles vorbei: die Zeit vorm Urlaub, die schönen Urlaubstage und der erste Tag danach. Ich will von meiner Bahnfahrt berichten.
Gegen ½ 12 Uhr bin ich in Wittenberg angekommen. Meine Schwester Ella habe ich auf dem Bahnhof nicht getroffen. Der Bahnsteig, von dem ich nach Leipzig weiterreisen wollte, war sehr leer. Wartete dort zunächst eine Stunde auf den Zug, wurde dann sehr ungeduldig und ging zur Bahnhofsauskunft. Dort sagte man, es führe kein Zug über Bitterfeld nach Leipzig, ich müsste nach Dessau fahren. Kurz vor drei Uhr fuhr ein Zug nach Dessau, wo ich um vier ankam. In Dessau wartete ich wieder zwei Stunden, um sechs stieg ich in den Zug nach Leipzig. Zehn Minuten vor acht lief der

Zwei Attentatversuche auf Hitler scheitern: Eine am 13. März im Hauptquartier der HGr. Mitte in Hitlers Flugzeug eingeschleuste Zeitbombe versagt, und am 21. März missglückt im Zeughaus in Berlin ein Sprengstoffanschlag. Initiatoren der beiden Aktionen sind von Tresckow, von Schlabrendorff und von Gersdorff.

Zug im Leipziger Hauptbahnhof ein. Ich ging gleich zum Bahnsteig, wo mein Fronturlauberzug ¾ 9 Uhr abfahren sollte. Er wurde in Leipzig eingesetzt und stand schon bereit. Bis zur Abfahrt war noch eine Stunde Zeit, so konnte ich mir einen guten Platz sichern. Der Zug fuhr die ganze Nacht hindurch trotz Zeitumstellung. Kam um 6 Uhr in Düsseldorf an und meldete mich kurz nach 7 Uhr in der Stellung zurück.

Heute habe ich ein Schweinchen zum Füttern bekommen. Es wiegt 50 kg. Weil ich den Schafstall zum Schweinestall umbaute, brauchte ich heute nicht anzuspannen.

Der Uhlig ist auch wieder von seinem Arbeitsurlaub in der Samenhandlung zurück. Eine Frage: Habt Ihr für dieses Jahr Rübensamen? Wenn Ihr welchen braucht oder irgendeinen anderen Samen für Garten und Feld, dann schreibt es mir sofort und wie viel. Der Kamerad Uhlig besorgt alles für ein altes Huhn.

Nochmals viele herzliche Grüße und Küsse
an Euch alle von Eurem Euch
vielliebenden Mann, Vater und Sohn

Nochmals vielen Dank für die wertvollen Esswaren.

SCHWESTER ELLA RÖDER AN OTTO GASSE

Wittenberg, den 4. 4. 1943

Lieber Bruder Otto!
Deine lieben Zeilen haben wir heute erhalten, habe recht schönen Dank dafür, haben uns gefreut, dass Du so schnell geschrieben hast. Ja, es war nicht schön, dass wir uns nicht getroffen haben. Wir haben uns sehr geärgert, als uns die junge Frau die Grüße ausrichtete von Dir. Nun pass auf, Otto.
Wir haben uns nach den Leipziger Zügen erkundigt, und uns wurde gesagt, 1 Uhr fährt einer und der nächste ½ 5 Uhr. Der wäre für Dich zu spät gewesen wegen des Anschlusses in Leipzig. Also haben wir Dir geschrieben, Du sollst, um den Zug um 1 Uhr zu nehmen, mit dem ¾ 9 Uhr nach Wittenberg kommen. Wir waren halb neun da, aber wer nicht da war, war der Gefr. Gasse. Zu unserem Erstaunen herrschte ein furchtbares Durcheinander auf dem Bahnhof. Die Züge von Berlin nach Bitterfeld/Leipzig hielten, und alle mussten umsteigen. An den Schaltern standen lange Schlangen. Wir haben alle abgesucht, sind auch durch die Züge gegangen und die Wartesäle. Wir hatten sogar ein Fahrrad mitgebracht, damit Du nicht laufen solltest. Als Erklärung wurde angegeben, dass die Strecke nach Leipzig von den Fliegern etwas bombardiert worden sei. Da waren wir beruhigt und sagten uns, Otto ist sicherlich über Falkenberg gefahren. Deshalb waren wir am Nachmittag nicht da.
Nun freuen wir uns, dass Du heil und gesund in der Stellung angekommen bist und dass Du Deinen Dienst voll aufnehmen kannst. Vielleicht klappt es im nächsten Urlaub mit einem Treffen, denn

Anfang April beginnen die amerikanischen »Fliegenden Festungen« ihre Tagesangriffe auf Ziele in Deutschland. Sie werden von Langstreckenjägern begleitet. Die deutsche Luftwaffe erleidet bei der Abwehr größere Verluste als die Angreifer.

Zur gleichen Zeit erfolgt die Umquartierung der Bevölkerung aus Luftkriegs-Gebieten. Von der staatlichen Zwangsmaßnahme werden etwa zehn Millionen »unproduktive« Großstädter betroffen.

Seit dem 19. April setzen sich im Warschauer Ghetto jüdische Bürger verzweifelt zur Wehr, nachdem Himmler seine Liquidierung und die Deportation der mehr als 600 000 Bewohner in Vernichtungslager angewiesen hat. Bis zum 16. Juni schlagen SS-, Polizei- und Wehrmachtverbände den Aufstand blutig nieder. 56 000 Menschen sterben, die Überlebenden kommen nach Auschwitz.

Richard will Dich zu gerne einmal hier haben. Schreib uns vorher aber Bescheid. Der Krieg dauert ja doch noch eine Zeit, ein Ende sieht man noch lange nicht. Hier sind auch wieder sehr viele eingezogen worden. Richard muss auch viel Dienst schieben. Montag von früh 6 Uhr bis Dienstag 5 Uhr Nachmittag Brandwache, dann muss er noch seine Arbeit tun, dazu noch allerlei Posten und Ehrenämter bekleiden. Es ist mitunter nicht mehr schön, mit einem Wort besch---

Es ist eben Krieg, total Krieg und wird noch totaler werden.

War heute mit Richard zum Tag der Wehrmacht in der Kaserne zum Eintopfessen, war sehr schön. Und jetzt, am Abend, sitze ich an der Post, und er ist gegangen, um die Sammlung abzurechnen.

Nun alles Gute,
verbunden mit den besten Grüßen
sendet Dir Deine Schwester Ella
nebst Richard und Wolfgang

MINNA GASSE AN DEN EHEMANN

Naundorf, den 20. 4. 1943

Lieber Mann und Vater!

Ich denke doch, Du wirst den Brief erhalten haben, worin ich Dir schrieb, dass ich die Rübenkerne bekommen habe. Am Sonnabend habe ich zwei Päckchen für Dich abgeschickt. Hoffentlich bekommst Du sie bald. An Uhlig habe ich am Sonnabend auch ein Paket abgeschickt. Wie ich aus Deinem Brief ersehe, ist er auf Urlaub. Da wird er also noch etwas von haben. Ich habe Folgendes geschickt, und dafür muss er Dich bezahlen:

Wir haben eine Wurst vom Fleischer geholt

und eingepackt, die kostet	2,05 M
3 Pfund Weizenmehl	0,70 M
10 Stück Eier	1,50 M
1 Stück Butter	0,80 M
den Karton haben wir bei Müllers geholt	0,20 M
Porto	0,45 M
	5,70 M

Aus einem SD-Bericht vom 20. Mai: »Ein großer Teil der Volksgenossen hätte eine derartige Wendung in der Lebensmittelversorgung vor allem deshalb für unmöglich gehalten, weil es nach den Worten des Reichsmarschalls (Göring – F. S.) mit der deutschen Ernährung nur noch besser, aber nicht mehr schlechter werden könnte. Vielfach werde die Kürzung mit den militärischen Rückschlägen im Osten in Verbindung gebracht, wobei verschiedentlich der Meinung Ausdruck gegeben werde, dass weitere Rationskürzungen folgen würden.«

Nun weißt Du, was das Paket wert ist. Du wirst ja sehen, was er sagt.
Du schreibst, wir sollen nicht immer Quark essen. Wir müssen tagtäglich früh und abends Quark essen, denn die Butter reicht nicht, und Fett haben wir in diesem Jahr nicht.
Lachen Dich die anderen nicht aus, wenn Du mit Deinem Schwein wie mit einem Hund umhergehst? Und ein Rat: Haferkerne verdaut kein Schwein. Sie haben keinen Wert, wenn sie nicht geschrotet sind. Das ist bei allen Kernen so. In diesem Jahr werde ich auch rote Rüben säen. Wollen hoffen, dass alles wieder wächst. Die Gerste ist besser aufgegangen als ich dachte. Bis auf eine Reihe an der Straße, wo die Furche bis zur Hälfte zugeschleppt war, ist alles aufgegangen. Die wird wohl etwas tief liegen. Eine Reihe ist auch nicht aufgegangen, die habe ich nachgelegt. Der Hafer ist auch gut aufgegangen.

Viele Grüße und Küsse
von Deiner lieben Frau,
Margot und Mutter

MINNA GASSE AN DEN EHEMANN

Naundorf, 24. 4. 1943

Lieber Mann und Vater!
Wir alle gratulieren Dir zu Deiner Beförderung und wünschen Dir weiterhin Glück und Gesundheit, dass Dir als Obergefreiten nichts passiert und Du gesund aus dem Krieg zurückkommst.
Du schreibst von Geld, dass auf die Kasse geschickt wird. Ist das für immer oder einmalig? Geht es nach Annaburg auf die Stadtsparkasse und Girokasse oder auf die Post nach Naundorf? Ich möchte da erst mal mit Voigts Waldemar reden, wie das bei den anderen Frauen ist.
Beim Rübendrillen haben wir uns wieder mal geärgert. Da sind wir die letzten, die anderen haben schon vorige Woche gesät. Springer hat erst seins fertig gemacht, dann die Kartoffeln gelegt, nun endlich sind heute Nachmittag auch unsere Rüben reingekommen.

Nun sei vielmals herzlich gegrüßt
und geküsst von Deiner lieben Frau,
Margot und Mutter

MARGOT GASSE AN DEN VATER

Naundorf, 7.5.1943

Lieber Vater!
Deinen lieben Brief habe ich erhalten und freue mich schon auf Dein schönes Paket. Nun werde ich Dir meine Arbeit beschreiben. Am 1. Mai habe ich fleißig Kartoffeln gelegt. Am 3. Mai ging wieder die Schule los, das ist eine schlechte Zeit für mich. Das Lernen fällt mir sehr schwer. Aber trotzdem gehe ich gerne zur Schule, da bin ich unter Kindern. Lieber Vater, wann wirst Du wieder nach Hause kommen? Die Zeit wird mir sehr lang. Die Hauptsache, wir bleiben gesund.
Lieber Vater, ich will nun aufhören, ich habe keine Lust mehr.

Viele herzlich Grüße und Küsse von
Deiner lieben Tochter Margot

Bei der zweiten Sondereinziehungsaktion im Mai 1943 werden weitere 78000 Facharbeiter in den Krieg geschickt. Die Zahl der Einberufenen in Deutschland entwickelt sich so:
1939 – 1400000
1940 – 5700000
1941 – 7400000
1942 – 9400000
1943 – 11200000
1944 – 13000000

Lieber Mann und Vater!
Nun hat Margot in zwei Tagen diesen Brief mit Ach und Krach fertiggekriegt. Die hat doch keine Lust zum Schreiben. Auch bei ihren Schularbeiten macht sie es so.
In Deinem letzten Brief schreibst Du, Du hättest Kriegsbesoldung eingereicht. Wir werden ja sehen, was bei rausspringt. Ich bin neugierig, ob ich etwas mehr erhalten werde, falls ja, werde ich es Dir schreiben.
Was ich bis jetzt gekriegt habe, war immer auf und alle, ich habe noch kein Geld in den Fingern gehabt. Du weißt doch, wie oft wir uns schon über das Geld gezankt haben, obwohl ich keinen Pfennig unnütz ausgebe. Wir wollen uns jetzt nicht streiten, es gibt sowieso nichts zu kaufen fürs Geld. Und wie es nach dem Krieg wird – da ist noch viel Zeit hin.

Mit Deinem Wunsch nach einer Badewanne wirst Du noch bis nach dem Krieg warten müssen. Eher ist nichts zu machen. Bleib nur gesund und komm gesund wieder, dann werden wir ja sehen, wie die Zeiten sind. Will nun aufhören, es ist halb elf, um fünf ist die Nacht vorbei.

Sei vielmals herzlich gegrüßt
und geküsst von Deiner lieben Frau,
Margot und Mutter

SCHWESTER ELLA RÖDER AN OTTO GASSE

Wittenberg, den 9. 5. 1943

Die Blockade Leningrads begann am 8. September 1941.

Lieber Bruder Otto!
Ich denke oft an Dich, besonders wenn es in den Nachrichten heißt, die Grenzen sind wieder bombardiert worden. Ach, wenn es doch nur erst ein Ende hätte. Unser Großer ist nun auch schon seit dem 5.3. im Osten (Leningrad), und der zweite ist in Südfrankreich. Auch Richard hat jetzt viel Dienst, jeden 7. Tag hat er Brandwache in seinem Büro bei der WASAG, jeden Dienstag und Freitag N. S. V.-Dienst 2–3 Stunden. Wenn Sammeltag ist, muss er die Abzeichen und Büchsen ausgeben, am nächsten Tag das Geld entgegennehmen und zählen, einrollen und abliefern, und außerdem noch Polizeistreife machen. Ja, lieber Otto, das ist alles Ehrenpflicht, ich sage aber immer, es ist besser als im Schützengraben zu liegen. Es ist eben Krieg, und man muss alles mitmachen. Ich bin auch frei von der Fabrik, muss aber in der Landwirtschaft helfen. Bin ganz zufrieden damit. Das Vieh besorgen und den Garten, da hat man seine Beschäftigung.

Der Gruß, den Du der Briefträgerin bestellt hast, hat uns erreicht. Hast aber auch nicht lange Aufenthalt in Wittenberg gehabt. Vielleicht passt es im kommenden Urlaub besser.

Nun alles Gute
und ein baldiges und gesundes Wiedersehen,
verbunden mit den besten Grüßen
Deine liebe Schwester Ella
nebst Richard und Wolfgang

OBERGEFREITER OTTO GASSE AN DIE TOCHTER

D., den 12. 5. 1943

Meine liebe Tochter Margot!
Zu meiner größten Freude erhielt ich heute Deinen lieben Brief. Ich war ganz erstaunt, als ich den Absender las. Ja, liebe Margot, wenn Du weiter so fleißig schreibst, dann bist und bleibst Du meine Beste. Habe heute für Dich wieder eine Flasche Wermutwein gekauft. Eine Flasche Sekt kann ich auch noch kaufen. Alles für Dich. Wenn Du willst, kannst Du Deiner lieben Mutter und der Großmutter was abgeben. Ich würde ja alles am liebsten nach Hause schicken, aber ich habe Angst, dass es Bruch gibt. Gedulde Dich also. Noch sechs Wochen, dann kann ich von Urlaub sprechen. In der Zwischenzeit werde ich noch ein paar Flaschen Traubensaft besorgen. Wenn es zum Tragen zu schwer ist, dann kommst Du mit dem Wagen zum Bahnhof, um mich abzuholen.
Liebe Margot, bete nur, dass der Tommy bei uns nicht alles kaputt wirft, sonst ist es mit aller Freude aus. Ich freue mich, dass Du so fleißig bist, der

Mutter auf dem Felde hilfst und oft auf den Friedhof zum Gießen gehst. Hast Du denn eine kleine Gießkanne? Musst Du das Wasser von weit holen, oder steht eine Pumpe auf dem Friedhof?
Heute war bei uns sehr schönes Wetter, da wird bei Euch auch schönes Wetter gewesen sein. Dann wirst Du bald barfuß laufen können. Ich muss den ganzen Tag die Stiefel tragen.
Am Dienstag war bei uns Besichtigung. Das ist gerade so, als wenn in Eure Schule der Schulinspektor kommt. Da gab es vorher viel Arbeit, alles musste pieksauber sein – meine Pferde und der Schweinestall ebenfalls. Die Besichtigung fiel sehr gut aus. Deshalb war für alle am Nachmittag dienstfrei, ich aber musste Verpflegung und Wein holen. Von Mittag bis 19 Uhr war ich unterwegs. Das ist meine Arbeit und mein Dienst.
Die Kameraden wollen alle essen und trinken. Dagegen war für mich heute ein schöner Tag. Früh habe ich Bier geholt, dann war Kino in der Stellung, und danach habe ich mein Vieh gefüttert. Deshalb kann ich Dir jetzt schreiben. Einen Brief habe ich bereits an Tante Ella geschrieben. Jetzt ist es zehn Uhr, und ich will aufhören. Lege für Dich, liebe Margot, und für Muttern eine Karte bei.

Viele Grüße und Küsse an Dich,
liebe Margot, und
an Deine liebe Mutter und Oma
von Deinem lieben Vater

Liebe Mutti, auch für Dein Schreiben vielen Dank. Für mein letztes Stück Wurst habe ich noch ein Paar Fingerhandschuhe bekommen.

Viele Küsse von Deinem lieben Mann

SCHWESTER ELLA RÖDER AN OTTO GASSE

Grabo, den 13. 5. 1943

In Tunesien kapitulieren am 13. Mai die Achsenstreitkräfte. Mit der Gefangennahme von 252 000 Deutschen und Italienern sind die Kämpfe in Nordafrika beendet.

Lieber Bruder Otto!
Meinen herzlichsten Glückwunsch zur Beförderung, ich wünsche, dass Du bald Unteroffizier wirst. Aber noch besser, es wäre der böse Krieg vorbei.
Gerhard ist am Dienstag von der HJ aus nach Naumburg gekommen, da lernen sie Motorradfahren und alle Teile von Motoren. Und den Führerschein 4 machen sie auch, damit sie, wenn sie zur Wehrmacht kommen, gleich so eine Karre in die Hand bekommen. Sind die Kinder erst konfirmiert, haben die Mütter nichts mehr zu sagen.
Werner schrieb mir, dass er Ostern von früh ½ 7 Uhr bis abends ½ 8 Uhr ohne Mittagspause Bunker gebaut hat, und so ging es jetzt immer. Er freut sich schon auf Urlaub, aber bei ihnen ist schon wieder Urlaubssperre.
Ich bin heute bei der Wäsche. Kartoffeln haben wir fertig. Das Getreide sieht gut aus.

Mit besten Grüßen
Deine Schwester Ella

MARGOT GASSE AN DEN VATER

Naundorf, den 30.5.1943

Am 24. Mai lässt Großadmiral Karl Dönitz aufgrund hoher Verluste den U-Boot-Krieg im Nordatlantik vorläufig abbrechen.

Lieber Vater!
Ich habe Deinen lieben Brief erhalten. Ich habe daraus ersehen, dass ich das Datum vergessen habe, nun will ich es aber heute mitschreiben.
Heute ist Sonntag und schönes Wetter. Ich habe das Sommerkleid an. In der Woche war es nicht so warm. Lieber Vater, ich hoffe doch, dass Du zur Ernte auf Urlaub kommen kannst. Ich will aufhören, habe heute keine Lust zum Schreiben.

Viele Grüße
Deine Margot.

Lieber Mann und Vater!
Eben habe ich Margot beim Briefschreiben geholfen. Sie ist fertig bis auf den Gruß, auf einmal sagt sie, das kannst du machen, und läuft auf die Straße.
Deinen Brief vom vorigen Sonntag habe ich erhalten. Wie ich sehe, denkst Du über die Brandursache anders, als es dargestellt wird. Ich werde Dir schreiben, was ich denke. Bei Richters hat der Reighaufen zu brennen angefangen, das hat man erst gesehen, als die Flammen übers Scheunendach geschlagen sind. Wegen der Trockenheit fing diese gleich Feuer. Und ehe die Naundorfer ihre Motorspritze in Gang kriegten, verging eine Weile. Das ganze Dorf hätte abbrennen können. Jetzt aber ist die Frage, wie das Reisig sich entzündet hat. Die Richtern hat an diesem Tag Brot gebacken. Zum Brotbacken braucht man eine Krücke und eine Stange mit einem Strohwisch dran. Diesen Wisch hat sie das Polenmädchen wegtragen lassen zum Haufen. So also ist das Feuer entstanden – durch Fahrlässigkeit. (Du weißt, bei uns

bleiben die Sachen ein paar Tage auf dem Hof liegen, bevor wir sie in die Scheune bringen. Manchmal glimmt es ja doch.)
Wie immer wird es auch hier anderen in die Schuhe geschoben. So hat man zunächst den Verdacht auf den Franzosen gelenkt. Die Polizei hat ihn noch am selben Tage mitgenommen, weil er Zigaretten geraucht haben soll. Zur Zeit der Brandentstehung aber war er bei Müllers, so mussten sie ihn am anderen Tag wieder zurückbringen. Er arbeitet wieder, alles geht seinen Gang. Die Leute haben bei Richters die Mauern von der abgebrannten Scheune umgestoßen, da kriegt sie noch mehr von der Versicherung. Ich lege Dir die Zeitungsausschnitte vom Brand bei. Wir wollen trotzdem hoffen, dass bei uns nicht so etwas passiert. Und auch bei Vehsens soll es nicht brennen.
Lieber Otto, Du fragst in Deinem Brief, ob ich die drei Stück Vieh weiter halten will. Das lässt sich noch nicht sagen, da müssen wir bis zum Herbst warten und sehen, wie alles wird. Wegen des Futters habe ich bis jetzt keine Angst, nur muss ich sehen, ob ich die Kühe tragend kriege. Mit der Kleinen sind wir schon dreimal beim Bullen gewesen.
Diese Nacht ist es wohl bei Euch laut hergegangen. 57 Abschüsse gab der Wehrmachtsbericht bekannt.

Sei vielmals herzlich gegrüßt
von Deiner lieben Frau,
Margot und Mutter

Am 31. Mai wird die wöchentliche Fleischration von 350 Gramm um 100 Gramm reduziert.

OBERGEFREITER OTTO GASSE AN DIE EHEFRAU

D., den 6. 6. 1943

In Berlin gibt das Propaganda-Ministerium den Durchhalte-Film »Kolberg« in Auftrag. Wegen der zunehmenden Lebensmittelverknappung steigen Tausch- und Schwarzhandel sprunghaft an, die Stadtbevölkerung beginnt massenweise »Hamsterfahrten« auf das Land.

Meine Lieben!
Heute erhielt ich mit großer Freude zwei Briefe. Einer kam von der Unterkunfts- und Kassenstelle der Luftwaffe Leipzig, Abt. Gebührnisstelle, der andere von Dir, liebe Frau, vom 3. 6. 43.
Hast Du auch etwas von dem Geld erfahren? Laut Abrechnungszettel bekommst Du jetzt 124 Mark. Ich werde am besten den Brief beilegen, damit Du selber lesen kannst. Aber gut aufbewahren! Ich freue mich, dass Du mehr bekommst, schreibe mir Deine Meinung.
Auch freue ich mich, dass die Flaschen gut angekommen sind. Der Obergefr. Herden hat auch zwei Flaschen nach Hause geschickt, aber eine ist unterwegs kaputtgegangen. Wenn ich wieder so einen Karton kriege, schicke ich die nächsten zwei Flaschen. Wenn Ihr die Sektflasche öffnet, trinkt ihn abends, denn danach kann man gut schlafen.
Heute Nachmittag ist in unserer Kantine Varieté. Erst wollte ich 12 Stunden ausgehen, aber wenn ich ausgehe, komme ich nicht zum Schreiben. Deshalb bin ich hiergeblieben. Der Tommy ist auf Urlaub, er kommt nicht mehr so oft. Es wäre besser, der Krieg wäre ganz vorbei. Aber nach Dr. Goebbels Rede gestern Abend im Radio werden wir auch noch im nächsten Jahr Krieg haben. Ich will jetzt schließen, dass ich rechtzeitig zum Varieté komme.
Wünsche Euch allen beste Gesundheit.
Mir geht es gut, ebenfalls meinem Vieh.

Viele tausend herzliche Grüße und Küsse
von Eurem Euch liebenden Mann und Vater.
Viele Grüße an Mutter

Lege den Paketabschnitt bei. Ich hatte für das Paket mit den beiden Flaschen einen Wert von hundert Mark angegeben.

OBERGEFREITER OTTO GASSE
AN DIE EHEFRAU

D., den 7. 6. 1943

Meine Lieben!
Ehe ich es vergesse, sende ich hierdurch viele herzliche Pfingstgrüße. Schicke Euch das zweite Paket. War heute in der Wäscherei und bekam diesen großen Karton.
Sekt gibt es nicht alle Tage zu kaufen. Mit der zweiten Flasche könnt Ihr ein wenig sparsam umgehen. In meinem ganzen Leben habe ich erst einmal ein Glas voll in der Stellung getrunken. Seid also so gut und hebt bis zu meinem Ernteurlaub ein Glas auf. In der anderen Flasche ist süßer Saft, er muss mit Wasser verdünnt werden. Auf ein Glas Wasser ein Schnapsglas voll Saft, und schon ist ein Erfrischungs-Getränk fertig. Ihr könnt es ja selbst abschmecken. Genügt eins nicht, gebt noch ein bisschen zu. Auch diesen Saft gibt es nicht oft bei uns.
Dann habe ich heute zwei Paar Holzpantoffeln gekauft – für Margot und für mich. Aber wenn Du, liebe Frau, sie im Stall anziehen willst, habe ich nichts dagegen. Die Handschuhe habe ich für mich organisiert. Die kann ich nach dem Kriege gebrauchen. In meinem Zigarren-Etui liegt ein Päckchen Puddingpulver, ich schicke es, weil wir hier keine Zigarren mehr zu kaufen bekommen. Deshalb werden auch mehr Zigaretten geraucht.

In einem Geheimbericht der SD vom 8. Juli 1943 wird von »gefährlichen Auflockerungserscheinungen« Mitteilung gemacht. Als am 12. 4. 1943 ein Hauptmann der Wehrmacht einen Flaksoldaten in Dortmund-Hörde wegen schlechten Grüßens anhielt, um die Personalien festzustellen, stellte sich heraus, dass der Soldat desertiert war. »Umstehende Volksgenossen wurden aber des Vorfalls gewahr. Es sammelte sich eine 300-400 köpfige Menschenmenge an, die ... eine so drohende Haltung annahm, dass der Offizier regelrecht in die Straßenbahn flüchten musste. Aus der Menge kamen erregte Rufe wie ›Gebt uns unsere Jungen, gebt uns unsere Männer wieder!‹«

Das seht Ihr an den vielen Schachteln, die ich beilege mit etwas Süßigkeit für Euch alle. Und den Rest werft in den Backofen.

Viele Tausend Grüße und Küsse
von Eurem Euch
liebenden unvergesslichen Mann und Vater.
Herzliche Grüße an Muttern

OBERGEFREITER OTTO GASSE AN DIE EHEFRAU

D., den 17. 6. 1943

Meine Lieben!
Am Mittwoch, dem 9. 6., kam kurz vor Mittag Bescheid, dass die Batterie den Stellungswechsel vorbereiten soll. Voraussichtlich Freitag oder Sonnabend. Es ging schneller. Am Donnerstagabend um neun Uhr hieß es »Fertigmachen zum Stellungswechsel, um zehn Uhr rückt die Batterie ab«. Ihr könnt Euch ja denken, dass keiner von uns gern die Stellung verlassen hat. Vor allem deshalb nicht, weil wir mit Aufbau und Ansäen fertig waren. Was hat das alles für Arbeit gekostet! Das kann nur der ermessen, der mit dabei geholfen hat. Auch unser Chef war sehr erbost darüber, aber er wurde von seinem Vorgesetzten damit getröstet, dass in acht Wochen die Batterie in ihre alte Stellung zurückkehren würde.
Alles ist abgerückt – bis auf den Gärtner, der unser Gemüse in Ordnung halten soll, und mich, der für das Vieh sorgt.
Heute ist Pfingstmontag, und ich habe nichts zu fahren. Sitze in der Stube ganz allein, es ist totenstill. Der Gärtner wohnt in Mhl.-Rhr. und ist wäh-

rend der Feiertage zu Hause – auf eigene Gefahr, das heißt ohne Erlaubnis und Urlaubsschein. Wir beide werden von der neuen Batterie verpflegt. Weil nun der Kamerad Krause zu Hause isst, habe ich zwei Portionen zur Verfügung.
Unsere Batterie liegt zweieinhalb Stunden weg, und ich muss nach wie vor alles für sie fahren. Meinen Fahrbefehl bekomme ich durch einen Melder. Hinwärts durch die Stadt nehme ich die bestellten Sachen mit. In der Küche unserer Batterie bekomme ich zu essen, und wenn ich zurück bin in der neuen Batterie, werde ich noch einmal verpflegt. Das ist nicht schlecht.
Am Sonnabend hatte ich Zahnschmerzen. Von den zwei Vorderzähnen, den echten, war einer locker. Am Abend habe ich mich hingesetzt und ihn mit den Fingern herausgeholt. Nun habe ich wieder eine Lücke in meinem Gebiss, aber die Zahnschmerzen sind weg. Im linken Augenwinkel verspüre ich einen Druck, wahrscheinlich ein Gerstenkorn. Es geht alles vorüber, nur der böse Krieg nicht.
Ihr habt es vielleicht im Rundfunk gehört, dass unsere schöne Stadt wieder bombardiert worden ist. Sie gleicht inzwischen einem einzigen Trümmerhaufen. Bomben schweren und schwersten Kalibers sausten eine halbe Stunde ununterbrochen herab. Dreihundertfünfzigtausend Menschen sind obdachlos, die Zahl der Toten und Verletzten kann zur Zeit noch nicht festgestellt werden. Wann kommt die Vergeltung?
Ich habe oben geschrieben, ich fahre durch die Stadt. Das ist nicht ganz richtig. Durch die Stadt geht es einfach nicht mehr, dafür hat der Tommy gesorgt. Meine Lieben, macht Euch ein Bild: die vielen explodierten Bomben während des An-

Zwischen dem 25. Juli und 3. August erfolgen die bis dahin schwersten Luftangriffe auf Deutschland. In wiederholten Tag- und Nachtangriffen mit jeweils 1 000 Bombern sterben in Hamburg 40 000 Menschen, mehr als 1 Million flüchten aus der brennenden Stadt.

Im Juli scheitert bei Kursk der deutsche Versuch, die militärische Initiative zurückzugewinnen. In einer gewaltigen Panzerschlacht erleidet die Wehrmacht eine Niederlage, von der sie sich nie wieder erholen soll. Die Rote Armee behält bis zum Ende des Krieges die Initiative.

griffs, und danach noch die mit dem Zeitzünder, die später hochgehen. Der Angriff war in der Nacht von Freitag zu Sonnabend, jetzt ist Montagnachmittag, und ich höre immer wieder Bomben krepieren. So kann es passieren, dass diejenigen, die beim Angriff mit dem Leben davonkamen, nun beim Aufräumen erwischt werden. Der Bahnhof und die Post sind auch ganz zerstört (wieder ist eine Bombe hochgegangen, die zehnte, seitdem ich schreibe), unsere Wäscherei, ein Evangelisches Frauenasyl ebenfalls. Darin arbeiteten 150 junge Mädchen, auch wurden dort etliche uneheliche Kinder aufgezogen.

Zum Glück waren diese schon einige Tage vorher evakuiert worden. Die jungen Mädchen aber mussten nach dem Angriff zu Fuß nach R. laufen, wo sich auch ein Frauenheim befindet. Vier junge Mädchen, die hochschwanger waren, und eine, die Tage zuvor am Blinddarm operiert worden war und auf einer Bahre lag, musste ich mit dem Pferdewagen in aller Eile nach R. ins Krankenhaus fahren.

Wie lange ich in der alten Stellung noch bleibe, weiß ich nicht. Erst muss ein Stall aufgebaut werden. Die Kaninchen bin ich los, die habe ich gestern mitbringen müssen. Die Schweine haben hungern müssen, seitdem unsere Küche weg ist. Der Chef hat mir sämtliche Fahrten für die neue Batterie verboten, deshalb bekomme ich von denen kein Futter. Am Freitag und Sonnabend habe ich nur Grünes gefüttert, dann habe ich es dem Spieß gemeldet, dass es so nicht weitergehen kann.

Jetzt muss unsere Batterie Schweinefutter kochen, und wenn ich zur Stellung zurückfahre, nehme ich es mit.

Lege die Zulassungsmarken bei, die wir bekommen haben. Ob Du vor dem Urlaub was schicken sollst, weiß ich nicht. Hunger brauche ich jedenfalls nicht zu leiden. Ich werde Urlaub zur Ernte einreichen.

Nun seid alle recht herzlichst viel
tausendmal gegrüßt und geküsst
von Eurem Euch immer liebenden Mann, Vater.
Auf baldiges Wiedersehen.
Viele Grüße an Muttern

In Deutschland werden nur noch Arbeits- und Berufsbekleidung sowie Sachen für Ausgebombte und Kinder verkauft, auch Konsumgüter sind nur noch für Bombengeschädigte bestimmt.

Den Einlieferungsschein vom letzten Paket lege ich auch bei, damit wir wissen, ob das Paket bei Angriff vernichtet wurde.

OBERGEFREITER OTTO GASSE
AN DIE EHEFRAU

M. Gladbach, den 11. 8. 1943

Meine Lieben!
War am Sonntag, dem 8. 8., zwölf Stunden unterwegs zu unserer neuen Stellung. Sie haben dort noch keine Baracken und liegen verteilt in Gasthof und Schule. Ich schlafe mit zwei Kameraden aus der Küche in einer unteren Schulklasse. Das Essen wird auf dem Hof in der fahrbaren Feldküche gekocht. Mein Pferd steht bei einem Bauern im Auszugsstall. Bin noch gesund, hoffe dasselbe von Euch allen.

Eine Anordnung über Erste Hilfe der Jugend verpflichtet 10- bis 16jährige zum Arbeitseinsatz auf dem Land.

Habe noch von zu Hause acht Eier, eine halbe Schlackwurst und ein halbes Stück Butter. Die Butter werde ich jetzt wegessen, sonst wird sie schlecht. Wenn ich rechtzeitig da bin, kriege ich auch Verpflegung in der Küche. Nur keine Angst,

mein Magen wird schon alles verdauen. Das Päckchen mit den Eiern und dem Schinken habe ich dem Spieß gegeben mit den Worten: »Dieses hat meine Schwiegermutter für den Herrn Hauptwachtmeister mitgeschickt.«
Der Spieß sagte: »Dieses dürfte ich doch gar nicht annehmen.« Er hat aber schnell zugegriffen. Habe ihn auch gleich wegen Herbsturlaub angekeilt.
Liebe Frau, Du sollst ein Gesuch einreichen, dann will er sehen, was er machen kann.
Wie ist bei Euch das Wetter? War es während meines Urlaubs nicht schön? Nach dem Urlaub hat es geregnet, muss auch sein, sonst geht das Futter nicht auf. Wenn es möglich ist, lasst Euer Futter noch walzen. Ihr könnt nach dem Mähen dann besser harken.
Sonst gibt es nichts Neues.

Mit vielen tausend Grüßen und Küssen
verbleibt Euch Euer vielliebender Mann,
Vater und Sohn
Viele Grüße an Oma

OBERGEFREITER OTTO GASSE
AN DIE EHEFRAU

D., den 29. 8. 1943

Ein SD-Bericht meldet, dass nach der Einäscherung Hamburgs »die Masse der Kleingläubigen und Pessimisten während der letzten 24 Stunden die Mehrheit erlangt« habe.

Meine Lieben!
Es ist heute wieder mal Sonntag, aber immer in Bewegung und kaum Zeit, ein paar Zeilen zu schreiben. Meine Pferde konnte ich heute nicht anspannen, der Schimmel geht vorn lahm, und der Fuchs hat hinten die Eisen verloren. Mit den Pferden muss ich morgen zum Appell, wenn das nur gut geht. So musste ich mir heute von einem Bauern ein Pferd borgen, um halb elf abfahren, und um zwei Uhr kam ich zurück. In der Zeit haben sie mir die Drillichhose aus dem Stall geklaut. Habe es gleich gemeldet, nun gab es viel Lauferei. Musste einen Riegel an die Tür bringen und von jetzt an abschließen. Um ein Uhr habe ich erst Mittag gegessen. Alles war kalt. In der Woche muss ich alles kalt essen und nun sonntags auch noch.
Vorigen Sonntag war ein schwerer Angriff. Wir hatten Glück. Bei einem Bauern brannte die Scheune ab. Eine Bombe zerschlug die Hochspannungsleitung, die über eine Koppel ging. Durch die herabhängenden Drähte wurden drei Kinder getötet. Zwei Ukrainer, die helfen wollten, blieben dort hängen und verbrannten. Dann ging der Bauer hin, weil seine Leute nicht wiederkamen. Er fasste an den Draht, bekam ebenfalls einen tödlichen Schlag. Seine Hände waren ganz schwarz verbrannt. Dann erst wurde abgesperrt und der Strom abgeschaltet. Wenn bloß dieser Luftkrieg aufhören wollte!
Am 27.8. war Batteriefest. Unsere Batterie feierte ihr vierjähriges Bestehen. Es sind nur noch einige

Alliierte Bomber fliegen am 13. August Angriffe auf die Wiener Neustädter Flugzeugwerke, zu dem Zeitpunkt das größte Flugzeugwerk im Reich. In der Nacht zum 18. August bombardiert die Royal Air Force die Raketen-Versuchsanstalt in Peenemünde.

von den Alten dabei. Es gab Auszeichnungen und Beförderungen. Ich bekam auch das Kampfflakabzeichen (lege die Urkunde bei). Der stellvertretende Kompaniechef sagte: »Tragen Sie es mit Stolz an Ihrer Brust. Es ist ein Zeichen dafür, dass Sie nicht nur kutschieren, sondern auch bei der Gefechtstätigkeit dabei sind.«

Deinen lieben Brief vom 16. 8. habe ich heute mit viel Freude erhalten. Zum Beantworten habe ich ja nicht viel. Mir geht es gut, dasselbe hoffe ich auch von Euch allen.

Dieser Tage sagte der Spieß: »Gasse, sie bekommen noch Geld von mir.« (Ich wusste von nichts.) »Ja, wegen des Pakets, das Sie aus dem Urlaub mitgebracht haben.« Er hat es unausgepackt nach Hause zu seiner Frau geschickt. Die hat sich bedanken lassen, sagt aber, drei Eier wären schlecht gewesen.

Nun seid vielmals recht herzlich gegrüßt und geküsst von Eurem Euch vielliebenden Mann, Vater und Sohn.

Auf recht baldiges gesundes Wiedersehen.

Viele Grüße an Muttern.

MINNA GASSE AN DEN EHEMANN

Naundorf, den 31. 8. 1943

Lieber Mann und Vater!
Deinen Brief vom 29.8. habe ich mit Freuden erhalten. Wie ich sehe, ist es bei Euch recht gefährlich. Dienstagnacht war es hier auch anzusehen und anzuhören, ganz gruselig. Die Flieger sind zwei Stunden lang über unser Dorf gezogen. Es sind Flugblätter und andere Papiere abgeworfen worden. Hinter den Buschdörfern haben die Jäger einen abgeschossen.
Am Montag habe ich ein Päckchen mit Kuchen abgeschickt, ich hoffe, Du erhältst es. Habt Ihr denn Eure Schweine noch?

Viele herzliche Grüße und Küsse
von Deiner lieben Frau,
Margot und Mutter

Eben denke ich noch an die Urkunde. Wir gratulieren Dir herzlich dazu und wünschen weiter alles Gute.

Die Pressekampagne gegen »Miesmacher« und »Defätisten« läuft in Deutschland an.

Seit dem 1. September nimmt die Wehrmacht Freiwillige ab 16 ½ Jahren auf, ohne dass die Eltern ihre Einwilligung geben müssen.

MINNA GASSE AN DEN EHEMANN

Naundorf, den 14. 9. 1943

Gestapo-Chef Müller fordert die Verfolgung von Hörern feindlicher Sender »in verschärfter Form«.

Vom 7. bis 12. September erfolgen in Plötzensee 294 Hinrichtungen (»Plötzenseer Blutnächte«).

Lieber Mann und Vater!
Ich wollte am Sonntag ein Päckchen für Dich einpacken, doch als ich mit der Arbeit zu Mittag fertig war, fing die alte Leni zu kalben an. Ich habe sie von der Tür aus beobachtet und gedacht, sie hat schon öfter allein gekalbt, soll sie es auch diesmal. Es ging bis ½ 5 Uhr, da kamen die Beine. Es kam mir vor, als wären es die Hinterbeine. Sie brachte es aber nicht weiter, und alles ging wieder zurück. Daraufhin ging Oma zu Kuhls, die kamen und brachten den Polen mit, der bei Krügers wohnt. Er hat die Kuh untersucht und gesagt, das Kalb kommt rückwärts. Da holten wir noch Krügers Schweizer, der hat es ein wenig gewendet. Dann hat es gar nicht mehr lange gedauert. Es ist eine kleine Motsche, sehr kräftig. 6 Uhr abends hat sie schon gestanden und gesaugt. Hoffen wir, dass sie gesund bleibt.
Deshalb, lieber Otto, musst Du Not leiden. Am Montag konnte ich kein Päckchen zurechtmachen, weil dienstags das Postauto nicht kommt, da kommen nur Briefe mit der Bahn. Und heute erfahre ich aus Deinem Brief, Du hast eine andere Nummer und bekommst noch einmal eine neue. Da traue ich mich nichts zu schicken. Hoffentlich kommst Du auf Herbsturlaub, dann kannst Du Dich tüchtig satt essen, wenn Du hier bist. Ich habe für 5. Oktober eingereicht. Sei deshalb nicht böse. Das Grünfutter steht ganz gut, der Buchweizen blüht schon, er ist aber noch nicht lang genug zum Mähen. Die Weißrüben stehen nicht zu dick. Der Roggen und die Gerste sind zu sehr ausgefallen, das steht wie eine Wiese.

Sei vielmals recht herzlich gegrüßt und geküsst von Deiner lieben Frau, Margot und Mutter

SCHWESTER ERNA SPRINGER AN OTTO GASSE

Grabo, den 26. 9. 1943

Lieber Bruder Otto!
Nach langem Warten auf Post von mir sollst Du nun heute endlich welche bekommen. Herr Behmann hatte mir gleich erzählt, dass Du auf Urlaub gewesen bist. Aber ich lebte immer in Sorge um Werner. Er ist im April von Frankreich nach Russland gekommen, und ich bekam acht Wochen keine Post. Am 26. Juni kam ein Brief: »Bin noch gesund, was ich auch von Euch hoffe.« Eine Woche später schrieb Werner, er sei am 27. Juni wegen Diphtherie ins Lazarett gekommen, er habe 40,3 Grad Fieber gehabt. Nach zwei Wochen kam ein weiterer Brief, darin hieß es, jetzt sei noch der schöne Typhus dazugekommen. Er sei sehr schwach und liege nun im Feldlazarett Poltawa. Wieder verflossen volle vier Wochen ohne Post. Meine Gedanken waren nur noch: Wann bekommst du Nachricht, dass er eingeschlafen ist?
Am 13. August, Freitag Abend, geht plötzlich die Hoftür auf, und Werner kommt herein. Da kannst Du Dir meine Freude vorstellen, lieber Bruder. Werner war mit Kameraden von Poltawa in einen anderen Truppenteil versetzt worden und machte einen Abstecher nach Hause, als er über Falkenberg nach Schwedt an der Oder fuhr. Sonntag brach er auf, und am Mittwoch, dem 18. August, kam er auf vier Wochen Urlaub. Als er ankam, war Werner sehr matt, als er am 16. September wegfuhr, war er sehr dick und munter. Dieser Tage schrieb er in einem Brief, er sei beim Arzt gewesen und habe großes Glück gehabt, der hat ihn für drei Monate heimatfähig geschrieben. Jetzt hoffen wir, dass bis dahin der böse Krieg sein Ende hat.

»Das Reich« veröffentlicht die »Dreißig Kriegsartikel des deutschen Volkes« von Goebbels, in denen jede Kapitulation abgelehnt und allen Andersdenkenden massiv gedroht wird.

Ein Spezial-Büro im Goebbels-Ministerium verbreitet zielgerichtet das Gerücht von Wunderwaffen und Vergeltungsschlägen.

Nach der Kapitulation der italienischen Armee und der Veröffentlichung des Waffenstillstands Italiens mit den Alliierten am 8. September marschieren starke deutsche Verbände zur Okkupation Italiens ein (Fall »Achse«).

Vom 28. November bis 1. Dezember treffen sich in Teheran Stalin, Roosevelt und Churchill und vereinbaren Operationspläne für 1944.

Obgleich Himmler fordert, die innere Front »brutal« und »gnadenlos« zu halten, unentschuldigtes Fehlen, Unpünktlichkeit und vorzeitiges Verlassen des Arbeitsplatzes bestraft werden und öffentlich geäußerte Zweifel am Endsieg Konsequenzen nach sich ziehen, führt bereits am 9. November Himmlers Geheimdienstchef Schellenberg in Stockholm Gespräche mit einem Beauftragten der USA über Friedensmöglichkeiten. Am 9. Dezember entschließt sich Himmler, selbst zu verhandeln. Der Amerikaner ist jedoch bereits abgereist.

Gerhard war inzwischen zum zweiten Mal für drei Wochen zur Wehrertüchtigung in Döberitz bei Berlin. Er hat in Halle den Tag der Wehrertüchtigung mitgemacht und den Kriegskraftfahrschein Nr. 1 erworben. Gerhard kam mit einer großen Brandwunde am Oberschenkel zurück und bekam dann 40 Grad Fieber. Er ist trotzdem eines Tages aufgestanden und zur Bahn gefahren, da war der Rückschlag da. Es hat sich auf die Ohren gelegt. Jeden zweiten Tag muss er zum Arzt. Die Kartoffeln haben wir raus. Gesät ist auch alles.
Will nun schließen, ein andermal mehr. Hoffentlich bist Du noch gesund. Ich habe schon 8 Tage so den Husten und Schnupfen.

Erna

NICHTE ELFRIEDE GASSE, TOCHTER VON BRUDER GUSTAV, AN DEN ONKEL

Jessen, den 12. 12. 1943

Lieber Onkel Otto!
Habe Deinen lieben Brief vom 27. 10. 43 dankend erhalten. Sei mir bitte nicht böse, dass ich erst jetzt antworte, ich bin sehr faul im Schreiben. Ich war vor drei Wochen mit Irmgard in Berlin und habe Papa besucht. Wir waren im Theater, und als es aus war, kam Fliegeralarm. In einem Bunker bekamen wir noch Platz. Es war furchtbar. Als alles vorbei war, sind wir nur durch Feuer gelaufen. Wir werden diese Nacht so schnell nicht vergessen. ½ 3 Uhr kamen wir zu Fuß, von der Friedrichstraße kommend, in Niederschöneweide an. Ich hatte mir den Fuß verstaucht und konnte nicht gut laufen. Am anderen Tag hat uns Papa ½ 10 Uhr nach Lichter-

felde-Ost gebracht, um ½ 11 Uhr sind wir dort abgefahren. Um 5 Uhr waren wir endlich in Jessen. Lieber Onkel, wie geht es Dir? Gut, will ich hoffen. Mir geht es auch gut. Mein Bräutigam ist auch wieder in Russland, er schreibt oft, ihm geht es gut. Du willst wissen, wann ich Geburtstag habe! Ich habe in zwei Monaten, am 21. 2., Geburtstag.
Ich muss nun schließen, meine Zeit ist um. Ich wünsche Dir ein frohes und gesundes Weihnachtsfest und ebenfalls ein gesundes und frohes 1944!
Deine Nichte Elfriede

Aus einem Geheimbericht des SD vom 22. November 1943: »Soweit vom Frieden gesprochen wird, handelt es sich meist um Pessimisten, Gleichgültige oder Staatsfeinde, die häufig unter dem Einfluss der Feindpropaganda stehen. Nach der Art der Meinungsäußerungen lassen sich zwei Richtungen unterscheiden: einmal die verhältnismäßig geringe Zahl derer, die für einen Frieden um jeden Preis sind, und zum anderen die erheblich größere Zahl derer, die zu einem Kompromissfrieden neigen.«

OBERGEFREITER OTTO GASSE AN DIE EHEFRAU

D., den 1. 1. 1944

Meine Lieben!
Komme erst heute, zum Neujahrsnachmittag, dazu, Deine beiden Briefe zu beantworten. In dem letzten Brief fand ich die schöne Neujahrskarte von meiner Tochter Margot. Liebe Margot, meine Freude über die schöne Karte und vor allem über die schöne Schrift, die so sauber und fehlerfrei war, ist sehr groß. Wenn ich jetzt bei Dir wäre, bekämst Du hundert Küsse.
Silvester ist verklungen, ein neues Jahr fängt an. Was uns dieses Jahr bringt, weiß kein Mensch. Unser Schwein ist geschlachtet, wir bekommen mehr Fleisch als vordem. Wurst ist nicht gemacht worden. Das Fleisch ist berechnet, und wir bekommen keins bei der Verpflegung. Den Bohnenkaffee bringe ich beim nächsten Urlaub mit.
Zum Heiligabend und Weihnachten bin ich nicht in die Kantine gekommen, aber gestern Abend

Berlin ist die Stadt in Deutschland, über welcher die größte Bombenlast des gesamten Krieges ausgeklinkt wird: 35 000 Tonnen. Es folgen Essen (31 146), Köln (30 679), Duisburg (26 110), Hamburg (25 000) und Düsseldorf (24 008). Die größten Zerstörungen durch Luftangriffe erlitten Aachen (80 Prozent der Wohnungen vernichtet), Plauen und Würzburg (jeweils 75 Prozent), Kassel (68 Prozent), Dortmund (65 Prozent), Köln (64 Prozent), Dresden (60 Prozent) und Münster (56 Prozent).

war ich bis ½ 2 Uhr da. Ich hatte einen Rausch. Wenn mir der Posten nicht geholfen hätte, hätte ich lange nach unserer Baracke suchen müssen. Ich war nicht besoffen und einer von den Ersten, die gingen. Es war nur stockfinster. Zu Weihnachten und zu Neujahr haben wir extra starkes Bier (12°) von der Verpflegungsausgabe bekommen. Am ersten Weihnachtsfeiertag waren der Chef und zehn bis zwölf Mann so besoffen, dass sie sich gegen halb vier so nass gegossen haben, dass das Wasser in ihren Stiefeln stand. Dann haben sie beschlossen, auch die Kameraden, die schon im Bett lagen, nass zu machen. So sind der Alte und die anderen von Bunker zu Bunker gegangen, haben Licht angemacht und über jeden einen Eimer Wasser gegossen. Zwei von uns waren auch dabei, und als sie merkten, dass auch die Betten derjenigen nass gemacht wurden, die dabei waren, sind sie schnell vorausgegangen und haben mit aller Kraft unsere Tür zugehalten. Als alles ruhig war, ist Oberwachtmeister Jännich gekommen und hat sich in ein trockenes Bett bei uns gehauen, weil seins und die Baracke schwammen. Der war aber vorher dabei. Wachtmeister Felbrig haben sie immer mit dem Kopf ins kalte Wasser gesteckt. Am nächsten Tag musste er ins Revier. Dort hatte ich ihn erst Heiligabend abgeholt, weil er sich einen Fuß verstaucht hatte. Ferner wird erzählt, seine Christel, die er schon in Leipzig hatte, geht schwanger. Dann hat er noch eine Dreiundzwanzigjährige, mit der soll es nicht anders sein. Jetzt hat der Chef einen anderen in die Kammer gesetzt. Der Rudi Weidisch, der auch auf Kammer war, wurde zu den Scheinwerfern versetzt. Er war nicht sehr lange in der Batterie. Seit Weihnachten muss ich auch wieder die Schweine füttern. Nach

Weihnachten hatte der Alte ganz schlechte Laune, jetzt ist er auf Urlaub.

Sende Euch viele herzliche Grüße
und tausend Küsse, Euer lieber Mann,
Vater und Sohn.
Gute Nacht!

MINNA GASSE AN DEN EHEMANN

Naundorf, den 13. 1. 1944

Lieber Mann und Vater!
Du wünschst Dir zu Deinem Geburtstag baldigen Frieden. Ja, das wäre schön, aber daran ist noch nicht zu denken. Wir wollen Gott danken, wenn wir alle gesund bleiben und von den Fliegerangriffen verschont werden. In keiner Nacht sind wir noch sicher, und auch am Tage kommen sie in unsere Gegend, wo jetzt an einem Tage 136 feindliche Flugzeuge abgeschossen worden sind. Wir haben das Schießen auch gehört, obwohl die Flugzeuge nicht richtig rangekommen sind ans Dorf. Wir haben keinen Keller und auch sonst keine Deckung, wir müssen uns auf Gott verlassen.
Um noch mal auf Deinen Brief zurückzukommen. Du freust Dich über Margots fehlerfreie Schrift. Ich schreibe es ihr doch vor, und dann schreibt sie oft nicht richtig ab, und ich muss zum Radiergummi greifen.

Nun sei vielmals herzlich gegrüßt und geküsst
von Deiner lieben Frau,
Margot und Mutter

OBERGEFREITER OTTO GASSE AN DIE EHEFRAU

D., den 13. 1. 1944

Aus einem Geheimbericht des SD vom 7. Februar 1944: »Aus den laufenden Meldungen ergibt sich für die innere Einstellung der Bevölkerung zu unseren verschiedenen Gegnern die Feststellung, dass der im deutschen Wesen liegende Hang zur Objektivität und das Bestreben, auch dem Feinde ›Gerechtigkeit‹ angedeihen zu lassen, nach wie vor gegeben ist ... Erst in neuerer Zeit breite sich auf Grund des britisch-amerikanischen Luftterrors auch ein echtes Hassgefühl aus, von dem jedoch nicht alle Bevölkerungskreise und Reichsteile gleichmäßig erfasst seien. Hassausbrüche seien in erster Linie nur unter der vom Bombenterror besonders schwer heimgesuchten Bevölkerung zu beobachten gewesen.«

Meine Lieben!
Meine Arbeit und meine Stellung sind noch immer dieselben. Im neuen Jahr haben wir auch schon Fliegeralarm gehabt, wir haben kaum Zeit zum Schreiben. Es ist bereits halb sieben Uhr, und ob ich diesen Brief vor dem nächsten Alarm zu Ende bekomme, weiß ich nicht. Wie ich aus Deinem Brief ersehe, hat der Tommy seine Bomben auch in Eurer Nähe abgeworfen. Was hat der denn in dieser Richtung gesucht? Wahrscheinlich Annaburg. Ja, das ist ein ganz böser Krieg. Die mit ihren Bomben haben schon soviel Schaden angerichtet. Auch in Russland kostet es viel Blut. Aus meiner Stube ist Kamerad Wennemer auf Sonderurlaub gefahren. Er bekam gestern ein Telegramm, dass der zweite Bruder gefallen ist. Es sind vier Brüder – und alle sind Soldaten.

Ja, liebe Minna, es sind noch viele junge Männer zu Hause, die noch nicht ausgebildet sind. Aber im fünften Kriegsjahr werden sie wohl auch noch gezogen werden. So groß wie der Schuster bei Böttchers war, so klein wird er beim Militär werden.

Drei Jahre bin ich nun schon Soldat, aber das Leben ist mir noch nicht schwer oder sauer geworden. Bei meinem Dienst, der anerkannt wird, vergeht die Zeit wie im Fluge. Ich hoffe, dass sich das nicht ändert. Ich werde deshalb bemüht sein, meinen Dienst so weiterzumachen wie bisher. Auch diesen Winter auf offenem Wagen habe ich bald überstanden. Ich muss ja nicht nur für mich sorgen, sondern auch für meine beiden vierbeinigen Kameraden. Es vergeht kaum ein Tag, wo ich nicht in die Stadt fahren muss. Wenn die Straße dann so glatt ist und bergig, hat man seine Sorge, dass kein Tier hinschlägt. Bisher war der Winter gnädig. Als ich durch den Wald fuhr, habe ich gesehen, dass die Fliedersträucher und Haselnüsse, auch die frühen Weiden, schon junge Triebe zeigen. Bald wird der Frühling kommen. Für Euch zu Hause bedeutet das wieder viel, viel Arbeit.

So komme ich zum Schluss mit der Hoffnung, auf ein recht baldiges Kriegsende, damit wir wieder alle zusammen auf unserem Eigentum arbeiten können. Vor allem, dass wir alle gesund bleiben.

In der Hoffnung auf ein recht baldiges
gesundes Wiedersehen
grüßt und küsst Euch viel tausendmal
Euer Euch von ganzem Herzen liebender Mann,
Vater und Sohn.
Gute Nacht.

MARGOT GASSE AN DEN VATER

Naundorf, den 23. 1. 1944

Nach 900 Tagen Blockade wird am 28. Januar der deutsche Ring um Leningrad gesprengt. 1 000 000 Menschen starben an Hunger und Seuchen in der Stadt.

Lieber Vater!
Diese Woche habe ich Deinen lieben Brief erhalten und gestern schon wieder einen, den Du, lieber Vater, mit in Mutters Brief gelegt hast. Da muss ich mich heute am Sonntag aber dranmachen und Dir, lieber Vater, meinen besten Dank schreiben. Lieber Vater, ich freue mich jedes Mal, wenn ein lieber Brief kommt. Ich frage alle Tage, wenn ich aus der Schule komme, ob Dein Päckchen noch nicht ran ist. Aber bis jetzt ist es noch nicht hier. Lieber Vater, hier bei uns ist es jetzt auch sehr gefährlich mit den Fliegern, wir haben oft Alarm. Da wackeln alle Häuser von den Bombeneinschlägen. Ich will nun aufhören in der Hoffnung auf einen baldigen Urlaub.

Viele herzliche Grüße und Küsse von
Deiner lieben Tochter Margot

Lieber Mann und Vater!
Ich schreibe gleich nach Margot am Nachmittag, weil man nicht weiß, ob am Abend die feindlichen Flieger kommen. Wir sind doch jetzt hier in Mitteldeutschland Angriffsziel. Es wird jedes Mal gefährlicher. Man weiß nicht, ob die hier abladen sollen oder ob sich einige nicht bis zum Ziel trauen und es abwerfen, damit sie es los sind. Es ist hier schon viel runtergekommen.

Am Donnerstag hat es auf der Hirschmühle bei Rehfeld gebrannt, es konnte aber bald gelöscht werden, am Freitag in Axien und auf den Dörfern hinter Annaburg. Und jedes Mal kurven sie über uns, jede Minute muss man gewärtig sein, dass was kommt. Wir wissen nicht, wo wir hingehen sollen. So bleiben wir immer in der Stube. Die anderen

Leute gehen alle ins Freie und denken, da sind sie sicherer. Wir sind auch schon ein paar Mal auf den Hof gegangen, aber das ist doch auch gefährlich. Da ist überall kein Schutz. Beim Einsatz der Nachtjäger ist es auch möglich, dass mal einer abstürzt. Am Donnerstag haben sie jenseits der Elbe einen abgeschossen. Wir müssen uns eben auf Gott verlassen.

Lieber Otto, in einem Deiner Briefe schreibst Du »lieber Gott«. Du hattest doch vor dem Krieg nicht diese Gesinnung? Weißt Du noch, wie ich Dich gebettelt habe, damit Du zum Heiligen Abendmahl mitkamst? Aber Du bist in die Gärtnerei gegangen und nicht in die Kirche mitgekommen. Sei mir nicht böse, wenn ich Dich daran erinnere, aber es ist doch wahr.

Ich freue mich, dass Du Dich geändert hast und nun glaubst.

In der Zeitung hat gestanden, dass jetzt Zahlen auf den Briefen zu stehen haben. Wenn das auch auf Dich zutrifft, musst Du es mir schreiben. Der schwarze Mann ist hier auch angemalt. Das ist ein Schattenbild und soll zur Verschwiegenheit mahnen und zur Vorsicht bei Gesprächen, weil überall der Feind mithören kann. Ich will nun füttern gehn, es ist sechs Uhr. Draußen ist wieder starker Sturm.

Nun sei vielmals recht herzlich gegrüßt
und geküsst
von Deiner lieben Frau, Margot und Mutter

Der Geheimbericht des SD spricht von einer »Stalingradstimmung«, die sich in der Bevölkerung breitmache. »Viele Volksgenossen zeigten sich allmählich müde unter dem ständigen Druck, durch das Bangen um die Entwicklung im Osten und die immer wieder enttäuschte Hoffnung ›auf ein erlösendes Wunder‹. Vor allem sind die Frauen in großer Sorge um das Schicksal ihrer Angehörigen an der Front.Allgemein habe man den Krieg ›bis obenhin satt‹.«

MINNA GASSE AN DEN EHEMANN

Naundorf, den 30. 1. 1944

Deutsche Truppen besetzen am 19. März Ungarn, nachdem das Horthy-Regime das eigene Überleben durch Waffenstillstandsverhandlungen mit den Alliierten sichern wollte. Der SD beginnt mit Unterstützung ungarischer Faschisten, 400 000 ungarische Juden in Vernichtungslager zu deportieren.

Lieber Mann und Vater!
Heute zum Sonntagabend will ich Dir schreiben. In dieser Woche habe ich es nicht geschafft. Am Donnerstagabend wollte ich mich hinsetzen, aber es kam Alarm, und nachher war ich zu müde. In der Nacht zum Sonnabend hatten wir sogar zweimal Alarm. Ja, lieber Otto, jetzt wird es bei uns so, wie es dort bei Euch schon lange ist. Auch am Tage hat es schon Alarm gegeben. Und immer werfen sie in unsere Umgebung. Stündlich muss man mit den Fliegern rechnen. Heute sind sie ruhig vorbeigeflogen. Über mangelndes Stroh und Heu habe ich in diesem Winter nicht zu klagen, es reicht aus. Und bis zum nächsten ist es noch lange hin. Das Kleine aber will nicht recht wachsen, es müsste schon größer sein und gerindert haben, es ist alt genug. Die anderen waren in dem Alter jedenfalls größer. Es ist aber gesund und munter, hat von klein auf viel gefressen und einen großen Wanst. Es wird schon alles werden, wenn nur alles gesund bleiben möchte, Mensch und Vieh, bei diesem bösen Krieg. Von Günthers in der Trift ist der zweite Sohn gefallen, in der Kolonie ein junger Bursche von 20 Jahren mit Namen Schwefler, er ist bei Strauchs aufgezogen worden. Den wirst Du wohl nicht gekannt haben.

Viele herzliche Grüße und Küsse
von Deiner lieben Frau,
Margot und Mutter

OBERGEFREITER OTTO GASSE AN DIE EHEFRAU

D., den 19. 3. 1944

Meine Lieben!
Mein Schnupfen hat sich gebessert, nur der Husten ist noch nicht ganz weg. An meinem Fuß habe ich keine Schmerzen mehr. Die Sache mit dem Geld wird nun klargehen. Ich hatte die Kontonummer von der Annaburger Sparkasse vergessen, morgen früh werde ich im Geschäftszimmer Bescheid geben.
Vor 14 Tagen hatten die Uffz., das heißt die Herren Unteroffiziere, einen vergnügten Abend. Gestern Abend hatten nun die Herren Obergefreiten einen fröhlichen Abend. Es gab reichlich zu essen und zu trinken, wofür jeder zehn Mark gegeben hatte. Ich muss schließen, eben gibt es wieder Alarm.

Viele tausend Grüße und Küsse sendet Euch von ganzem Herzen Euer lieber Mann und Vater.
Viele herzliche Grüße an Muttern

Am 6. Juni landen anglo-amerikanische Truppen in der Normandie und eröffnen damit die zweite Front.

Am 12. Juni fliegt die erste V1 nach London. Alle Zerstörungen durch diese Flügelbombe einschließlich der ab September eingesetzten V 2 aber sind nicht größer als die Wirkung eines einzigen Großluftangriffes der Alliierten. Diese erfolgen jetzt täglich.

WEHRBEZIRKS-KOMMANDO WITTENBERG AN MINNA GASSE

Wittenberg, den 10. 7. 1944

Am 7. Juli wird ein Zentrales Sondergericht gebildet: Im Schnellverfahren werden künftig »politische Straftaten« von Soldaten und Offizieren abgeurteilt, die Todesstrafe wird sofort vollstreckt.

Betr.: Beurlaubung des Ogefr. Otto Gasse
Das Urlaubsgesuch vom 27.6.44 ist an die zuständige Einheit weitergegeben worden.
Der Wehrbezirks-Kommandeur

Unterschrift (unleserlich)
Major

WEHRBEZIRKS-KOMMANDO WITTENBERG AN MINNA GASSE

Wittenberg, den 19. 7. 1944

In Deutschland werden inzwischen im Zuge der »Totalen Mobilisierung« Theater, Konservatorien, Kunst-Akademien und -Hochschulen, Kabaretts und Varietés geschlossen, die meisten Orchester aufgelöst, viele Zeitungen zusammengelegt und auf 4 Seiten Umfang beschränkt worden. Seit dem 14. August befördert die Post keine Päckchen und Drucksachen mehr.

Wehrbezirks-Kommando Wittenberg teilt mit, dass eine Beurlaubung des Obergefreiten Otto Gasse gem. Entscheid der Einheit aus dienstlichen Gründen nicht möglich ist.

Im Auftrage:
Unterschrift (unleserlich)
Major

OBERGEFREITER OTTO GASSE
AN DIE EHEFRAU

Neuß, den 3. 9. 1944

Meine Lieben!
Muss Euch ein Lebenszeichen von mir geben. Bin noch gesund, dasselbe hoffe ich ja auch von Euch. War vor acht Tagen beim Zahnarzt. Er hat einen Abdruck gemacht, ich bekomme einen neuen Zahnersatz. Mittwoch soll er fertig sein. Ich hoffe, dass der Krieg bald zu Ende geht, damit ich wieder mit Euch zusammen arbeiten kann. In meinem letzten Urlaub habe ich gesehen, es geht nicht mehr länger so, das Vieh muss abgeschafft werden. Kein Wunder, nun geht es schon ins sechste Kriegsjahr. Ich darf gar nicht ans Zuhause denken. Ist denn die alte Kuh wieder völlig gesund? Und die Kleine, hat die gerindert?
Bei uns ist seit vorigen Sonntag richtiges Herbstwetter. Davor herrschte so große Hitze, dass die Reifen von den trockenen Rädern gefallen sind. Ob ich auch noch in diesem Winter hier fahren muss? Sonst ist alles wie früher. Vom Spieß habe ich vier Mark für die Eier bekommen. Die Dauerwurst habe ich heute angeschnitten. Und ich habe noch meine Urlauberkarten, worauf ich mir zusätzlich noch etwas kaufen kann.
Ich will schließen. Warte auch auf einen Brief von Euch. Habe noch keine Post nach meinem Urlaub bekommen.

Viele, viele recht herzliche Grüße
und Küsse von Eurem lieben Mann,
Vater und Sohn.
Viele Grüße an Muttern

Britische Truppen befreien Brüssel. Die Rote Armee hat die Weichsel erreicht, in Warschau toben seit Wochen Kämpfe. Herangeführte Wehrmachtverbände schlagen bis zum 2. Oktober den dortigen Aufstand nieder. Auf Befehl Himmlers wird die Stadt dem Erdboden gleichgemacht. Am 23. August hat Hitler befohlen: »Die Seinebrücken sind zur Sprengung vorzubereiten. Paris darf nicht oder nur als Trümmerfeld in die Hand des Feindes fallen.« Zwei Tage später befreit sich die französische Hauptstadt selbst.

OBERGEFREITER HERBERT UHLIG AN MINNA GASSE

Geschrieben, den 10. 10. 1944

Sowjetische Truppen erreichen die ostpreußische Grenze. Bereits am 11. September haben alliierte Truppen die deutsche Westgrenze bei Trier überschritten.

Seit 25. September werden alle »Waffenfähigen« zwischen 16 und 60 Jahren zum Volkssturm einberufen, am 7. September wird die »Normal-Arbeitswoche« auf sechzig Stunden festgelegt.

Im Oktober 1944 wendet sich die KPD mit dem Aktionsprogramm »Zur Schaffung eines Blocks der kämpferischen Demokratie« an das deutsche Volk, das bereits vom erfolgten Sturz der Hitlerdiktatur und der Beendigung des Krieges ausgeht.

Ihr lieben Gasses! (Oma, Frau Minna und Margot) Otto las mir Ihren Brief vor, dass Sie für uns ein Huhn haben. Das ist ja wunderbar, ich habe es gleich meiner Frau geschrieben, nun wird die Freude bei meiner Frau und Rialein groß sein.

Mit dem Urlaub ist es natürlich nichts, denn bis Kriegsschluss werden wir wohl nicht mehr Urlaub bekommen. Ich wäre so furchtbar gerne mit Frau und Ria nach Naundorf gekommen, zumal es uns bei Ihnen, wo wir so lieb und gastfreundlich behandelt wurden, sehr gefallen hat. Meine Frau möchte ich jetzt nicht auf der Eisenbahn haben, weil andauernd die Eisenbahnzüge von Fliegern angegriffen werden.

Da das Wetter jetzt kalt ist, bitte ich Sie, das Huhn zu schlachten und auszunehmen und einzusalzen und als Express abzusenden. Sie haben damit viel Arbeit, ich werde aber alles vergelten und Ihnen jeden Gefallen tun, den ich Ihnen erweisen kann.

Anbei lege ich eine ausgefüllte Expresskarte. Schreiben Sie Otto, was Sie für Geld bekommen und was Sie für das Porto ausgelegt haben. Da kann meine Frau und Ria schöne Suppen kochen, zumal sie in Leipzig knapp sind. Ich habe mich jedenfalls sehr gefreut, dass Sie an uns denken.

Ich wünsche Ihnen Dreien alles Gute und danke Ihnen vielmals für Ihr nettes Entgegenkommen.

Mit recht vielen Grüßen an alle
Ihr dankbarer Herbert Uhlig

OBERGEFREITER OTTO GASSE
AN DIE EHEFRAU

Feuerstellung, den 28. 11. 1944

Meine Lieben!
Ich möchte Euch heute, am Dienstag, nach dem Terrorangriff auf Düsseldorf-Neuß ein Lebenszeichen von mir geben. Wie ich schon im letzten Brief erwähnte, hatte ich am Montag eine lange Tour. Abends um sieben war ich mit den Pferden im Stall. Kurz vor acht Uhr kam der Tommy, ich hatte also wieder einmal Glück. Hätte ich auch nur eine Stunde Verspätung gehabt, wäre ich mitten im Bombenhagel gewesen. Seid unbesorgt: Ich bin noch gesund und munter wie vordem.
Morgen fährt Uhlig zur Post, ich gebe ihm hundert Mark mit, die soll er mit Zahlkarte an Dich schicken. In diesem Monat haben wir zehn Tage Löhnung für das Winterhilfswerk gespendet, im Dezember und im Januar noch einmal so viel. Dann wurde noch in jeder Baracke freiwillig gespendet. In unserer Baracke liegen vierzehn Mann, und da sind zweihundertundzweiundvierzig Mark gesammelt worden. In der Nachbarbaracke liegen dreizehn Mann, da sind hundertzweiundachtzig Mark zusammengekommen. So will jeder den anderen übertreffen. Am ersten bekommen wir unsere Löhnung für 6 ganze Monate ausgezahlt. Nun, liebe Margot, was wünschst Du Dir zum Weihnachtsfest? Ich selber wünsche mir weiterhin Soldatenglück.

Euer lieber Mann und Vater
sendet Euch viele recht herzliche
Grüße und Küsse.
Herzliche Grüße an Mutter

Am 21. Oktober ist die erste deutsche Stadt frei – die Amerikaner besetzen Aachen. Zwei Tage später überschreitet die Rote Armee in Ostpreußen erstmals die deutsche Grenze.

Seit August verlor das deutsche Herr laut Bericht des OKH 1 189 000 Mann, als Ersatz können lediglich 289 000 gestellt werden.

OBERGEFREITER OTTO GASSE AN DIE EHEFRAU

Feuerstellung, den 3.12.1944

Am 21. September 1944 wendet sich die Parteikanzlei mit einem Schreiben an alle Gauleiter: »Der Führer hat befohlen, dass, da der Kampf auf weiten Abschnitten auf deutschen Heimatboden übergegriffen hat und deutsche Städte und Dörfer zum Kampfgebiet werden, unsere Kampfführung fanatisiert werden muss. … Jeder Bunker, jeder Häuserblock in einer deutschen Stadt und jedes deutsche Dorf muss zu einer Festung werden, an der sich der Feind entweder verblutet oder die ihre Besatzung im Kampf Mann gegen Mann unter sich begräbt. Es gibt nur noch Halten der Stellung oder Vernichtung.«

Meine Lieben!
Ihr werdet Euch wieder bestimmt große Sorgen gemacht haben, als Ihr im Radio gehört habt vom Terrorangriff auf D.-Neuß. Dieses Mal hatten sie es auf unsere Stellung abgesehen. Nur gut, dass nicht jede Kugel und jede Bombe trifft. Wieder war Gottes schützende Hand über unserer Stellung. Halb sechs morgens wurden wir durch Großalarm aus den Betten geholt. Ich hatte es nicht eilig, zum Geschütz zu kommen, und wollte mich erst fertigmachen und zu meinen Pferden gehen. Ging erst noch auf den Abort, von dort hörte ich schon die Flugzeuge näher kommen. Ich rannte schnell zur Baracke zurück, da fielen schon die ersten Bomben. Mein Gedanke war: Diesmal sind wir dran. Ich holte meine Sachen aus der Baracke, es begannen Brandbomben zu regnen, und im Nu standen einige Baracken in hellen Flammen. Zehn Minuten wurden wir unaufhörlich bombardiert. Ehe ich zu meinem Geschütz kam, musste ich mich mehrmals lang hinwerfen.
Jeder Kanonier sagt, sobald er an seinem Geschütz steht, fühlt er sich ganz sicher. So ging es mir auch. Trotzdem haben wir uns im Stand verschiedene Male flach auf den Boden gelegt.
Bei diesem Angriff habe ich besonders an Dich und Margot gedacht und immer die Vorstellung im Kopf, dass wir uns nie mehr wiedersehn. Sollten wir uns nicht mehr wiedersehn, was ich aber nicht hoffen will, so wünsche ich Euch alles Gute und Beste. Liebe Minna, diese Woche habe ich durch Uhlig hundert Mark an Dich abschicken lassen.

Schenke sie Margot zum Geburtstag und sage, es wäre von mir. Habe diese Woche von Euch keine Post bekommen. Mir geht es ganz gut, dasselbe wünsche ich Euch allen auch. Alle Tage Sauwetter. Aber es geht bald auf Weihnachten zu.

Nun seid recht herzlich gegrüßt und geküsst von Eurem lieben Mann, Vater und Sohn.

Viele Grüße an Muttern

An der Ostfront stehen zur Stunde 180 deutsche Divisionen, an der Westfront 75. Die von den Alliierten an der Westfront eingelegte dreimonatige Operationspause nutzt die deutsche Führung zur Auffrischung ihrer Truppen und zu einem Überraschungsangriff. Ihre am 16. Dezember begonnene Ardennenoffensive reißt in die Front der amerikanischen und britischen Verbände eine 100 Kilometer breite und 110 Kilometer tiefe Lücke. In schweren Kämpfen kann erst im Januar der Angriff zum Stehen gebracht werden, nachdem am 6. Januar Churchill die Sowjetunion um Vorverlegung des Termins der geplanten Offensive an der Ostfront gebeten hat und damit die erwartete Entlastung im Westen eintritt.

OBERGEFREITER OTTO GASSE AN DIE EHEFRAU

Feuerstellung, Weihnachten, den 25. 12. 1944

Meine Lieben!
Ich bin gesund, aber der Heiligabend konnte für mich böse ausgehen. Am Nachmittag ging ich so gegen ½ 4 Uhr zu meinen Pferden, um abends zur Bescherung fertig zu sein. Plötzlich kam Fliegeralarm. Ich war gerade im Stall und schnitt einige Zuckerrüben klein, die ich unterwegs für meine Pferde organisiert hatte. In der Ferne hörte ich Flakfeuer, dann schoss unsere Batterie. Ich war neugierig und wollte sehen, wie unsere Gruppen lagen (das heißt: wo die Granaten platzten). Ich stellte mich vor die Stalltür und suchte den Himmel ab. Da sehe ich ein viermotoriges Flugzeug auf uns zukommen. Es sieht aus, als ob es brennt. Richtig, hinter dem Flugzeug ist ein weißer Ballon zu sehen, ein Fallschirmspringer. Das Flugzeug kommt näher, es zieht eine Rauchfahne hinter sich her, es brennt heller. Ein zweiter Fallschirm. Das Flugzeug kann sich nicht mehr halten. Im Gleitflug schießt es auf meinen Stall zu. Vor dem Hofeingang hat der Gärtner seinen Bunker, ich will dort-

Die Front im Osten verläuft etwa auf der Linie ostpreußische Grenze – Warschau – östlich von Budapest – westlich von Belgrad – Adria.

In Italien stehen die Alliierten nördlich von Florenz und im Westen längs des Rheins von der Schweizer Grenze bis zur Mündung in die Nordsee.

hin laufen, den Blick ständig zum Flugzeug gewandt. Aus zwanzig Meter Höhe springt noch einer ab. Das Flugzeug fegt über meinen Stall in zehn Meter Höhe und explodiert. Hunderte von Teilen fliegen durch die Luft. Die drei Springer wurden gefangen genommen, drei Tote lagen noch beim abgestürzten Flugzeug.
Abends war eine kurze Weihnachtsfeier mit Bescherung. Ich bekam ein Buch, zwanzig Zigaretten, ein Päckchen Tabak und eine Tüte Keks. Die Verpflegung war gut. Ich erwähnte schon einmal, dass wir älteren Jahrgänge rechts vom Rhein kommen. Am 27. sollen schon neun Mann weg kommen. Bin neugierig, ob ich auch dabei bin oder ob ich weiterfahren muss.
Mein zweites und Uhlig sein Päckchen sind noch nicht angekommen. Auch die Weihnachtspakete mit den grünen Marken sind noch nicht da. (Alle Kameraden warten noch darauf.)
Wünsche Euch allen ein frohes gesundes Neujahr.

Euer lieber Mann und Vater.

Gruß an Muttern

OBERGEFREITER OTTO GASSE AN DIE EHEFRAU

Stellung den 31. 12. 1944

Liebe Minna!
Ich gratuliere Dir recht herzlich zu Deinem Geburtstag und wünsche Dir von allem das Beste. Dann wünsche ich, dass wir recht bald ein richtiges Eheleben führen können. Was das neue Jahr bringt, liegt noch verborgen. Heute ging es bei uns wieder laut her. War gerade wieder unterwegs. Der Spieß sagte: »Gott sei Dank, der Gasse lebt noch.« Du wirst es im Wehrmachtbericht schon früher erfahren haben. Bei uns ist ein trauriges Jahresende. Die Päckchen mit den Zulassungsmarken sind noch nicht angekommen. Meine liebe Frau und Margot, betet fleißig weiter für mich, dann wird mir auch das Glück weiter hold sein. Wünsche Euch Kraft im neuen Jahr.

Euer lieber Mann und Vater

In frontnahen Gebieten werden »Fliegende Standgerichte« eingeführt, denen bis zum Kriegsende etwa 8 000 deutsche Soldaten zum Opfer fallen. Dennoch erfolgen weiterhin Massendesertionen. Die »Festung Breslau« ist eingeschlossen.

Vom 4. bis 11. Februar treffen sich Stalin, Roosevelt und Churchill in Jalta, beschließen die weiteren Schritte im Kampf gegen Deutschland und Japan und setzen eine Sonderkommission ein, die die Nachkriegsregelung der deutschen Frage erarbeiten soll. Am 3. Februar hat die Rote Armee auf 500 Kilometer Breite die Oder erreicht und steht nunmehr 60 Kilometer vor Berlin.

SCHWÄGERIN ELLA RÖDER AN MINNA GASSE

Wittenberg, den 15. 2. 1945

Liebe Naundorfer!
Habe recht schönen Dank, liebe Minna, für Deine lieben Zeilen. Wie ich lese, steht es bei Euch gesundheitlich nicht gerade zum Besten. Kann es verstehen, der Krieg trägt viel mit bei, er dauert zu lange, die Nerven sind bei vielen Leuten kaputt, das kann ja der stärkste Mann kaum sechs Jahre vertragen. Wir, Richard und ich, fühlten uns bisher immer noch kräftig, aber jetzt kommt auch schon das Zittern und Zagen.

Wegen »Auflösungs-Erscheinungen« lässt Himmler am 26. Februar Sonderstandgerichte schaffen, nachdem er selbst sieben Tage zuvor Kontakte aufgenommen hat mit dem Präsidenten des schwedischen Roten Kreuzes, Graf Bernadotte, um einen Separatfrieden zu schließen.

Am 5. März beginnt die Einberufung des Jahrgangs 1929 zur Wehrmacht.

Man sagt sich immer, wie soll das noch enden, der Feind rückt immer näher heran? Wird nicht lange dauern, ist er in Dresden, und dann sind auch wir in Feindhand. Viele flüchten schon von hier. Ich bleibe, denn wo soll ich hin? Der Feind ist ja im ganzen Land. Ist er uns nicht von unten auf den Fersen, so dann von oben. Dann hat man auch die Nase voll, wenn man die Flüchtlingskarawanen sieht. Zu Haufen kommen sie, und in Wittenberg nimmt man sie nicht mehr auf. Nun geht's noch weiter über die Elbe, manche sind schon ein Vierteljahr unterwegs. Stellt Euch das vor: Ist so etwas nicht bitter? Nein, ich bleibe, und übergebe mich meinem Schicksal. Soll es kommen, wie es kommt, und dann sind die Jungens, die schreiben auch, man muss sich in sein Schicksal fügen. Es sieht eben zur Zeit sehr böse aus im deutschen Reich. Hätte uns das jemand vor 3 Jahren gesagt, den hätte man glatt für verrückt erklärt.

Unser Gerhard war noch nicht hier, am 27. 1. hat er uns den letzten Brief geschrieben, sie kommen von da weg, neue Anschrift abwarten. Seitdem hat er sich noch nicht wieder gemeldet. Wir warten mit Schmerzen auf Post von ihm.

Otto schweigt voll und ganz, nehme es ihm auch weiter nicht krumm. Die Hauptsache, die Angehörigen stehen in Verbindung.

Die Flieger sind doch sehr schlimm. Das schreibt unser Herbert auch. Das dickste Ende vom Krieg kommt jetzt erst, und jeder Einzelne hat daran zu kauen. Wir dachten immer, wenn Wolfgang Einsegnung hat, wird alles vorbei sein, nein – im Gegenteil. Am 18. März ist Einsegnung, liebe Minna, und am 1. April geht er in die Lehre als Tischler. Wer weiß, wie es bis dahin aussieht. Wegen der Gänse zur Einsegnung, liebe Minna, mach Dir kei-

ne Sorgen, denn das ist z. Zt. alles zwecklos. In dieser kritischen Zeit tut man gut, wenn man nur von der Hand bis zum Mund rechnet. Also nur abwarten, wie und was kommen wird.
Margot kommt nächstes Jahr aus der Schule? Na, hoffen wir, dass eine bessere Zeit ist.

Für die Zukunft alles Gute wünschend,
verbunden mit den besten Grüßen,
an Euch drei verbleiben
Richard, Ella und Wolfgang

Hitler droht am 8. März jedem mit »Sippenhaft«, der in »Gefangenschaft gerät, ohne verwundet zu sein oder nachweisbar bis zum Äußersten gekämpft zu haben«. Am 10. März verlangt Bormann von der gesamten Bevölkerung die Erfassung von Deserteuren, Versprengten und »Drückebergern«, die »rücksichtslos ausgemerzt« werden sollen.

OBERGEFREITER OTTO GASSE
AN DIE EHEFRAU

Geschrieben, den 3. 3. 1945

Meine Lieben!
Einen schweren Tag haben wir hinter uns. Unsere Batterie ist zersprengt. Es gab viele Tote und Schwerverwundete. Ich selbst bin gesund herausgekommen. Meine Pferde konnte ich auch nicht mitnehmen. Bin auch glücklich über den Rhein gekommen. Wie es weiter kommt, weiß ich noch nicht. Schreibt bitte noch nicht. Neue Anschrift abwarten. Hoffen wir auf ein baldiges gesundes Wiedersehn. Uhlig ist auch herausgekommen.

Euer lieber Mann und Vater

MINNA GASSE AN DEN EHEMANN

(Stempelaufdruck: Unzustellbar – zurück)

Naundorf, den 12.3.1945

Am 7. März überschreiten amerikanische Truppen bei Remagen erstmals den Rhein.

Der letzte deutsche Großangriff gegen die Rote Armee im Raum des ungarischen Plattensees – am 6. März unter anderem mit der aus dem Westen abgezogenen 6.-SS-Panzerarmee begonnen – scheitert unter schweren Verlusten am 15. März.

Am 18. März, erfolgt der letzte angloamerikanische Großangriff aus der Luft auf Berlin. Bisher erlebte die Reichshauptstadt etwa 400 Fliegerangriffe.

Am 19. März wird Hitler den »Nero-Befehl« erlassen, der die Zerstörung aller militärischen, Verkehrs-, Nachrichten-, Industrie-und Versorgungsanlagen sowie Sachwerte in Deutschland beim Rückzug verlangt.

Lieber Mann und Vater!

Am Sonnabend haben wir nach längerer Zeit einen lieben Brief von Dir erhalten, er ist am 20.2. geschrieben. Wir haben uns wie immer gefreut. Nun warten wir mit bangen Herzen auf einen weiteren Bescheid. Wenn wir nur wüssten, wo Du Dich, lieber Mann, befindest, ob Du mit über den Rhein zurückgekommen bist oder nicht? Wir hoffen es von ganzem Herzen. In Deinem letzten Brief schreibst Du ja von Stellungswechsel. Auch hast Du geschrieben, dass Du 250 Mark nach Hause geschickt hast. Es wird mit der Zeit schon ankommen.

Der Krieg ist doch gar kein Krieg mehr, es fehlen einem die Worte, um auszudrücken, was das ist: solche Grausamkeiten, die unsere Gegner verüben. Lieber Otto, eben denke ich daran, dass wir kurz vorm Osterfest stehen. Hierdurch wünschen wir Dir alle ein gesundes, frohes Fest in der Ferne. Es werden die 5. Ostern sein, die wir getrennt sind. Wenn es doch die letzten Kriegsostern wären und wir im nächsten Jahr alle gesund in der Heimat sein könnten. Bei den jetzigen Verhältnissen weiß man aber nicht mehr, wie lange, da kann man in der nächsten Stunde schon vor einem Nichts stehen oder tot sein.

Lieber Otto, Du stehst nun schon seit Jahren täglich in Gefahr, und Gott hat bisher seine schützende Hand über Dich gebreitet, er wird es hoffentlich auch weiterhin tun.

Vorige Woche ist doch der Terrorangriff in Dessau gewesen. Da ist das Haus der Großen von Bachmanns bis auf den Grund verbrannt. Sie haben es uns erzählt. Die Häuser der Donaths und Rottens sollen auch kaputt sein. Ob sie selbst noch leben, wissen wir nicht. Bachmanns sind mit etwas Handgepäck aus dem Keller herausgekommen und nun in Naundorf.

Nun sei vielmals herzlichst gegrüßt und geküsst von Deiner lieben Frau,
Margot und Mutter

Am 25. April befiehlt der Reichsführer SS, Himmler: »Gegen das Heraushängen weißer Tücher, das Öffnen bereits geschlossener Panzersperren, das Nichtantreten zum Volkssturm und ähnliche Erscheinungen ist mit härtester Maßnahme durchzugreifen. Aus einem Haus, aus dem eine weiße Fahne erscheint, sind alle männlichen Personen zu erschießen. Es darf bei diesen Maßnahmen in keinem Augenblick gezögert werden.«

MARTE UHLIG AN MINNA GASSE

Leipzig, den 23. September 1945

Liebe Frau Gasse, Oma und Margot!
Sind Sie mir bitte nicht böse, dass ich so lange nicht geantwortet habe auf Ihren lieben Brief. Ich war krank und bin erst jetzt wieder so einigermaßen auf den Beinen. Bei der Ernährung hier ist es kein Wunder, wenn man zusammenklappt. Meine größte Sorge ist es jetzt, Rialein gesundzuerhalten.
Und nun, meine liebe Frau Gasse, möchten Sie gerne etwas über Ihren Mann wissen. Ich erhielt vor fast zwei Monaten durch einen Mann aus Thüringen einen Brief. Dieser Mann war von der Wehrmacht entlassen worden und schickte mir von meinem Mann ein kleines Zettelchen mit. Da schreibt mir mein Mann, dass er in Bolbeck in Nordfrankreich liegt und dass es ihm gut ginge. Bolbeck liegt bei Le Havre an der Seinemündung. Vor einem Monat kam dann ein Kamerad von unseren Männern, Uffz. Erich May aus Altenburg, zu mir. Er ist mit unseren Männern in Düsseldorf gefangen genommen worden. Während Herr May und mein Mann ins Lager kam, musste Ihr Mann weiter bei den

Bei Kriegsende sind die zerbombten deutschen Städte entvölkert, zwei Fünftel der Verkehrsanlagen zerstört, es wird kaum noch produziert. Mehrere Millionen deutsche Soldaten befinden sich in Kriegsgefangenschaft, 25 Millionen Deutsche nicht an ihrem ursprünglichen Wohnort. Überall drohen Hungersnot und Seuchengefahr. Die Erfassung und Organisation der Verteilung von Lebensmitteln, Bekleidung und Rohstoffen (Rationierung, Kontingentierung) sowie der Preis- und Lohnstopp bleiben bestehen.

Pferden bleiben. Herr May hat dann Ihren Mann nicht mehr gesehen. Vielleicht ist er zur Erntehilfe in die Nähe von Düsseldorf gekommen. In den Lagern haben es die Männer sehr schlecht gehabt. Immer im Freien und Tag und Nacht Regen, dabei fast nichts zu essen. Mein Mann ist so sehr krank gewesen. May sagte, er hätte gar nicht geglaubt, dass er meinen Mann noch lebend wiedersehen würde. Von Düsseldorf sind sie nach Remagen ins Lager, dann nach Sinzig a. Rh. Da ist es meinem Mann etwas besser gegangen.
Das Zettelchen von meinem Mann war vom 5. Juni. Am 3. Juni ist er nach Frankreich gekommen. Herr May wurde entlassen.
Das ist nun schon über ¼ Jahr her. Oft denkt man, man wird verrückt. Die Kleine jammert so nach ihrem Vati. Was soll das noch werden? Wenn die Ernährung nicht besser wird, klappen wir noch alle zusammen. Und das Warten zermürbt so.
Wie geht es Ihnen nach allem, liebe Frau Gasse? Ist die Oma noch rüstig? Und was macht die Margot? Hoffentlich sehen wir uns mal gesund wieder, es gäbe so viel zu erzählen. Es tut mir leid, dass ich Ihnen nicht mehr über Ihren Mann erzählen kann. Aber Herr May wusste nicht mehr, ich habe ihn extra gefragt. Wenn ich mal was erfahre, schreib ich Ihnen gleich.

Mit herzlichsten Grüßen an Sie, die liebe Oma und Margot bin ich Ihre Marte Uhlig

Liebe Margot, liebe Oma und liebe Tante Gasse. Wenn mein Vati bald kommt, besuche ich Euch mal. Darf ich?

Viele Grüße von Eurer kleinen Ria Uhlig

ROTES KREUZ KOBLENZ-STADT
AN MINNA GASSE

Koblenz, den 28.5.1946

Dem Roten Kreuz in Koblenz wurde die schwere Aufgabe zuteil, Ihnen die traurige Nachricht zu übermitteln, dass Ihr Angehöriger Otto Gasse, O. Gefr., geb. 10.10.01 in Grabo, am 2. September 1945 im Kriegsgefangenenlager Koblenz/Lützel/Rhein gestorben ist. Um 07.30 Uhr.
An Nachlass-Sachen sind 1 Geldbörse mit RM 21.00 und 2 Brieftaschen vorhanden. In der Brieftasche befindet sich ein Schein aus truppenärztlicher Behandlung, und zwar vom 29.8.44, 4. Flakdivision. Auf einem anderen Zettel erscheint die Nummer L 50193 Mü.
Die Grabstätte befindet sich auf dem Städtischen Friedhof in Koblenz/Rhein, Grab-Nr. 236, Feld-Nr. 19a.
Über die Krankheit Ihres Angehörigen können wir Ihnen nichts Genaues sagen. Die Soldaten waren durch die letzten Kampftage und die Zeit im Lager körperlich sehr geschwächt. Kam nun eine Krankheit hinzu, hatten die meisten nicht die Kraft, derselben zu trotzen. Hoffentlich erreicht Sie dieses Schreiben, und geben Sie uns bitte sofort Nachricht.
Empfangen Sie hiermit unsere innigste Anteilnahme.

Hochachtungsvoll i. A. Voigt

Nach der Unterzeichnung der bedingungslosen Kapitulation am 8. Mai in Berlin-Karlshorst und der Potsdamer Konferenz (17. Juli bis 2. August), nach Bildung einer Sowjetischen Militäradministration in Deutschland (SMAD) und von Militärregierungen der Westmächte (9. Juni und 14. Juli) beginnt in den Besatzungszonen die Umgestaltung der gesellschaftlichen Verhältnisse des zertrümmerten Nazireiches.

Einschulung Margot Gasses (2. Reihe, 2. von links) in Naundorf, 1940

Familie Gasse bei der Feldarbeit in Naundorf, dreißiger Jahre

Soldat Otto Gasse,
Pfingsten 1941

Gefreiter Otto Gasse (1. Reihe, 3. von links) mit der Batterie in Zons, 1942

Metallbild Otto Gasses (links), »Erinnerung an den Drachenfels, Königswinter am Rhein«, 1941/42

Zulassungsmarken zur Beförderung von Paketen an Soldaten im Zweiten Weltkrieg, ausgegeben seit Juli 1942

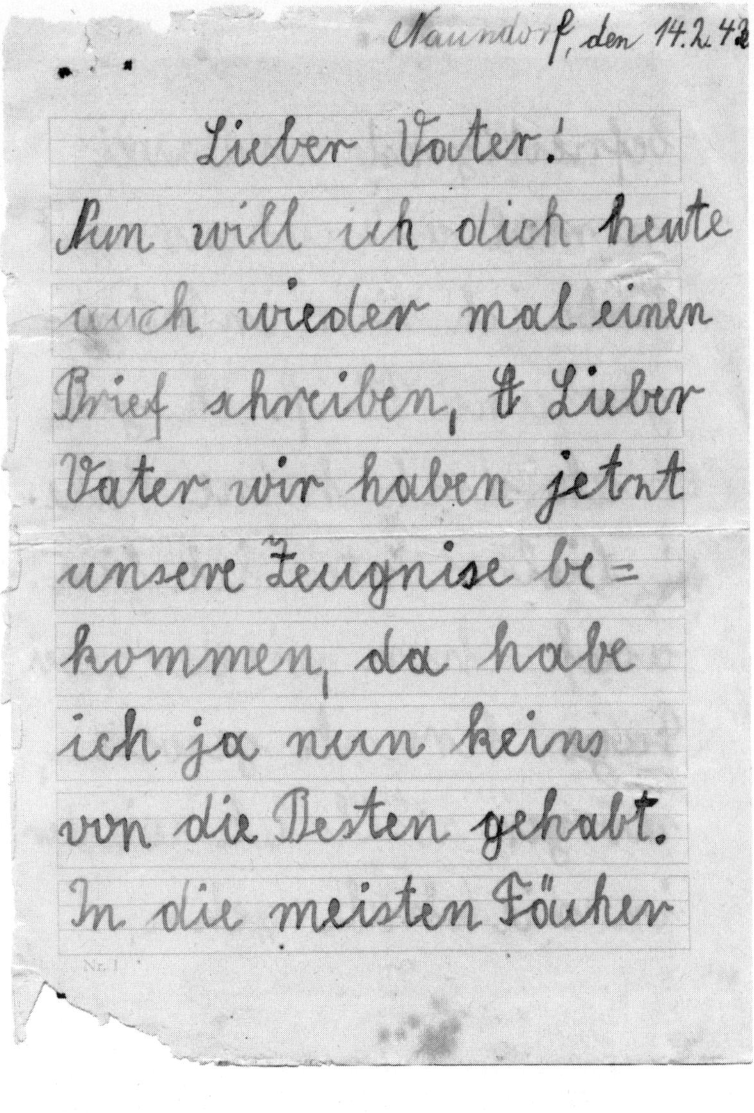

Naundorf, den 14.2.42

Lieber Vater!

Nun will ich dich heute
auch wieder mal einen
Brief schreiben, Lieber
Vater wir haben jetzt
unsere Zeugnise be=
kommen, da habe
ich ja nun keins
von die Besten gehabt.
In die meisten Fächer

Brief von Margot Gasse an ihren Vater vom 14. Februar 1942

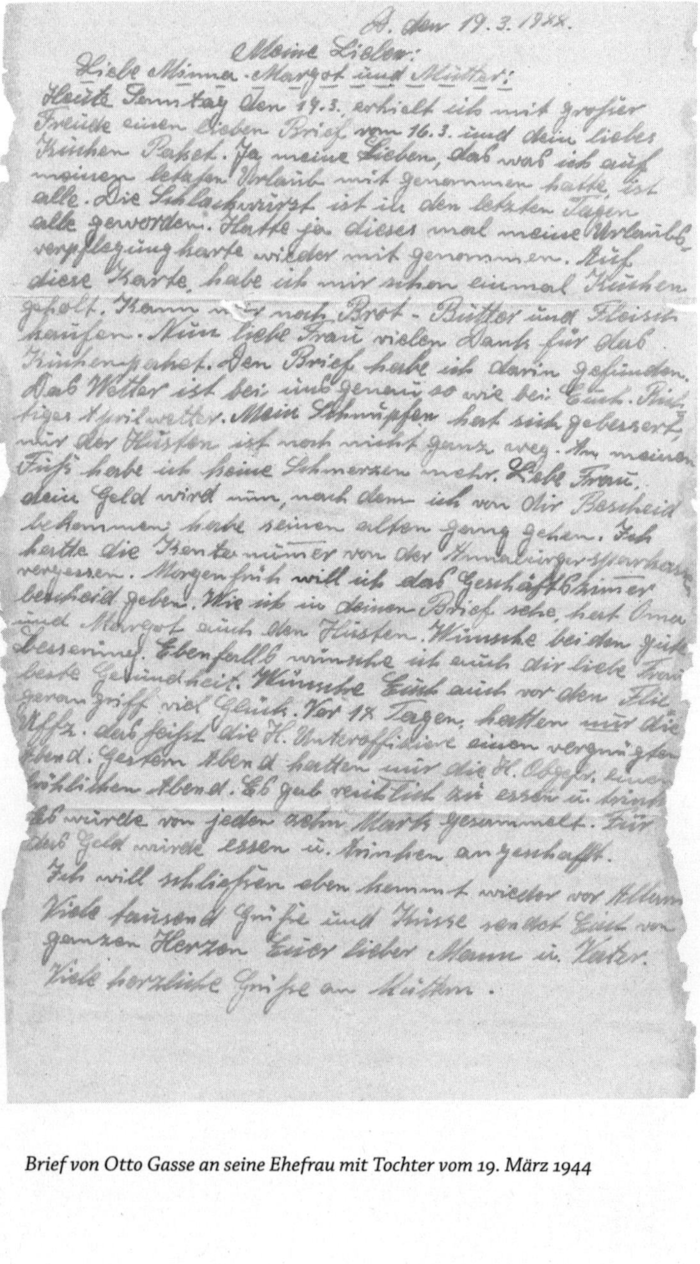
B. den 19.3.1944.
Meine Lieben:
Liebe Mimma. Margot und Mutter!
Heute Sonntag den 19.3. erhielt ich mit großer
Freude einen lieben Brief vom 16.3. und dein liebes
Kuchen Paket. Ja meine Lieben, das was ich auf
meinen letzten Urlaub mit genommen hatte, ist
alle. Die Schlackwurst ist in den letzten Tagen
alle geworden. Hatte ja dieses mal meine Urlaubs-
verpflegungkarte wieder mit genommen. Auf
diese Karte habe ich mir schon einmal Kuchen
geholt. Kann mir noch Brot - Butter und Fleisch
kaufen. Nun liebe Frau vielen Dank für das
Kuchenpaket. Den Brief habe ich darin gefunden.
Das Wetter ist bei uns genau so wie bei Euch. Rich-
tiges Aprilwetter. Mein Schnupfen hat sich gebessert,
nur der Husten ist noch nicht ganz weg. An meinem
Fuß habe ich keine Schmerzen mehr. Liebe Frau,
dein Geld wird nun, nach dem ich von Dir Bescheid
bekommen habe seinen alten Gang gehen. Ich
hatte die Kontonummer von der Annaburger Sparkasse
vergessen. Morgen früh will ich das Geschäftszimmer
bescheid geben. Wie ich in deinen Brief sehe, hat Oma
und Margot auch den Husten. Wünsche beiden gute
Besserung. Ebenfalls wünsche ich auch dir liebe Frau
beste Gesundheit. Wünsche Euch auch vor den Flie-
gerangriff viel Glück. Vor 14 Tagen hatten wir die
Uffz. das heißt die H. Unteroffiziere einen vergnügten
Abend. Gestern Abend hatten wir die H. Obgefr. einen
fröhlichen Abend. Es gab reichlich zu essen u. trinken.
Es würde von jeden zehn Mark gesammelt. Für
das Geld würde essen u. trinken angeschafft.
Ich will schließen eben kommt wieder vor Alarm
Viele tausend Grüße und Küsse sendet Euch von
ganzen Herzen Euer lieber Mann u. Vater.
Viele herzliche Grüße an Mutter.

Brief von Otto Gasse an seine Ehefrau mit Tochter vom 19. März 1944

Im Haushalt Gasse aufbewahrt: faschistischer Streuzettel

B F 139730 *

Dienstsiegel

Fünfte Reichskleiderkarte
für Mädchen vom vollendeten 3. bis zum vollendeten 15. Lebensjahr

für Margott Gasse geb. am 11.10.33

Naundorf Wohnort Pettinerstr. Straße, Nr.

(Mit Tinte auszufüllen)

Die Karte gilt bis 31. Dezember 1945, sie ist nicht übertragbar. Die Karte darf nur zur Befriedigung des Bedarfs des Karteninhabers benutzt werden. Mißbräuchliche Benutzung wird bestraft. Aus dem Zusammenhang der Karte gelöste Kartenteile und Abschnitte sind ungültig.

Auf die Karte können die umstehend genannten Waren bezogen werden. Bei jeder Ware ist angegeben, wieviel Abschnitte von dem Verkäufer vor Aushändigung der Ware von der Karte abgetrennt werden. Beim Bezug von Strümpfen (nicht Söckchen) trennt der Verkäufer außer den entsprechenden Bezugsnachweis von derselben Reichsklei… Bezug von Strümpfen ist auf 6 Paare beschränkt.

	I	II	III	IV
	—	42	23	30
Kleider	—	56	25	36
Kostüme	—	18	10	16
Röcke, Hosenröcke, Hosen, gewebt	—	26	10	16
dasſ., gewirkt oder gestrickt	—	20	11	17
Blusen, gewebt	—	17	11	17
Blusen, gewirkt oder gestrickt	—	—	11	15
Polo- und Charmeuseblusen				
Polo- und Charmeusejacken (mit kurzen	—	—	9	12
Ärmeln)	—	—	6	9
Dirndlblusen	—	19	14	—
Pullover mit Ärmeln	—	14	9	—
Pullover ohne oder mit ¾ Ärmeln	23	—	—	—
Strickwesten mit Ärmeln	18	—	—	—
Strickwesten ohne oder mit ¾ Ärmeln	38	—	—	—
Jacken, gewebt, gefüttert	—	22	13	20
Jacken, gewebt, ungefüttert	33	—	—	—
Jacken, gewirkt oder gestrickt	25	—	—	—
Windjacken und Windblusen				
Gummi-, gummierte und imprägnierte Regenmäntel und Regenumhänge, ungefüttert, ungefütterte Popelinemäntel	25	—	—	—
ungefütterte Completmäntel				
Sommermäntel u. Umhänge, auch gefüt-	—	50	45	45
terte Regenmäntel, Gabardinemäntel	—	75	40	75
Wintermäntel	—	12	6	10
Umschlagtücher bis 1 qm groß	—	25	12	20
Umschlagtücher über 1 qm groß, Berufsmäntel u.				
Kittel, Kittelschürzen, auch Arbeitskleider	—	42	23	30
Kleiderschürzen	—	—	10	12
Trägerschürzen, Warpschürzen				
Sonstige trägerlose Schürzen, Dirndl-	—	—	7	10
und Ansteckschürzen				
Schals, Vierecktücher, Kopftücher, Erntehauben	—	6	4	4

A B C D E

a Bezugsnachweis über 1 Paar Strümpfe, zu beziehen ab 15. 11. 41
b Bezugsnachweis über 1 Paar Strümpfe, zu beziehen ab 1. 2. 42
c Bezugsnachweis über 1 Paar Strümpfe, zu beziehen ab 1. 4. 42
d Bezugsnachweis über 1 Paar Strümpfe, zu beziehen ab 1. 8. 42
e Bezugsnachweis über 1 Paar Strümpfe, zu beziehen ab 1. 12. 42
f Bezugsnachweis über 1 weiteres Paar Strümpfe, zu beziehen ab 1. 6. 42
g Bezugsnachweis über 1 weiteres Paar Strümpfe, zu beziehen ab 1. 10. 42

	I	II	III	IV
Handschuhe, auch Fäustlinge, aus Spinn-	2	—	—	—
stoffen, gewirkt mit Futter oder gestrickt	1	—	—	—
Krawatten, Querbinder und Schleifen				
Taghemden mit Vollachsel, ab 90 cm	—	—	13	20
Gesamtlänge, gewebt				
Taghemden mit Trägern, auch alle gewirkten oder gestrickten Taghemden, ab	—	12	7	12
90 cm Gesamtlänge				
Hemdchen, unter 90 cm Gesamtlänge,	—	10	6	10
auch Unterjacken, gewirkt oder gestrickt	—	—	6	12
Hemdchen, unt. 90 cm Gesamtlge., gewebt	—	—	16	22
Nachthemden	—	—	24	30
Schlafanzüge	—	—	11	18
Nachtjacken	7	—	—	—
Hemdhosen, gewirkt oder gestrickt	—	—	8	14
Hemdhosen, gewebt	—	—	8	10
Hemdhosen, plattiert				
Schlüpfer und Beinkleider (soweit keine Sonderregelung)	—	12	7	7
Höschen, unter 50 cm Gesamtlänge, ge-	—	9	6	6
wirkt oder gestrickt	—	—	6	10
Höschen, unt. 50 cm Gesamtlänge, gewebt				
Unterkleider (soweit keine Sonderrege-	—	21	9	17
lung)	—	14	7	14
Unterröcke jeder Art	3	—	—	—
Büstenhalter	4	—	—	—
Strumpfhaltergürtel	10	—	—	—
Hüfthalter (Mieder)	14	—	—	—
Büstenmieder (Korseletts)	4	—	—	—
Strümpfe	3	—	—	—
Söckchen	—	—	5	6
Turn- und Sporthemden	—	—	5	8
Turn- und Sporthosen	—	15	12	15
Badeanzüge	30	—	—	—
Bademäntel	—	—	30	38
Trainingsanzüge	—	—	14	18
Trainingshosen, Eislaufhosen	—	—	16	20
Trainingsjacken	1	—	—	—
Taschentücher		4 bis 6		
Strick- und Handarbeitsgarne 100 g				

Weitere Waren sind aus einem Katalog zu ersehen, der zu dieser Kleiderkarte herausgegeben wurde und bei allen Einzelhändlern eingesehen werden kann.

	I	II	III	IV
Zum Beispiel:	—	60	45	67
Morgenröcke gefüttert	—	30	23	35
Morgenröcke ungefüttert	—	3	2	2
Dreiecktücher				

Reichskleiderkarten von 1942 bis 1945

Obergefreiter Otto Gasse, August 1944

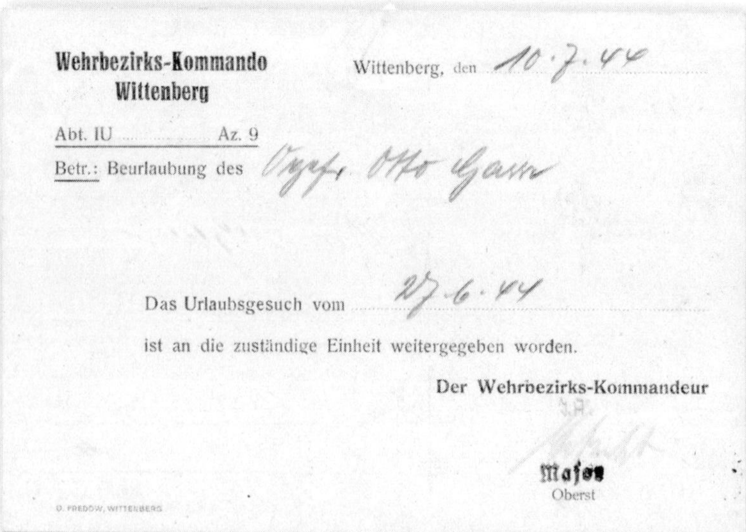

Wehrbezirks-Kommando
Wittenberg

Wittenberg, den 10.7.44

Abt. IU .... Az. 9

Betr.: Beurlaubung des Ogefr. Otto Gasse

Das Urlaubsgesuch vom 27.6.44

ist an die zuständige Einheit weitergegeben worden.

Der Wehrbezirks-Kommandeur

I.A.

Major

Oberst

D. FREDOW, WITTENBERG

Urlaubsgesuch von Otto Gasse, 10. Juli 1944

Standesamt P l o s s i g. Naundorf, den 21.Januar 1947.

B e s c h e i n i g u n g.

Der Standesbeamte des Standesamts der Stadt Koblenz teilt unter dem 7.November 1946 mit, daß der am 1o.Oktober 19o1 in Grabo Kreis Schweinitz geborene Friedrich Willi Otto G a ß e, zuletzt wohnhaft in Naundorf Kreis Torgau, Prettinerstraße Nr.46, am 2.September 1945 im Kriegsgefangenenlazarett in Koblenz - Lützel verstorben ist, und daß der Sterbefall im Standesamt Koblenz unter Nr. 1152/1946 beurkundet worden ist.

Der Standesbeamte.

Standesamt Plossig Kr. Torgau

Meldung aus Koblenz über den Tod Otto Gasses am 2. September 1945

Rotes Kreuz
Koblenz - Stadt

Koblenz, den 28. Mai 1946
Kaiser-Wilhelm-Ring 6
Fernsprecher: 467

Tgb.-Nr.:

Betr.:
Anl.:

An
G a s s e

Nauendorf Krs. Torgau/Merseburg.
Prettingerstr. 46

Dem Roten Kreuz in Koblenz wurde die schwere Aufgabe zuteil, Ihnen die traurige Nachricht zu übermitteln, dass Ihr Angehöriger Otto Gasse, O.Gefr. geb.1o.1o.o1 in Grabo, am 2.September 1945 im Kriegsgefangenenlager Koblenz/Lützel/Rhein gestorben ist. Um o7.3o Uhr.

An Nachlass-Sachen sind 1 Geldbörse mit RM 21.oo und 2 Brieftaschen vorhanden. In der einen Brieftasche befindet sich einen Schein aus truppenärztlicher Behandlung und zwar vom 29.8.44, 4.Flakdivision.
Auf einem anderen Zettel erscheint die Nummer 45o193 MÜ.
Die Grabstätte befindet sich auf dem Städt.Friedhof in Koblenz/Rhein Grab-Nr. 236, Feld-Nr.19a.
Ueber die Krankheit Ihres Angehörigen können wir Ihnen nichts genaues sagen. Die Soldaten waren durch die letzten Kampftage und die Zeit im Lager doch körperlich sehr geschwächt. Kam nun eine Krankheit hinzu, hatten die meisten nicht die Kraft derselben zu trotzen.
Hoffentlich erreicht Sie dieses Schreiben und geben Sie uns bitte sofort

Standesamtliche Bescheinigung über den Tod Otto Gasses

ISBN 978-3-355-01816-6

Umschlaggestaltung: Verlag
Druck und Bindung: CPI Moravia Books GmbH, Tschechien

Ein Verlagsverzeichnis schicken wir Ihnen gern:
Neues Leben Verlagsgesellschaft mbH & Co. KG
Neue Grünstraße 18, 10179 Berlin
Tel. 01805/30 99 99 (0,14 €/Min., Mobil max. 0,42 €/Min.)

Die Bücher des Verlags Neues Leben
erscheinen in der Eulenspiegel Verlagsgruppe.

www.eulenspiegel-verlagsgruppe.de